IHR VAMPIR SCHUFT

BRENDA TRIM

Übersetzt von
FRANZISKA HUMPHREY

Inhaltsverzeichnis

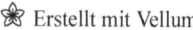 Erstellt mit Vellum

HOLEN SIE SICH IHR KOSTENLOSES BUCH!

Tragen Sie sich in meine E-Mail Liste ein, um als erstes von Neuerscheinungen, kostenlosen Büchern, Sonderpreisen und anderen Zugaben zu erfahren.

https://geni.us/jungfrauunddervampir

Begrüßen Sie Veränderungen und Ungewissheit. Einige der besten Kapitel in unserem Leben erhalten ihren Titel erst viel später.

KAPITEL 1

Harper

SPRACHLOS. Das ist alles, was ich denken kann, während mein Herz rast und mein Körper darum fleht, von dem Türsteher in Besitz genommen zu werden, der unter der schwarzen Markise vor dem Club steht, in den Sophia, Kari und Tasha mich mitgenommen haben. Ich habe keine Ahnung, was ich hier tue oder warum ich zugestimmt habe, sie zu begleiten.

Dann fällt es mir wieder ein. Das ist mein Leben. Nicht das Leben, zu dem ich erzogen wurde. Meins. Und um zu entdecken, wer ich bin, muss ich ausgehen. Neue Orte ausprobieren. Neue Leute kennenlernen. Wie den sexy Türsteher, der mich alles um mich herum vergessen lässt.

Er begrüßt diejenigen, die in der Schlange stehen und hoffen, in den Club zu kommen, mit kühler Gleichgültigkeit und winkt nur die VIP-Gäste durch. Angesichts der langen

Wartezeit und der Tatsache, dass nur wenige tatsächlich das Samtband passieren, scheinen unsere Chancen hineinzugelangen minimal zu sein. Aber ich bin im Moment vollkommen zufrieden damit, in der Schlange zu warten, denn ich gebe mich der Fantasie mit meinem sexy Türsteher hin und genieße, was sich in meinem Kopf abspielt.

Ich stelle mir vor, wie er mich zu sich winkt, weil er mich – natürlich – unwiderstehlich findet. Er küsst meinen Handrücken und sagt mir, wie wunderschön ich bin. Dann beobachtet er mich den ganzen Abend und schreitet jedes Mal ein, wenn jemand anderes mich zum Tanzen auffordert.

Verwirrende Schmetterlinge flattern durch meinen Magen, als er einer anderen Frau ein Lächeln schenkt. Ein Lächeln, von dem ich wünschte, er würde es mir schenken. Es ist die Art von Lächeln, die seine Augen erreicht. Seine hell strahlenden Augen … die Art, die einem Mädchen das Gefühl gibt, die Schönste im Raum zu sein. Sein Gesichtsausdruck sollte als tödliche Waffe registriert werden müssen.

Der zweite Türsteher neben ihm ist genauso attraktiv, aber auf eine andere Weise. Er trägt einen schicken Anzug, der für seinen muskulösen Körperbau maßgeschneidert worden sein muss, während mein Typ ein T-Shirt und eine Lederjacke anhat. An ihm sieht das genauso schick aus wie ein Anzug. Er ist so attraktiv wie James Dean und jetzt kann ich nur noch daran denken, mit ihm in einem alten Cabrio die Pazifikküste entlang zu rauschen, während der Wind uns das Haar zerzaust.

„Erde an Harper", neckt Sophia mich und wedelt mit ihrer Hand vor meinem Gesicht herum, während Kari und Tasha ebenfalls lächeln.

„Was? Entschuldigung." Ich spüre, wie meine Wangen heiß werden.

„Ich meinte gerade, wie froh ich bin, dass du dich entschieden hast, dich uns anzuschließen. Du wirst es nicht bereuen. Wir haben immer Spaß", erklärt Sophia, während wir vorwärtsschlurfen. Wir stehen jetzt fast ganz vorne und in meinem Magen erheben sich noch mehr Schmetterlinge.

Ich erzähle Sophia nicht, dass ich mit Schuldgefühlen kämpfe, die mich von allen Seiten bombardieren. In meinem Hinterkopf flüstert eine kleine Stimme, dass ich nicht hier sein sollte. Dass dieser Weg, den ich gewählt habe, falsch und sündhaft ist. Dass ich eine Schande für meine Familie bin. Die Stimme klingt sehr nach meinen Eltern. Lediglich der Anblick von Mister Sexy dort lenkt mich von der negativen mentalen Botschaft ab, die in meinem Kopf auf Wiederholung läuft.

Tasha sagt etwas darüber, wie sie hofft, einen Typen wiederzusehen, mit dem sie das letzte Mal getanzt hat, als sie hier waren. Ich nicke und versuche, mir nicht anmerken zu lassen, wie sehr ich den Türsteher begaffe oder wie wenig ich in den Club Toxic passe. Die Frauen, die durchgewunken werden, könnten sich nicht mehr von mir unterscheiden.

Sie alle sehen in ihren schlüpfrigen, erotischen Kleidern mit hohen Absatzschuhen wie Supermodels oder Schauspielerinnen aus, während ich hier in einem Mu'umu'u stehe. Nicht wirklich, aber mal im Ernst, ich könnte genauso gut eines dieser übergroßen, weiten Kleider tragen, die ich an den Frauen gesehen habe, als meine Familie und ich vor einigen Jahren auf Hawaii Urlaub gemacht haben. Der Rock, den ich mir nur für diesen Abend gekauft habe, ist das Skandalöseste, was ich jemals besessen habe.

Er schmiegt sich um meine Hüfte, ohne dabei jedoch zu eng zu sein, und reicht bis zur Mitte des Oberschenkels hinunter. Offensichtlich habe ich die Nachricht nicht bekommen, in der geschrieben stand, dass die Länge genau unter der Kurve meines Hinterns enden muss, damit mein Oma-Schlüpfer voll zur Geltung kommt, wenn ich mich bücke oder auch nur leicht die Hände hebe. Obwohl niemand in diesem Club Bikinislips trägt, wie ich beim Anblick der immer wieder aufblitzenden Stringtangas erkennen kann.

Wir sind die Nächsten in der Reihe und ich erschaudere trotz der Hitze der Nacht in Tucson. Ich muss mich noch an das Wetter hier gewöhnen. Dort wo ich aufgewachsen bin, war es nie die ganze Nacht lang heiß, noch nicht mal im Sommer. Selbst am vierten Juli brauchte ich immer einen leichten Pullover, um die Kälte abzuwehren, die aufkam, nachdem die Sonne untergegangen und die Temperatur gesunken war. Jetzt ist es Anfang September und meine Klimaanlage zu Hause läuft immer noch Tag und Nacht.

Gerade als wir an der Reihe sind, wird der sexy Türsteher, mit dem ich hoffentlich Babys machen werde, von einer Limousine abgelenkt, die am Bordstein vorfährt. Der andere Typ, der dort steht, prüft unsere Ausweise und winkt uns durch. So erfahre ich also nie, ob mir der sexy Türsteher sein umwerfendes Lächeln geschenkt hätte oder nicht.

Die laute Musik dröhnt durch meine Fußsohlen, als ich meinen Freundinnen folge. Sie ist mitreißend und bringt mein Blut vor Vorfreude in Wallungen. Ich war noch nie an einem Ort, an dem solcher Hedonismus ganz offen zur Schau gestellt wird. Es bringt mich dazu, weglaufen zu wollen, zu Gott zu beten und um Vergebung zu bitten. Gleichzeitig will ich jedoch jede Vorsicht in den Wind schlagen und direkt eintauchen.

Keine von uns trägt einen Mantel, den wir abgeben müssen, also begeben wir uns direkt in den Hauptbereich. Ich sollte nicht überrascht darüber sein, dass es eine Garderobe gibt, die von zwei gut gekleideten Männern besetzt ist, aber ich bin es trotzdem. Ich versuche mein Bestes, das Gefühl zu ignorieren, dass ich wie ein bunter Hund auffalle, und schlängele mich tiefer in den Club hinein, als ich meinen Freundinnen zu einem der wenigen freien Tische im hinteren Bereich folge. Das gedämpfte Licht trägt zu der sinnlichen Atmosphäre bei.

„Können wir bitte vier Margaritas bekommen?", fragt Sophia die Kellnerin, die an unserem Tisch erscheint, bevor wir auch nur unsere Handtaschen abgelegt haben.

Ich öffnete den Mund, um zu widersprechen, aber es kommt kein Ton heraus. Ich habe noch nie ein alkoholisches Getränk getrunken und mein Instinkt sagt mir, es abzulehnen. Aber dieses Mädchen bin ich nicht mehr.

Ich muss es ja nicht trinken, wenn es ankommt. Tasha und Kari wippen im Rhythmus der Musik und scannen den überfüllten Raum. Die Fliesenlichter auf der Tanzfläche scheinen im Takt der Musik zu blinken. Bei dem, was ich dort draußen sehe, schüttle ich den Kopf. Fleischmarkt, denke ich, als ich Frauen sehe, die sich an Männern reiben. Hände, die fummeln und Lippen, die einander umschlingen. Ich beschließe, mich nicht zu lange auf irgendetwas zu konzentrieren. Das würde mich nur noch nervöser und schuldiger machen.

Ich habe keinen Grund, mich dafür zu schämen, dass ich mit meinen Freundinnen hierhergekommen bin. Schließlich habe ich nichts Falsches getan. Und ich versuche ununterbrochen, die Predigt, die in meinen Gedanken abläuft, zu unterbrechen. Ich hasse die verdammten Selbstzweifel und Scham, die meine Eltern mir eingeredet haben.

Unsere Getränke werden schneller serviert, als ich es für möglich gehalten hätte. Ich bezahle die Runde, da ich weiß, dass ich es sowieso nicht trinken werde. Die anderen vergeuden keine Zeit damit, sich ihre Gläser hinunterzugießen, während ich in meinem rühre und die Kellnerinnen in ihren kurzen Hosen und den Lederhalsbändern beobachte. Ich staune über die Wahl der Garderobe. Ein Keuchen entweicht Tashas Mund, bevor sie in die Hände klatscht und sich an Kari festhält. „Er ist da. Lass uns tanzen gehen."

Sie alle eilen auf die Tanzfläche, aber Sophia hält inne und dreht sich zu mir um. Ich winke sie weg. „Geh schon mal vor. Ich komme in einer Minute nach. Ich trinke nur noch aus", lüge ich.

„Okay", stimmt sie zu. „Aber mach nicht solange."

Ich lasse meinen Blick umherschweifen, als meine Freundinnen mich an unserem Tisch zurücklassen. Mit den Fingern trommle ich auf die Holzoberfläche und zappele ein wenig. Ich sollte gehen. Ich gehöre nicht hierher.

Hör auf, Angst zu haben, und riskiere mal etwas, schreit mich mein Verstand praktisch an. *Kipp dir das Getränk hinter die Binde und fordere einen heißen Typen zum Tanzen auf.*

Das ist leichter gesagt als getan. Ich habe keine Ahnung, wie ich mich in dieser Situation verhalten soll. Ich befinde mich in einem richtigen Nachtclub, wo Leute trinken, tanzen … und Sex haben. Ich wollte meine Komfortzone verlassen und neue Dinge erleben. Mission erfüllt. Bevor ich hierherkam, habe ich noch nie etwas anderes als Küssen gesehen, und die Leute hier machen so viel mehr als das.

Dort drüben tanzt ein Typ hinter einer Frau und hat seine Hand in ihr Höschen geschoben. Der Ausdruck auf ihrem Gesicht lässt meines heiß werden und gleichzeitig reagiert mein gesamter Körper. Mein Magen schwankt, während sich ein Kribbeln zwischen meinen Beinen niederlässt. Das scheint so falsch zu sein, aber ich kann meine Neugierde nicht leugnen.

Diese Erkenntnis sollte nicht so überraschend sein, wie sie es ist. Ich befinde mich im Club Toxic, weil ich es leid bin, einer archaischen Religion zu folgen, die es vorzieht, jeden meiner Gedanken und jede meiner Bewegungen zu kontrollieren. Bis zu meinem achten Geburtstag wurde ich einer Gehirnwäsche unterzogen, sodass ich glaubte, dass mein Platz in dieser Welt – meine Bestimmung – darin besteht, denjenigen zu heiraten, den meine Eltern für mich auswählen. Und dann würde ich unter seiner Fuchtel stehen, seine Kinder bekommen, sein Haus hüten und dafür sorgen, dass ich die beste kleine Ehefrau bin, zu der mich meine Eltern erzogen haben. Eine Ausbildung, die darüber hinausgeht, Mrs. zu sein, war nicht Teil meines Schicksals.

Und doch wusste ich trotz allem, was ich gelehrt wurde, schon immer, dass dies nicht der richtige Weg für mich ist. Schon als kleines Kind habe ich meine Lehrer und Eltern, sehr zu ihrem Leidwesen, infrage gestellt.

Das war in einem anderen Leben. All das habe ich hinter mir gelassen. Ich bin auf eigene Faust losgezogen.

Mir wird bewusst, dass ich komplett neu anfange und mich sozusagen neu erschaffe, ohne eine Ahnung zu haben, wohin ich gehe. Und das ist verdammt beängstigend.

Es mag beängstigend sein, aber ich mache zumindest Schritte vorwärts.

Babyschritte.

In der Ecke eines Nachtclubs zu stehen und mein Erwachsenengetränk nicht zu trinken-Schritte.

Seufz. Ich muss wirklich den Mut aufbringen, mich aus dieser Ecke herauszubewegen.

Ich zapple mit den Händen an meinen Seiten und ziehe am Saum meines kurzen Rockes. Ich fühle mich entblößt. Unsicher. Fehl am Platz. Mich starren viel mehr Männer an, als ich es erwartet hätte. Sie sehen hungrig aus. Schweiß bricht auf meiner Stirn aus, wenn ich daran denke, was sie wollen und wonach sie fragen könnten.

Schau niemandem in die Augen. Auf diese Weise werden sie sich nicht nähern. Stattdessen konzentriere ich mich auf die Musik. Sie ist wie eine Droge, die durch meine Adern fließt und mich im Takt wippen lässt. Mein Körper fühlt sich fremd an, wie er sich so im Rhythmus der Musik bewegt. Zum ersten Mal seitdem ich von Zuhause weggegangen bin, denke ich, dass ich mich auf dem richtigen Weg befinde.

Sicher, ich habe immer noch Zweifel und viele Fragen, wie zum Beispiel, warum ich von zu Hause weggegangen bin? Oder was in mich gefahren ist, Sophia bei ihrem Mädelsabend zu begleiten? Aber irgendetwas sagt mir, dass dies genau der Ort ist, an dem ich sein soll. Das vertreibt meine schlimmsten Ängste und ich habe endlich nicht mehr das Gefühl, sofort zur Tür rennen zu müssen.

Manchmal weiß ich Dinge einfach. Ich nenne es meine *Gewissheit* und ich habe sie bereits, seit ich etwa zehn Jahre alt bin. Als ich klein war, habe ich mich gefragt, ob ich eine Hellseherin oder so etwas bin, aber ich hatte nie echte Visionen. Immer nur Gefühle.

Als ich von meiner Familie und den Plänen, die sie für mich hatten, wegziehen wollte, wusste ich einfach, dass ich nach Tucson ziehen muss. Aber selbst nach meinem großen, mutigen Umzug lehnte ich Einladungen ab, mit den anderen Mädchen auszugehen. Bis heute Abend. Als sie mich einluden, mit ihnen in den Club Toxic zu gehen, sagte etwas in mir, dass ich gehen sollte.

Und obwohl mir meine *Gewissheit* versichert hat, dass ich hierher kommen soll, hätte mich nichts in meinem Leben auf diesen Abend vorbereiten können. Ich bin wesentlich besser für Kirchenbänke und Gebete geeignet. Geboren im großartigen Staat von Utah wurde ich gottesfürchtend und brav erzogen.

Meine Eltern gingen nicht in dieselbe Kirche wie alle

anderen in meiner Schule. Das wäre an sich nicht so schlimm gewesen. Aber stattdessen zerrten sie mich zu etwas, das ich eher als Kult als als Religion bezeichnen würde. Meine Eltern wählten diesen Staat, weil die meisten Menschen, die dort leben, religiös sind. Daher war die Chance geringer, dass wir der Korruption ausgesetzt werden.

In diesem Club zu sitzen ist so weit von meiner Erziehung entfernt, wie es möglich ist, ohne dabei eine Sünde zu begehen.

An dem Tag, an dem ich von Ogden in Utah nach Tucson in Arizona gezogen bin, habe ich mir geschworen, dass ich dieses Leben hinter mir lassen werde. Ich will unbedingt herausfinden, wer ich bin und was ich will. Aber in diesem Moment interessiert es mich mehr, was die Frau auf der anderen Seite der Bar dazu bringt, ihren Kopf zurückzuwerfen und ihre Augen zu schließen. Der Kerl, der ihren Hals küsst, scheint genauso entrückt zu sein wie sie. Ich kann seine Hand unter dem Tisch nicht sehen, aber ich sehe, dass sich sein Arm bewegt. Zweifellos fingert er sie, während er ihren Hals küsst. Das Kribbeln in meinem Inneren verstärkt sich.

Auf gar keinen Fall sind diese Triebe und Begierden etwas Böses. Wie können Sex und Lust denn etwas Böses sein? Ich will es selbst herausfinden.

Mein Blick wandert zurück zu dem sexy James Dean, der die Tür bewacht. Abgesehen von denen in Filmen ist er zweifellos der attraktivste Mann. Apropos Filme, er sollte in einem mitspielen. Seine Lederjacke passt ihm wie angegossen und betont seine muskulösen Arme und die Brust. Aus dem Kragen seines T-Shirts ragt eine Tätowierung hervor. Er überfliegt die Menge mit einem Hauch von Autorität im Blick, aber das Funkeln in seinen Augen ist sinnlich, als er die Paare beobachtet, die praktisch Sex haben, während sie tanzen.

Alles an ihm schreit *Schuft* und ich möchte mich ihm an den Hals werfen und ihn anflehen, mich auf Abwege zu führen.

Ich setze mich in Bewegung und gehe in seine Richtung, wobei ich das Lächeln nicht von meinem Gesicht wischen kann. Ich grinse selbst dann noch, als ich bereits aufgehört habe, mich zu bewegen. Ich kann mich ihm nicht nähern. Es schockiert mich, dass ich überhaupt den Gedanken hatte, geschweige denn tatsächlich ein paar Schritte auf ihn zugegangen bin. So wie es scheint, bin ich fest entschlossen, mich heute Abend zum Narren zu machen.

Es wäre ganz sicher nicht übertrieben, zu sagen, dass ich nicht sein Typ bin. Die Frauen, die er ansieht, sind spärlich bekleidete, aufgeschlossene Betthäschen. Ich bin kein Betthäschen. Das Einzige, was ich in einem Bett je getan habe, ist schlafen. Ich bin eine erbärmliche, unerfahrene, traurige Jungfrau, deren Matratze noch nie Action gesehen hat.

Kurz bevor ich mich dazu zwinge, diesem Wahnsinn ein Ende zu setzen und mich langsam zurückzuziehen, fällt sein Blick auf mich.

Meine Beine zittern und Hitze steigt in mir auf. Zunächst denke ich, sie stammt von der Erregung. Aber nein. Als sein Blick, ohne zu verweilen, über mich hinweggleitet, ist es zweifellos Verlegenheit.

Ich habe keine Ahnung, was heute Abend in mich gefahren ist. Normalerweise fantasierte ich nie über Typen. Ich habe mich darauf konzentriert, eine Ausbildung zu machen, damit ich einen Job weit weg von meiner dysfunktionalen Familie bekommen konnte. Jetzt, da ich mein Ziel erreicht und meine Freiheit erlangt habe, muss ich mich nicht mit einem bestimmten Kerl einlassen. Ich stehe in einem Nachtclub voller gut aussehender Männer. Und mehrere von ihnen zeigen mehr als nur flüchtiges Interesse an mir.

„Meine Liebe. Was stehst du denn noch hier rum?", fragt Sophia, als sie zu unserem Tisch hinübergetanzt kommt. „Und du hast dein Glas noch nicht mal angerührt. Wir sind hier, um Spaß zu haben, Harper."

Ich schüttele den Kopf und stoße ein zittriges Lachen aus. „Ich lasse den Abend langsam angehen."

„Nun, es ist Zeit, mit beiden Füßen voran hineinzuspringen", sagt Sophia zu mir, während sie mir mein Getränk entgegenstreckt. „Es gibt sexy Männer, die alle darauf warten, zu tanzen. Trink aus und auf geht's."

Mein Magen flattert, als ich nach dem Glas greife und einen Schluck nehme. Es ist das erste Mal, dass ich Alkohol trinke, und ich schwöre, ich bin jetzt schon betrunken. Ein schwindelerregendes, euphorisches Gefühl überkommt mich, dass mich direkt dort am Tisch grinsen und tanzen lässt. Dieses Mal nehme ich einen größeren Schluck.

„Das schmeckt tatsächlich richtig gut", sage ich, nachdem ich mir das halbe Glas hinuntergekippt habe. „Ich habe nicht erwartet, dass es so lecker sein würde."

„Du klingst, als hättest du noch nie eine Margarita getrunken", neckt Sophia mich.

„Ähm, weil ich noch nie eine getrunken habe."

„Wie ist das möglich?", fragt sie ungläubig. „Du bist vierundzwanzig Jahre alt."

Das Lächeln verfliegt von meinem Gesicht. Wie soll ich Sophias Frage beantworten? Wenn ich ihr die Wahrheit sage, würde das meine Verrücktheit voll zur Schau stellen und das möchte ich wirklich nicht tun. „Ich war damit beschäftigt, zur Schule zu gehen und für meinen Masterabschluss zu lernen." Ich antworte, indem ich ihrer Frage ausweiche, dabei aber trotzdem die Wahrheit sage.

„Ich habe auch studiert und trotzdem keine Party

verpasst." Sophia dreht sich zur Tanzfläche um. „Trink das aus und dann tanzen wir."

Ich drehe meinen Kopf in die gleiche Richtung und sehe mehrere Paare und Gruppen, die ineinander verschlungen sind. Meine Kinnlade klappt auf und trifft fast auf meine Brust, bevor ich den Mund wieder schließe. Kein Grund, sie denken zu lassen, ich hätte noch nie Leute rummachen sehen. Aber das habe ich tatsächlich nicht.

Kirchentänze waren überhaupt nicht so wie das hier. Bei diesen Tanzveranstaltungen hätte man ganze Lexika zwischen die Körper stecken können. Zwischen die meisten dieser Paare und Gruppen auf der Tanzfläche im Club Toxic würde noch nicht einmal eine Haarsträhne passen.

Jetzt oder nie, sage ich mir. Ich stürze mir den Rest der Margarita hinunter und folge Sophia auf die Tanzfläche. Meine Freundin dreht sich zu mir um und wir fangen an zu springen und uns im Rhythmus zu bewegen. Mir wird schwindelig und ich bin mir nicht sicher, ob es am Alkohol liegt oder an der Menge der verschwitzten Körper. Unabhängig davon lasse ich mich gehen und die Musik durch meinen Körper strömen.

Plötzlich verschwinden alle meine Unsicherheiten und Zweifel unter den pulsierenden Lichtern. Ich hebe die Hände über den Kopf und schwinge die Hüfte. Sophia tanzt neben mir, zusammen mit Kari und Tasha. Ein Lächeln breitet sich auf meinem Gesicht aus, als ich anfange, mit meinem Becken zu stoßen und meinen Oberkörper genauso zu bewegen, wie sie es tun. Oder zumindest versuche ich es. Ich erwarte fast, dass jemand schreit, ich hätte einen Anfall, aber ich fühle mich so ausgelassen, dass es mir egal ist.

Hände landen an meiner Hüfte und ich schnappe nach Luft. Ich drehe meinen Kopf und meine Sicht verschwimmt für ein paar Sekunden. Ich muss meine Augen schließen, um mich wieder zu konzentrieren. Als ich sie öffne, bemerke ich, dass ich aufgehört habe zu tanzen. Ein Typ steht hinter mir und hält mich fest.

„Hallo Kleines. Tanz mit mir", befiehlt er. Er sieht mich mit raubtierhaften Augen über meine Schulter hinweg an. Plötzlich fühle ich mich wie ein Kaninchen, das in eine Falle getappt ist und schaue weg.

Meine Kehle ist so trocken wie die Wüste und die Warnung meiner Mutter vor Männern, die mich außerhalb der Kirche in sexuelle Situationen locken, hallt in meinen Gedanken wider. In dieser kurzen Sekunde fällt mir nichts anderes ein als die Stimme meiner Mutter. Meine Beine fangen an, ein wenig zu zittern, und als ich den Kopf drehe, hätte ich schwören können, dass sein Blick auf den Puls-schlag an meinem Hals gerichtet ist.

„Ähm, nein danke. Ich bin mit meinen Freundinnen hier."

Sophia rückt näher und greift nach meinen Händen. Die Panik, die durch mich strömt, lässt etwas nach, als meine Freundin mich ein paar Schritte wegzieht.

Aber mein Herz beginnt sich in meiner Brust zu über-schlagen, als der Typ, der mich festhält, mich nicht sofort loslässt. Ein Seitenblick verrät mir, dass er wild entschlossen aussieht. Irgendein Instinkt sagt mir, dass er sich nehmen wird, was er will.

Plötzlich steigen Tränen in meine Augen. Alles, wovor mich meine Eltern gewarnt haben, ist wahr. Meine Beine schwanken und meine Sicht verschwimmt. Ich versuche, mich von ihm wegzubewegen, aber meine Beine taumeln.

„Sie gehört zu uns", sagt Sophia zu dem Typen, aber er ignoriert sie und zieht mich näher an sich. Mein Kopf schlackert herum, ohne dass ich viel Kontrolle darüber hätte. Der Alkohol hat definitiv eine Wirkung auf mich. Die Situation ist beängstigend, aber ich bin mir nicht sicher, warum. Er scheint eigentlich ein ganz netter Kerl zu sein.

Ich möchte das Leben genießen und selbst entscheiden, wer ich bin und was ich mir wünsche. Basierend auf meinen eigenen Erfahrungen, nicht auf den Zwängen irgendeiner Kirche. Nicht dass ich dumm bin und zulassen werde, dass er mich von meinen Freundinnen wegzieht. Das würde nur Ärger bedeuten. Ich bin mit meinen Freundinnen hergekommen und werde mit ihnen gehen.

„Sie können mit uns tanzen", biete ich dem Typen an. „Ich bin Harper Travanti."

„Es freut mich, Sie kennenzulernen, Miss Travanti. Ich bin Grayson. Und Sie sind ein umwerfendes kleines Geschöpf." Er zieht seine Hände an den Seiten meines Körpers hoch, was mich nervös macht.

Ich sollte beleidigt sein. Ich habe das Gefühl, dass ich gegängelt werde, und seine Berührungen sind viel zu vertraut. Aber seine Stimme umhüllt mich wie ein Zauberspruch. Sie klingt sanft und kultiviert, als hätte er Jahrhunderte daran gearbeitet, den perfekten Ton zu treffen.

Als ich weitertanze, entweicht meinem Mund ein Kichern. Grayson spricht, als wäre er altmodisch. Vielleicht ist er sicherer, als ich zunächst dachte. Die ohnehin schon sinnliche Stimmung im Club steigert sich noch und mein Blut und Körper schließen sich der Gruppe an.

Ein kleiner Schrei entweicht meiner Kehle, als Grayson seine harte Länge an meinem Hintern reibt. Noch nie hat jemand seinen Penis an mir gerieben, niemals. Ich will ihm sagen, dass er aufhören soll. Es sein lassen soll; aber ich finde meine Stimme nicht. Stattdessen halte ich den Mund und ziehe meine Hüfte von seinem Körper weg. Es spielt keine Rolle, dass meine Klitoris als Reaktion darauf zu pulsieren beginnt und mir sagt, dass meinem Körper gefällt, was er tut. Ich fühle mich nicht wohl bei dem Kontakt.

Mein Blick sucht nach Sophia, landet jedoch auf James Dean, der die Tür bewacht. Als er seine babyblauen Augen dieses Mal auf mich richtet, weiß ich, dass er mich sieht. Seine Augenlider senken sich und seine Nasenlöcher beben. Die Art, wie er mich ansieht, bringt mein Blut zum Rasen. Nur Steve, mein früherer Verlobter, hat mich mit so viel Lust im Blick angesehen. Einer seiner Mundwinkel hebt sich zu einem Knurren und ich sehe einen scharfen, weißen Zahn aufblitzen.

Mehrere atemlose Sekunden lang erhitzt sich mein Körper und summt unter seinem Blick. Er starrt mich intensiv an und scheint mir tief in die Seele zu sehen. Alle Geräusche und die anderen Menschen treten in den Hintergrund, sodass nur er und ich zurückbleiben. Logisch betrachtet weiß ich, dass die Vorstellung lächerlich ist, aber es ändert nichts an der Tatsache, dass sich etwas in mir mit etwas in ihm verbindet.

Höchstwahrscheinlich geht es nur um Lust, aber sie ist stärker als alles andere, was ich jemals in meinem Leben gespürt habe. Meine zynische Seite kommt zum Vorschein und ich frage mich, ob dies eine weitere Auswirkung der Margarita ist, die mein Urteilsvermögen benebelt.

Ein weiterer weißer Schimmer sticht mir ins Auge, als er sich die Lippen leckt. Kopfschüttelnd kneife ich die Augen zusammen und versuche festzustellen, ob ich mir Dinge einbilde. Es sieht so aus, als hätte er einen Reißzahn. Das ist doch völlig lächerlich. Niemand hat Reißzähne und Vampire gibt es nicht.

Grayson streichelt mit einem Finger seitlich über meinen Hals und lenkt mich ab. Widerwillig drehe ich den Kopf und lächle den Typ an, der so nah bei mir tanzt, dass ich sehen kann, dass er keine Poren im Gesicht hat.

Ernsthaft, wie zum Teufel hat er das geschafft? Keine Gesichtsbehandlung der Welt hat meine Haut jemals so makellos wirken lassen.

„Lass uns an einen privateren Ort gehen", schlägt Grayson vor.

„Ich gehe an keinen privaten Ort mit dir", platze ich heraus. Ich habe auch sonst keinen Filter, aber der Tequila meines Cocktails lockert meine Lippen noch mehr. Diese Abfuhr hätte eigentlich reichen müssen, aber mein Mund bewegt sich einfach weiter, als mich irgendetwas dazu treibt, hinzuzufügen: „Wenn du er wärst", ich zeige auf den sexy Türsteher, „würde ich dich mit nach Hause nehmen und wie ein Pony reiten."

Sophia, Tasha und Kari brechen in Gelächter aus, während Grayson mich böse anfunkelt. Meine Freundinnen zerren mich weg und führen mich zu unserem Tisch zurück.

„Wer bist du und was hast du mit Harper gemacht?", fragt Tasha.

„Das ist der Alkohol, der aus dir spricht. Aber jetzt, da ich weiß, wer dir gefällt, kenne ich unser Ziel", fügt Sophia hinzu, als sie nach der Kellnerin winkt. „Ich habe den Türsteher schon öfter tanzen und sich mit Gästen vergnügen sehen, also weiß ich, dass er nicht tabu ist."

„Nein", rufe ich und ziehe damit die Aufmerksamkeit mehrerer Clubbesucher in der Nähe auf mich. Ich senke meine Stimme und fahre fort: „Er ist auf gar keinen Fall an mir interessiert, also vergiss es."

„Hab keine Angst, Harper. Man muss eine Menge Frösche küssen, bevor man seinen Prinzen findet", antwortet Sophia und bestellt uns eine weitere Runde Getränke. „Im Moment haben wir einfach nur Spaß. Wenn er Nein sagt, dann sagt er Nein. Keine große Sache. Es gibt hier genügend Typen, die dir schöne Augen machen."

Lächelnd schüttle ich den Kopf und kann mir nur mit Mühe verkneifen, mich nicht umzudrehen, um nachzusehen, ob Grayson immer noch da steht oder ob der Türsteher mich immer noch beobachtet. „Ich gehe mal kurz auf die Toilette. Ich bin gleich wieder da." Ich bahne mir meinen Weg durch die Menge auf der Tanzfläche.

Der Schweiß rinnt mir den Rücken hinunter und mein Magen verkrampft sich. Ich bin mir irgendwie nicht sicher, ob es ein Fehler war, hierher zu kommen, oder ob es die beste Entscheidung meines Lebens gewesen sein könnte.

Der Raum riecht nach einem Gemisch aus konkurrierenden Düften und Parfüms, Alkohol, Schweiß und Sex. Mir wird schwindelig, als ich mich durch die Körper dränge. Beim Gehen überschlagen sich meine Gedanken und ich habe keine Ahnung, ob ich den Türsteher ansprechen soll, wie Sophia es vorgeschlagen hat oder nicht. Ich will das Leben bei den Hörnern packen und ein Risiko eingehen.

Jedes Mal, wenn ich ein tanzendes Paar sehe, dass sich aneinander reibt, strömt verwirrende Erregung durch mich. Mein Unterleib zieht sich zusammen und spannt sich vor Verlangen an, als ich einen Mann sehe, der eine Frau mit so viel Inbrunst küsst, dass es an Obszönität grenzt. Noch nie in meinem Leben habe ich eine so offene Zurschaustellung von Zuneigung gesehen. Es widerspricht allem, was mir beigebracht wurde, aber nicht dem, was ich tief in meinem Inneren spüre. Ist es möglich, dass ich doch abartig bin? Die Frage erschreckt mich fast genauso sehr wie die Antwort.

Glücklicherweise gibt es vor der Damentoilette keine Schlange. Ich drücke die Tür auf, gehe zum Waschbecken und wasche mir die Hände. Dann befeuchte ich ein Papierhandtuch und drücke es mir in den Nacken. Mir fällt auf, dass die Toilette viel prunkvoller ist, als ich es erwartet hätte. Es gibt sogar eine Couch, die mich sofort daran denken lässt, mich hinzulegen und etwas von der Anspannung abzubauen, die durch meinen Körper pulsiert.

Ich senke den Kopf, beruhige mich und versuche, das Verlangen zu stoppen, das meine Klitoris zwischen meinen Beinen pulsieren lässt. Diesem besonderen Verlangen werde ich auf gar keinen Fall nachgeben. Ich winde mich, aber meine Erregung nimmt nur noch zu, als ich meine Beine aneinander reibe.

Ich stehe hinter der Tür und bin kurz davor, die Toilettenräume noch erregter zu verlassen, als ich hineingegangen bin, als mich ein Geräusch von draußen erschreckt. Was zum Teufel ist im Club los? Ich stoße die Tür auf, doch noch bevor ich hinausschauen kann, hallt Geschrei und Gebrüll durch den ganzen Club. Alles Blut verlässt meinen Kopf und lastet wie ein Stein auf meinem Magen.

Was geht hier vor sich? Einige der Stimmen klingen sauer, andere völlig verängstigt.

Meine *Gewissheit* sagt mir, dass ich vorsichtig sein sollte. Ohne die Tür weiter zu öffnen, spähe ich durch den Spalt und sehe, wie das Chaos ausbricht.

Wölfe rennen durch den Club und greifen Menschen an. Echte Wölfe. Ein Schrei entweicht meinem Mund, als ich sehe, wie eines der Tiere seinen Kiefer um das Bein eines Mannes presst. Das Blut spritzt durch seine gefletschten Zähne in einer makabren Szene heraus.

Ich drücke die Tür zu, renne zu einer Kabine und schließe mich darin ein. Ich klettere auf den Toilettensitz und kauere dort. Was zum Teufel geht hier vor sich? Wie sind die wilden Tiere in den Club gekommen? Das ist doch nicht möglich. Aber egal wie unmöglich es auch sein mag, die Wahrheit der Situation ist nicht zu leugnen.

Was zum Teufel soll ich jetzt tun? Ich werde die Sicherheit der Toilette auf gar keinen Fall verlassen, nur um dann von einem wilden Wolf gefressen zu werden. Ich hätte heute Abend nie mein Haus verlassen sollen. Nur wenige Meter von meinem Versteck gibt es echte Wölfe, die Menschen angreifen und töten. Und ich habe keine Möglichkeit, ihnen unbeschadet zu entkommen.

Ich werde in einer öffentlichen Toilette sterben. Wenn auch in einer besonders schönen.

 iam

„Wie zum Teufel sind die an uns vorbeigekommen?", belle ich, als ich durch den Club stürme. Ich fürchte, es war der Moment, in dem ich von dieser sexy Frau mit dem Schmollmund und den lebhaft hellbraunen Augen abgelenkt war.

Vor zwei Stunden etwa stieg mir ein sinnlicher Duft in die Nase, der mein Blut in Flammen setzte. Mein Schwanz war sofort hart geworden und ich konnte nicht mehr aufhören, nach einer Frau zum Ficken zu suchen. Sogar meine Reißzähne bohrten sich durch mein Zahnfleisch. Nach Jahrhunderten dieses Daseins hätte ich nie erwartet, jemandem zu begegnen, der mich derartig aufwühlt. Die meiste Zeit konzentriere ich mich nur darauf, meine nächste Mahlzeit zu finden.

Sex ist mir nicht fremd, aber es ist schon ein paar Wochen

her, seit ich das letzte Mal mit einem Süßblut im Verlies war. Es gibt nichts Befriedigenderes für einen Vampir, als eine Frau zu fesseln und von ihr zu trinken, während man sie fickt. Es heizt das innere Raubtier an, aber nach Jahrhunderten der gleichen, bedeutungslosen Begegnungen ist mir langweilig geworden.

Heutzutage erregt nicht mehr viel meine Aufmerksamkeit. Vor nicht allzu langer Zeit hat Dante einen Putsch inszeniert und versucht, unseren Schöpfer zu stürzen. Ich habe erst davon gehört, als Lucius ihn dafür tötete, aber ich hätte mich auch dann nicht eingemischt, wenn ich davon gewusst hätte.

Fehler wie dieser sind inakzeptabel. Ich weiß, dass Maximus genauso sauer ist wie ich, dass sie es an uns vorbei geschafft haben. Ich könnte mir selbst in den Arsch treten, als ich in den überfüllten Club stürme, um mich um die Gruppe von Gestaltwandlern zu kümmern, die gerade meine Vampir- kollegen angreift. Es gibt keine Möglichkeit, zu verhindern, dass Menschen in diesem Tumult verletzt werden. Sie verfallen in Panik und trampeln übereinander, was es schwierig macht, sich effektiv um diese Situation zu kümmern.

Ich lasse meinen Blick durch den Raum schweifen und einen Augenblick länger an der Stelle verweilen, an der ich diese köstliche Frau noch vor ein paar Minuten gesehen habe. Ihre Freundinnen sind da, aber sie ist nirgends zu sehen.

Mich zu fragen, wohin die Frau verschwunden ist, kostet mich, als ein Wolfsgestaltwandler in meine Wade beißt. Ich fluche und trete mit dem Bein. Als sich die scharfen Eckzähne durch mein Fleisch bohren, zucke ich zusammen. Mein Verstand schärft sich im Angesicht des Kampfes.

Lucius fand mich 1509 sterbend auf einem Schlachtfeld und hat mich verwandelt. Ich war ein Soldat in der Schlacht von Agnadello und einer der Unglücklichen, die während des ersten Angriffs der Franzosen zu Boden gingen. Viele meiner Landsleute entkamen nach Süden, aber ich nicht. Als ich die Wahl hatte, verwandelt zu werden, nahm ich sie ohne zu zögern an.

Im Laufe der Jahre habe ich oft daran gedacht, Lucius zu verlassen, aber ich habe es nie getan. Er mag vielleicht ein arrogantes Arschloch sein, aber er ist mein Schöpfer und ich verdanke ihm mein Leben. Oder mein untotes Leben zumindest, wie auch immer man es sehen will.

Als er seine Gefährtin Selene fand, hätte ich Tucson fast verlassen. Der Scheiß mit den Gestaltwandlern war auch so schon kompliziert genug und dies hat die Spannungen nur noch verstärkt. Aber im Gegensatz zu einigen meiner Brüder bin ich loyal. Ich konnte Lucius nicht im Stich lassen, Wandlergefährtin hin oder her. Außerdem habe ich, wenn ich an seiner Seite bleibe, Zugang zu seiner Infrastruktur hier im Club Toxic. Ich kann meine räuberischen Vorlieben ausleben, ohne eine große Anzahl von Leichen zu hinterlassen.

Es sind Momente wie dieser, in denen die Wandler glauben, dass sie besser sind als wir und versuchen, uns zum Umziehen zu zwingen, in denen ich meine Entscheidung infrage stelle. Ich will, dass die Gestaltwandler uns in Ruhe lassen und uns erlauben, einfach unsere Leben zu leben. Die meisten Vampire in Lucius' Gefolge wissen es besser, als sich mit Wandlern anzulegen. Sicher, es gibt immer noch ein paar Arschlöcher, die wir ausmerzen müssen, aber sie sind inzwischen in der Minderheit.

„Verdammte Scheiße", fluche ich und packe den Kiefer des Wolfswandlers.

Eine Sekunde später erscheint Maximus an meiner Seite. „Sichere die Tür, damit niemand geht. Wir müssen ein paar

Erinnerungen löschen, bevor die Menschen hier nach Hause gehen können."

Mit meiner übernatürlichen Kraft reiße ich meine Hände auseinander und verrenke und zerreiße den Kiefer, der sich um mein Bein klammert. Dem Wolf entweicht ein schmerzerfülltes Heulen, als er zu Boden sinkt.

Blut strömt aus meinem Bein, aber das ist nicht der Grund, der meine Reißzähne herausschnappen lässt. Ein Teil davon ist Blutrausch, der im Kampf begründet liegt, aber ein anderer ist der Duft menschlichen Blutes, der in die Luft steigt. Jemand wurde verletzt.

Ich drehe mich um, aber noch bevor ich zwei Schritte machen kann, fletscht ein Wandler in Menschengestalt seine Zähne vor mir. Er ist niemand, den ich aus dem hiesigen Rudel kenne. Ich habe zwar noch nicht alle getroffen, aber ich spüre Garretts Macht nicht in ihm.

Garrett ist Alpha des Tucson-Rudels und im Allgemeinen ein vernünftiger Mann. Er ist niemand, mit dem man sich anlegen sollte. Er wird dir ohne zu zögern den Kopf abreißen und hat Lucius informiert, dass seine Vampire in dieser Stadt an einer kurzen Leine gehalten werden müssen. Nur weil Garrett uns erlaubt hat, zu bleiben, sind wir alle noch hier.

Wenn Garrett diese Gestaltwandler also nicht in den Club geschickt hat, warum sind sie dann hier? Es sind Wölfe, also können sie nicht zu den Camino Seco-Kojoten gehören. Ihre Gruppe erlitt ein paar große Verluste, als ein Vampir namens Xavier versuchte, Club Toxic zu übernehmen und Lucius die Macht zu entreißen. Der Versuch scheiterte und dieser hier wird es auch.

Meine Faust landet im Gesicht des Mannes, sodass sein Kopf zurück und zur Seite schnellt. Der Gestaltwandler schüttelt sich und kommt weiter auf mich zu. Die Menschen, die auf den Ausgang zustürmen, zwingen mich dazu, mich unter dem Arm des Wandlers hindurch zu ducken und zur Garderobe zu stürmen. Reed und Adam sind nicht mehr auf ihren Posten, um die Tür zum Verlies zu bewachen. Höchstwahrscheinlich prügeln sie sich auf der Tanzfläche.

Die Vampire, die den Club Toxic besuchen, kommen dorthin, um zu trinken und sich zu vergnügen. Sie kämpfen zwar auch gegen die Gestaltwandler an, aber sie sind nicht so geübt wie ich und meine Türsteherkollegen. Es ist unsere Aufgabe, den Nachtclub zu sichern und dafür zu sorgen, dass wir ein Geheimnis bleiben. Ich verriegele die Eingangstür und schiebe einen umgestürzten Tisch davor, um den Weg zu versperren. Die Menschen schreien und wenden sich von ihrer Flucht in Sicherheit ab. Jetzt haben sie Angst vor mir. Der beißende Geruch von Angst liegt in der Luft und macht mich noch hungriger. Angst macht das Blut süßer. Ich ignoriere sie und drehe mich zu dem Wandler um, an dem ich mich vorbeigedrängt habe. Ich mustere ihn zum ersten Mal von oben bis unten.

Anders als die meisten aus Garretts Rudel trägt dieser keine Lederjacke und sieht auch nicht aus wie ein Biker. In gewisser Weise habe ich mit dem Motorradclub der Wolfsgestaltwandler mehr gemeinsam als mit meinen Vampirkollegen. Ich bin der einzige Türsteher, der keinen maßgeschneiderten Anzug zur Arbeit trägt. So bin ich einfach nicht. Die meisten meiner Art sind wie Lucius und Maximus und ziehen vornehme Anzüge Jeans und Leder vor.

Tatsächlich lege ich meine Jacke ab, damit sie nicht ruiniert wird, und werfe sie auf den Boden der Garderobe, bevor ich auf den Gestaltwandler zuspringe. Ich überrumple ihn und lande in einem unbeholfenen Geflecht von Gliedmaßen mit dem Mann. Es ist kein vergnügliches Ringen, denn eine Faust trifft mich in die Niere.

Krallen kratzen über mein T-Shirt, zerreißen den Stoff

und meine Haut. Ein Knurren entweicht meinen Lippen, bevor meine eigenen Krallen den Gefallen erwidern. Der Wichser hat gerade mein Lieblings T-Shirt ruiniert. Ich habe Jahre gebraucht, um James Perse-Klamotten zu finden.

Meine Sinne schärfen sich, als ich Stoff und Fleisch zerreiße. Ich greife nach seinen Armen, zerre seinen Kopf zur Seite und versenkte meine Reißzähne in seinem Hals. Ich schlinge das kraftvolle Blut hinunter, stoße ihn dann von mir und gehe weiter, um meinen Vampirkollegen zu helfen, die Situation unter Kontrolle zu bringen.

Maximus kämpft mit Leichtigkeit gegen die Wandler, ebenso wie Grayson. Mit Anlauf trete ich einem Wolf in die Seite, der versucht, sich an Reed heranzuschleichen. Das Tier fliegt quer durch den Club und schlägt in der Nähe des Tisches, an dem ich vorhin diese Frau gesehen habe, gegen eine Wand.

Bevor es mir überhaupt bewusst wird, folgen meine Füße bereits dem Weg, den der Wolf gekommen war. Club Toxic ist eine Mischung von Düften, die aus vielerlei Gründen überwältigend sein kann. Da ich jedoch in diesem Club arbeite und ihn oft besuche, bin ich gut darin, die verschiedenen Komponenten schnell zu identifizieren.

Neben Angst, Schweiß, Alkohol und Sex nehme ich auch einen Hauch desselben Geruchs wahr, der mich vorhin verrückt gemacht hat. Ich reiße den Kopf zu den drei Frauen herum, die ich zuvor mit der dunkelhaarigen Schönheit gesehen habe. „Wo ist eure Freundin?", fordere ich.

Die Frauen zittern und erblassen, als ich meine Aufmerksamkeit auf sie richte. Es gibt keinen einzigen Teil in mir, der sich wegen ihrer offensichtlichen Angst schlecht fühlt. Ich bin ein Vampir und ich nehme mir, was ich will. Diese Weibchen sind für mich und meine Art nichts anderes als Nahrung. Als sie stumm bleiben, verliere ich schnell die Geduld.

Gerade als ich mich bereit mache, eine von ihnen hochzu-
heben und sie zu zwingen, es mir zu sagen, meldet sich die
kleine blonde Sexbombe zu Wort. „Harper, ähm, ist auf die
Toilette gegangen, bevor die Wölfe angegriffen haben." Ihr
Blick schweift durch den ganzen Raum. Ihre Atmung wird
schneller und ihr Körper zittert noch mehr. „Diese Leute
haben sich in Wölfe verwandelt."

Weil ich mich nicht mit der Panik befassen will, von der
ich weiß, dass sie bald folgen wird, taste ich mich in ihre
Gedanken und lösche ihre Erinnerungen an den gesamten
Abend. Das ist einfacher, als zu versuchen, nur die letzte
Stunde ausfindig zu machen und ihr diese zu nehmen. Ich tue
das Gleiche mit ihren Freundinnen und weise sie an, einzu-
schlafen. Einer von uns wird sie nach Hause schicken, wenn
wir die Situation hier unter Kontrolle haben.

Der Wolf, den ich an die Wand geschleudert habe, dreht
sich um und rappelt sich auf die Füße. Bevor er davonstol-
pern kann, bin ich bereits in Bewegung. Ich bin es leid, mich
mit diesem Scheiß hier zu beschäftigen, anstatt nach Harper
zu suchen, und stürze mich auf ihn.

Es ist Jahre her, dass ich einen Feind unterschätzt habe,
also verdiene ich den zerrissenen Unterarm, den ich erleide,
als es mir nicht gelingt, meine Hände um die Kehle des
Biestes zu schlingen. Da mein Bein immer noch von der
früheren Verletzung blutet und nun auch mein Arm, knurre
ich und packe mit einer Hand eine faustvoll Fell.

Ich lasse den Dämon in mir an die Oberfläche steigen,
verdrehe und breche dem Wolf das Genick und suche nach
dem nächsten Feind, den es zu besiegen gilt. Noch bevor ich
aufschauen kann, weiß ich, dass ich enttäuscht sein werde.
Die Geräusche des Kampfes sind verstummt. Wimmern,
Schluchzen und Flüche sind, abgesehen von den Tischen, die

wieder zurechtgerückt werden, die einzigen Klänge, die ich höre.

Der Club ist das totale Chaos. Ich bin überrascht, dass ich in den Trümmern nur ein paar Tische und Stühle entdecken kann. Die meisten der Kunstlederbänke sind jedoch ein Total-schaden. Ich schließe mich Grayson an, als die Vampire gerade damit anfangen, den Menschen die Erinnerungen zu löschen, bevor sie sie zur Vordertür hinausschicken. Angewidert starre ich auf die Leichen der Wandler, die auf dem Boden verstreut liegen.

„Wer zum Teufel waren diese Wandler?", frage ich, während ich einen Tisch aus der Garderobe schiebe und meine Lederjacke holte.

„Ich habe keine Ahnung. Sie gehörten nicht zu Garretts Rudel", antwortet Maximus. „Geh und prüfe den hinteren Flur und die Toiletten. Stell sicher, dass sich dort keine Wandler oder Menschen verstecken."

Als er die Toilette erwähnt, mischt sich Verlangen in meinem Blutkreislauf mit der Gewalt, die immer noch in meinem Körper brodelt. Es ist eine explosive Mischung und wird zweifellos durch die Angst, die hier immer noch in der Luft hängt, angeheizt.

Ich bemerke die drei menschlichen Frauen, die immer noch auf dem Boden schlafen und wecke sie, bevor ich sie zur Vordertür hinausführe. Auf dem Weg zur Hintertür und zu den Toiletten treffe ich auf mehrere Menschen, die sich verstecken.

„Geht zur Vordertür. Maximus ist dort und wird dafür sorgen, dass ihr sicher hier rauskommt", informiere ich die Gruppe. Sie gehen hinaus und ich prüfe die Herrentoilette. Dort hocken fünf Menschen zusammengekauert direkt hinter der Tür.

Ich befehle ihnen, aufzustehen, und führe sie zur Tür hinaus. Erst als ich hinter der Gruppe hergehe, fällt mir auf, dass einer von ihnen ein Gestaltwandler ist. Ich setze mich in Bewegung, um ihnen zu folgen, aber das Geräusch eines Wimmerns hält mich auf.

Alles in mir schreit, dass es Harper in der Damentoilette ist. Ich vertraue darauf, dass Maximus und die anderen den Wandler erschnüffeln werden, und stürme durch die Tür. Als ich ein weibliches Wimmern höre und den sinnlichen, von Angst geprägten Duft rieche, bereue ich fast, so brutal zu sein.

Was zur Hölle? Das Gefühl ist fremd und unnötig. Ich werde dieser menschlichen Frau die Erinnerung löschen, ganz egal wie viel Erregung durch meine Adern fließt. Es gibt keinen Grund, zu bedauern, dass ich sie noch mehr erschrecke.

Auf den ersten Blick ist die Toilette leer, aber ich weiß, dass sie da ist. Meine Leistengegend zieht sich von Harpers Angst zusammen, und ich lechze nach einer Kostprobe. „Wer ist hier drin?", frage ich fordernd.

Ein ersticktes Keuchen verrät mir, wo sie sich versteckt hält. Ich gehe langsam zu der verschlossenen Kabinentür und drücke sie auf. Das Metall knarrt und bricht, als ich Druck auf den Rahmen ausübe. Die Tür fliegt auf und schlägt mit einem lauten Knall gegen die dahinterliegende Wand.

Ich strecke meine Hand aus, um zu verhindern, dass sie zu mir zurückprallt. Die Frau hockt auf der Toilette und zittert wie Espenlaub. In Anbetracht der vielen weinenden Menschen im Hauptbereich des Nachtclubs hatte ich erwartet, dass Harper ein völliges Tränenchaos wäre.

Die Art, wie sie meinem Blick standhält und ihr Kinn anhebt, erstaunt mich. Hier sitzt eine machtlose Frau, die offensichtlich zu Tode erschrocken ist, aber sie versucht, es nicht zu zeigen. So viel Mut habe ich noch nie gesehen.

Es gelingt mir, jetzt einen besseren Blick auf sie zu werfen als zuvor. Ich konnte ihre untere Hälfte davor überhaupt nicht sehen, aber ich bin nicht überrascht, dass ihr Rock ein paar knackige Beine enthüllt. Die meisten Frauen, die den Club besuchen, tragen Röcke oder Kleider, und ich liebe es. Es erlaubt mir besseren Zugang zu ihrer Muschi und ihrem Vergnügen, aber ich habe mich noch nie zuvor zu den Beinen von jemandem hingezogen gefühlt.

Ihr hellrosafarbenes Oberteil ist zwar aus einem elastischen Material, aber für meinen Geschmack nicht eng genug. *Sie ist nicht dein Typ,* sage ich mir, bevor ich eine Hand ausstrecke, um ihr von der Toilette zu helfen. „Du bist jetzt in Sicherheit, Harper. Der Angriff ist vorbei", verspreche ich.

Sie legt ihre winzige Hand in meine und scheint viel vertrauensvoller, als ich es von jemandem erwarte, der gerade Zeuge eines Gestaltwandlerangriffs geworden ist. Ich bin weitaus gefährlicher für sie als alles andere hier im Club. Meine Reißzähne brennen darauf, sich in ihren Hals zu bohren, während ich sie besinnungslos ficke.

Harper klettert vom schmutzigen Toilettensitz herunter, während sie sich an mir festhält, was mein Verlangen nach ihr nur noch schlimmer macht. „Woher ... woher kennst du meinen Namen? Kannst du meine Gedanken lesen?"

Ich gluckse und wünschte, ich könnte lesen, woran sie gerade denkt. Ihre Füße treffen auf den Boden und fast falle ich über sie her, denn ich bin immer noch ein hungriger Vampir.

„Nein, meine Art kann keine Gedanken lesen. Deine Freundinnen haben mir deinen Namen verraten."

„Verwandelst du dich auch in einen Wolf? Wie ist das überhaupt möglich?" Sie taumelt, als sie die Kabine verlässt.

Sie murmelt vor sich hin, dass dies ein Albtraum sei. Ein schlimmer Wachtraum, ganz sicher.

Ich lasse sie nicht aus den Augen, als sie versucht, ihren Rock hinunterzuziehen. Ich kann deutlich sehen, wie sie beginnt, die Fassung zu verlieren. Ihre Augen huschen hektisch hin und her und ihr Zittern wird immer stärker. Ich schüttle den Kopf, weil ich will, dass der Rock nach oben rutscht und nicht hinunter. Außerdem muss ich ihren Nervenzusammenbruch verhindern, bevor er passiert.

Ich sollte sie ins Verlies schmuggeln und sie an das Andreaskreuz binden, während ich mich an ihr vergehe. Nein, ich korrigiere mich. Während ich mir Zeit nehme, ihre Erinnerungen zu löschen. Wenn wir am Ende beide nackt sind und ich bis zu den Eiern in ihrer engen Muschi stecke, umso besser, denke ich.

„Die Fähigkeit, sich in ein Tier zu verwandeln, ist genetisch bedingt. Und nein, ich habe diese Gene nicht. Meine Talente liegen woanders. Du bist vorerst sicher. Lass uns dich nach Hause bringen", sage ich zu ihr und schiebe mein Verlangen, sie zu ergründen, beiseite. Ich muss ein Chaos beseitigen und habe keine Zeit, mit ihr ins Verlies zu gehen.

Sie kann kaum laufen und atmet so schnell, dass ich mir sicher bin, dass sie jeden Moment ohnmächtig werden wird. Und ich kann es irgendwie kaum erwarten, ihr die Angst zu nehmen. Jeder Mensch reagiert so, wenn er erfährt, dass der Stoff aus Mythen und Legenden tatsächlich wahr ist. Ich drehe sie zu mir um und schleiche mich in ihre Gedanken. Es ist erstaunlich schwierig, ein bestimmtes Gedankenmuster zu erfassen.

Jedes Mal wenn ein Vampir die menschliche Erinnerung auslöscht, besteht die Gefahr, dass der Verstand dauerhaft geschädigt wird. Ich grabe nicht tiefer, denn der bloße Gedanke daran, dass sie zu einer sabbernden, geistlosen Frau werden könnte, lässt meine Reißzähne herausschnellen, gefolgt vom Drang etwas zu schlagen.

„Beruhige dich", befehle ich. „Vampire und Gestaltwandler existieren, aber du bist jetzt bei mir. Du wirst sicher nach Hause fahren und dich an nichts hiervon erinnern."

Sofort senkt sie ihre Schultern und ihre Atmung verlangsamt sich, aber sie sieht sich immer noch wie wild um. Scheiß drauf. Ich habe keine Zeit mehr, mir Sorgen zu machen. Sie kann wieder gehen und das ist alles, was zählt.

Als wir die Damentoilette verlassen, bemerke ich ein paar andere Frauen, die noch immer im Club verweilen und darauf warten, dass sie an der Reihe sind, ihr Gedächtnis gelöscht zu bekommen und nach Hause zu gehen. Ich sehe sie mir näher an, aber keine von ihnen weckt mein Interesse wie Harper. Es ist nur dieses köstliche Weibchen, das meine Sehnsucht entfacht. Leider wird das im Moment zu nichts führen. Nachdem wir uns der Gestaltwandler entledigt haben, müssen wir herausfinden, wer zum Teufel sie sind und warum sie uns angegriffen haben.

„Bist du hierher gefahren?", frage ich, weil ich wissen will, ob sie eine Mitfahrgelegenheit nach Hause braucht.

Sie schüttelt den Kopf und starrt noch immer auf die Leichen, die den blutigen Boden bedecken. Sie rückt näher an mich heran und zeigt wieder dieses Vertrauen. Die meisten Menschen spüren die Gefahr, die von meiner Art ausgeht, und kuscheln sich nicht näher an uns.

„Ich bin mit Sophia hergekommen. Sie kann mich nach Hause fahren. Ich will einfach nur vergessen, dass dieser Abend jemals passiert ist", beschwert sich Harper, während ich ihr helfe, über einen toten Wolf zu steigen.

„Dabei kann ich behilflich sein", sage ich zu ihr. Sie bleibt stehen und sieht mich an. In der Sekunde, in der ich ihre Aufmerksamkeit habe, tauche ich erneut in ihre

Gedanken ein und stehe vor den gleichen Schwierigkeiten. Dieses Mal dränge ich weiter, finde aber keinen Gedanken an den Nachtclub, also lösche ich ihre Erinnerungen an den gesamten Abend.

Als ihre hellbraunen Augen glasig werden, zieht sich etwas in meiner Brust zusammen. Ich will, dass sie mir ausgeliefert ist, aber nicht auf diese Weise. Ich will, dass sie zu mir kommt und sich mir freiwillig hingibt, trotz ihrer Angst. Ich verspotte meine eigene plötzliche Sentimentalität und sage zu ihr: „Schlafe friedlich, sobald du zu Hause ankommst."

So lächerlich es auch erscheint, halte ich den Atem an und hoffe, dass ich ihr mit meinen Bemühungen nicht die Seele geraubt habe. Nach ein paar Sekunden blinzelt sie und fängt an, den Kopf zu bewegen, aber ich schicke sie hinaus, bevor sie etwas sehen kann.

„Setze sie in das Taxi, wenn es kommt", sage ich zu Grayson, der am Eingang steht. Er nickt und ich wende mich ab, bevor ich sie aufhalten und auf mich warten lassen kann.

Ich konzentriere mich auf die anstehenden Belange und erwarte, dass Lucius bald hier sein wird. Nachdem ich hier fertig bin, so verspreche ich mir selbst, werde ich eine Frau finden, mit der ich ins Bett steigen kann, bevor ich mich für den Tag zurückziehe. Das ist sicher die klügste Lösung.

Mein Geist widerspricht mir sofort. Ich will keine andere als Harper. Ich rolle über das wiederholte Auftauchen einer sentimentalen Seite, von der ich dachte, sie wäre gestorben, als ich es bin, mit den Augen. Ich brauche eine andere Frau. Ich erinnere mich selbst daran, dass es eine sehr lange Nacht werden wird, wenn ich keine Erleichterung für die Anspannung finde, die durch meinen Körper pulsiert.

Mit diesem Schwur im Hinterkopf stürze ich mich in meine Aufgaben. Es hat keinen Sinn. Ich kann nicht aufhören, an sie zu denken. Jetzt bin ich froh, dass ich Harpers Nachnamen nicht kenne. Sonst könnte ich ihre Adresse herausfinden und ihr einen Besuch abstatten, wenn ich hier fertig bin. Angesichts meiner derzeitigen Besessenheit mit dieser Menschenfrau ist das allerdings die absolut schlechteste Idee.

KAPITEL 3

*H*arper

„WER IST DA?", rufe ich und klammere meine Bettdecke an meine Brust. Ich kann nicht schlafen. Jedes Mal, wenn ich einnicke, lässt mich irgendein Geräusch im Bett zusammen-zucken und ich weiß nicht, warum.

Ich starre in die Dunkelheit, stehe dann aus meinem Bett auf und schaue aus dem Fenster. Es ist Vollmond und das Licht des Himmelskörpers beleuchtet den mit Fahrzeugen vollgestopften Parkplatz. Dort draußen ist nichts los. Schnell suche ich den Rest meiner Wohnung ab, finde aber nichts. Es ist genau dasselbe wie die letzten fünf Male, die ich aufge-wacht bin.

Die Uhr lässt mich wissen, dass es halb vier Uhr morgens ist. Verdammt, dies wird wohl die längste Nacht meines Lebens. Habe ich einen Film gesehen, der sich in mein Unter-bewusstsein geschlichen hat? Oder vielleicht ist es etwas, was ich gegessen habe, das mich aus dem Gleichgewicht bringt.

Allerdings habe ich das Problem, dass ich mich nicht erinnern kann, was ich vor dem Schlafengehen geschaut habe. Ich erinnere mich vage daran, ein schnelles Sandwich verschlungen zu haben, um mich mit Sophia und den Mädels zu treffen, was anscheinend auch nicht passiert ist.

Darüber wundere ich mich nicht. Ich bin keine Clubgängerin. Mein Leben ist ziemlich langweilig. Ich treibe nur noch Sport, gehe zur Arbeit und fahre dann wieder nach Hause. Ich bin weggezogen, um mich der erdrückenden Kontrolle und Überwachung meiner Eltern zu entziehen, um herauszufinden, wer ich bin und was ich im Leben tun will und was nicht. Aber ich kann mich nicht mehr daran erinnern, was ich eigentlich getan habe.

Ich schnappe mir die weiche Decke von der Rückenlehne meiner Couch und lasse mich auf das klumpige Kissen fallen. Mein Schädel dröhnt und ich brauche dringend etwas Schlaf.

Die Schlaflosigkeit weigert sich jedoch, zu verschwinden. In Gedanken gehe ich immer wieder Details vom Vortag durch. Meine *Gewissheit* sagt mir, dass das, was auch immer passiert ist, der wahre Grund dafür ist, dass ich nicht schlafen kann.

Ich erinnere mich daran, dass ich nach der Arbeit alle Tests aus den gestrigen Vorlesungen zwar benotet, aber noch nicht in den Computer eingegeben habe. Abgesehen von der Arbeit und der Benotung erinnere ich mich daran, dass ich ein Salamisandwich gegessen habe und sonst nichts. Wenn mich eine solche Kleinigkeit wachhält, dann stehen mir unzählige lange Nächte bevor.

Vielleicht sind es die nicht eingetragenen Noten, die mich belasten? Ich bin niemand, der Dinge aufschiebt. Ich erledige alles immer in dem Moment, in dem ich von der Aufgabe erfahre. Die meisten meiner Kollegen müssen noch Arbeiten und Klausuren bewerten, die schon Tage zurückliegen. Ich bin weit voraus, sage ich mir.

Das hilft, die Bestie des Zwanges zu besänftigen, die in mir schlummert. Aber als ich weiter darüber nachdenke, glaube ich nicht, dass es das ist, was mich so nervös macht. Ist es der gescheiterte Mädelsabend? Ich bin sehr enttäuscht von mir, dass ich die Gelegenheit nicht genutzt habe, selbst zu sehen, was es mit dem Hype auf sich hat.

Als mir bewusst wird, dass ich Sophia vielleicht noch nicht einmal darüber informiert habe, dass ich sie nicht treffen werde, werfe ich die Decke beiseite und mache mich auf die Suche nach meinem Handy. Es hängt nicht an der Ladestation neben meinem Bett, also suche ich nach meiner Handtasche. Obwohl es eigentlich nicht meine Art ist, es in der Tasche zu lassen, weiß ich nicht, wo es sonst sein könnte. Der Tisch neben dem Eingang, auf den ich meine Handtasche normalerweise lege, ist leer. Mein kleiner Feengarten ist da, wo er schon immer stand, aber es gibt keine Spur der Gegenstände, die ich suche.

Ich stemme die Hände in die Hüfte und frage mich, ob ich völlig den Verstand verloren und beides im Wagen liegengelassen habe. Mein Schlüsselbund hängt auch nicht am Haken des Willkommensschildes, das ich selbst gemacht habe, aber der Ersatzschlüssel zu meinem Wagen ist da und der Ersatzschlüssel zu meiner Wohnung, den ich am Hauseingang unter einem Buchsbaumbusch versteckt habe, auch.

Als ich hierhergezogen bin, hat mir meine *Gewissheit* gesagt, dass ich einen Ersatzschlüssel zu meiner Wohnung irgendwo draußen verstecken sollte. Nur für den Fall, dass ich mich jemals aus meinem Haus aussperren würde. Damals konnte ich mir nicht vorstellen, warum ich das brauchen sollte, aber ich habe trotzdem einen Schlüssel versteckt.

Ich muss sowohl meine Schlüssel als auch meine Handtasche verlegt haben. Ich kann mir einfach nicht vorstellen, dass ich vergessen hätte, dass ich ausgeraubt wurde. Als mir dieser Gedanke durch den Kopf geht, beginnt mein Herz zu rasen. Ich durchsuche die kleine Küche und mein Schlafzimmer. Meine Wohnung ist klein und der einzige andere Raum ist das Badezimmer. Trotz der Tatsache, dass beide Gegenstände nicht dort waren, als ich kürzlich zur Toilette gegangen bin, sehe ich nach, um auf Nummer sicher zu gehen.

Als ich nichts finde, beschließe ich, dass ich sie in meinem Wagen vergessen haben muss. Ich schlüpfe in meine Hausschuhe, schnappe mir den Ersatzschlüssel und schließe leise die Tür hinter mir.

Die Nachtluft ist kühler als zuvor, aber nicht so kühl, wie ich es aus Utah gewohnt bin. In meinem Trägeroberteil und der Schlafanzughose, die ich trage, fröstele ich nicht. Das wärmere Wetter ist wahrscheinlich mein Lieblingsteil am Leben in Arizona. Das und das mexikanische Essen. Das erste Restaurant, in dem ich gegessen habe, als ich hierhergezogen bin, war *Mi Nidito* auf der Southside.

Ich liebe alles an diesem Ort. Das Essen, die Atmosphäre und das Personal. Es hat mein Interesse geweckt und mich erkennen lassen, dass ich Essen liebe. Vor allem neue Gerichte anderer Länder auszuprobieren und Dinge zu kosten, die ich noch nicht kenne.

Ich habe mich selbst nie als Foodie betrachtet, bevor ich nach Tucson gezogen bin. In den wenigen Monaten, die ich hier lebe, habe ich so ziemlich jede Art von Speisen probiert und herausgefunden, was ich hasse und was mir besonders gut schmeckt. Eine meiner Lieblingsnationalitäten, wenn es zu Speisen kommt, ist äthiopisches Essen. In dem Restaurant, das ich besucht habe, aß ich mit einer Art schwammigem

Brot und meinen Fingern, was das Erlebnis ganz einzigartig und aufregend machte.

Das laute Knacken eines brechenden Astes lässt mich zusammenzucken und ich drehe mich langsam um. Eine Warnung läuft mir den Rücken hinunter und mein Herz rast. Meine *Gewissheit* sagt mir, dass mich etwas jagt, das einem Horrorfilm entsprungen ist. Ich muss vor dem Schlafengehen einen Horrorfilm gesehen haben. Es geschieht mir ganz recht, wenn ich dann nicht schlafen kann und nervös bin. Ich sollte es besser wissen. Ich war noch nie in der Lage, mit grusligen Dingen umzugehen.

Meine Kehle wird trocken, als ich völlig schutzlos dastehe. Zuerst sehe ich gar nichts. Als ich mich jedoch in Bewegung setze und zu meinem Wagen gehen will, entdecke ich leuchtende Augen. Ich drehe mich sofort wieder um und mir klappt die Kinnlade auf, als ich einen Mann erblicke, der nur ein paar Meter entfernt von mir steht.

Seine Augen leuchten nicht wirklich. Stattdessen reflektieren sie das Mondlicht, ähnlich wie die Augen von Tieren in der Nacht. Irgendetwas an seinem Anblick lässt mich an einen gefährlichen Wolf denken. Mein Herz überschlägt sich, meine Füße sind wie angewurzelt und ich kann nicht mehr atmen. Ich stecke in riesigen Schwierigkeiten.

Wer auch immer dieser Typ ist, er schleicht sich nicht mitten in der Nacht um meine Wohnung herum, um mit einem meiner Nachbarn ein Picknick zu machen. Er ist hinter mir her. Daran habe ich keinerlei Zweifel. Meine *Gewissheit* war noch nie so stark wie in diesem Moment. Allerdings habe ich das Problem, nicht zu wissen, warum er mich will.

Von dem, was ich von seinem Gesicht sehen kann, kommt er mir nicht bekannt vor. Und ich mache es mir auch nicht zur Gewohnheit, Leute zu verärgern. Obwohl ich immer noch erwarte, dass mein Ex-Freund Steve mich irgendwann aufspüren wird, aber kein völlig Fremder.

Ich bin eine verdammte Jungfrau, also ist es auch nicht möglich, dass ich Sex mit ihm hatte und er gekommen ist, weil er mehr will. Kerle tauchen mitten in der Nacht für ein Stelldichein bei Frauen zu Hause auf, aber das ist hier nicht der Fall. Ich bleibe für gewöhnlich für mich und unternehme nichts, was mich in Schwierigkeiten bringen würde.

Plötzlich ist es mir völlig egal, ob ich meine Handtasche finde. Um jeden Kontakt zu vermeiden, laufe ich so schnell es meine Hausschuhe zulassen zurück zu meiner Wohnung. Leider kommt es mir in diesem Moment so vor, als wäre sie kilometerweit entfernt und ich würde sie niemals rechtzeitig erreichen können.

Das Geräusch meiner Plastiksohlen, die über den Asphalt klatschen, konkurriert mit meinem keuchenden Atem.

„*Ahhh*", schreie ich, als sich eine Hand an meiner Schulter festkrallt und mich stoppt.

Das Gelenk wird gezerrt, als der Kerl mich herumreißt, damit ich ihn ansehe. Das Erste, was mir an ihm auffällt, sind seine angepissten, haselnussbraunen Augen. Dann sein Bart und das marineblaue T-Shirt, das er trägt. Er würde gut ausse-hen, wenn er lächeln würde, anstatt ein so finsteres Gesicht zu ziehen.

„Was glaubst du, wo du hingehst?", fragt er.

„Nach … nach Hause", stottere ich und starre ihn mit weit aufgerissenen Augen an.

Er kneift die Augen zusammen und knurrt aus tiefster Kehle. Der animalische Klang bestätigt meinen vorherigen Gedanken an Wölfe. Andererseits könnte es auch so sein, dass ich nach Beweisen für meine vorherige Behauptung suche.

„Das glaube ich nicht. Es hat mich eine Menge Mühe

gekostet, dir hierher zu folgen. Du kommst mit mir", bellt er. Ich brauche meine *Gewissheit* nicht, um mit Sicherheit sagen zu können, dass das eine ganz schlechte Idee ist.

„Ich … ich glaube, Sie verwechseln mich mit jemandem. Ich kenne Sie nicht", beharre ich, während ich einfach nur dastehe. Mein Körper beginnt zu zittern, als Tränen in meinen Augen brennen. Zu weinen oder zumindest weinerlich zu werden, ist meine automatische Reaktion auf Wut oder Angst jeglicher Art und ich hasse es, weil es mich so schwach erscheinen lässt.

Ich bin nicht schwach, erinnere ich mich selbst. Meine Stärke muss kein tobendes Feuer sein, das vom Weltall aus sichtbar ist. Es braucht nur einen kleinen Funken und ein Flüstern. *Du schaffst das,* sage ich mir. *Denk gut nach.*

Was hat mir mein Bruder über Situationen wie diese beigebracht? Steige niemals zu einem Fremden in den Wagen, sonst wirst du nie wieder gefunden werden, aber was sonst? Denn das ist im Moment nicht sonderlich hilfreich. Ich muss einen Weg finden, mich in Sicherheit zu bringen. Ein Blick auf das Treppenhaus und ich weiß, dass ich es niemals so weit schaffen werde.

Ich werde mit diesem Idioten nirgendwo hingehen. Wenn es dazu kommt, werde ich mich wehren müssen. *Du schaffst das,* sage ich mir erneut. *Ziele auf die empfindlichen Stellen,* fügt mein Verstand dieses Mal hinzu.

Das Keuchen meines panischen Atems ist das einzige Geräusch, das zu hören ist. Kein Fahrzeugmotor in der Ferne. Keine Türen, die sich öffnen oder schließen. Es gibt keine Hoffnung, dass ein Ritter in glänzender Rüstung zu meiner Rettung kommen wird. Mein Körper zittert, ich hebe mein Bein und trete mit aller Kraft nach vorn, wobei ich auf seinen Unterleib ziele. In dem Augenblick, in dem er sich krümmt und ein Grunzen aus seinem Mund entweicht, reiße ich meinen Arm los und stürme in Richtung Tür. Das Adrenalin, das durch meine Adern schießt, beschleunigt meinen ohnehin schon schnellen Herzschlag und ich keuche, während ich renne.

Sein Fluch hallt hinter mir wider, aber ich werde nicht langsamer. Dies ist meine einzige Chance, es in meine Wohnung zu schaffen und die Tür hinter mir abzuschließen. Ich kann die Polizei nicht rufen, weil ich mein Handy nicht habe. Als ich den zweiten Treppenabsatz erreiche, schubst mich jemand. Ich kann seine Hände auf meinem Rücken spüren. Mein Körper stürzt nach vorn. Mein Kopf prallt gegen die Treppe und mein Schädel dröhnt, als meine Sicht verschwimmt. Er wird mich verschleppen, wenn ich nichts tue. Ich habe keine Zeit, darauf zu warten, dass meine Sicht wieder klar wird oder sich mein Kopf besser anfühlt. Sofort beginne ich mit den Füßen zu strampeln und versuche, einen weiteren Tritt zu landen. Es ist etwas ungelenk, da mein Körper über der Treppe ausgestreckt liegt. Meine Pantoffeln fliegen weg und mein rechtes Bein wird zur Seite gerissen.

„Schnapp dir das andere Bein", bellt der Typ. Was? Mit wem spricht er denn da? Ich drehe den Kopf und bemerke zwei neue Typen, die ich vorher noch nicht gesehen hatte. Einer von ihnen macht einen Schritt auf mich zu, bevor er plötzlich durch die Luft in Richtung Parkplatz fliegt. Ich reiße die Augen weit auf und versuche erneut, mich zu befreien, als sich der Griff um mein Bein lockert.

Ich kann nicht sehen, was den einen abgelenkt und den anderen durch die Luft geschleudert hat, aber es ist mir auch egal. Ich muss in meine Wohnung und die Tür abschließen. Diese Typen meinen es ernst und werden mir wehtun, wenn ich ihnen nicht entkomme. Mein nächster Tritt erwischt den Kiefer des ersten Typs und lässt seinen Kopf nach hinten schnellen. Ich krieche auf Händen und Knien die Treppe hinauf und frage mich, warum keiner meiner Nachbarn die Tür aufreißt, um nachzusehen, was vor sich geht.

Ich schaffe es die halbe Treppe hinauf, als ich jemanden unter mir höre. Jetzt ist der dritte Typ hinter mir her. „Nein", schreie ich.

Er springt über vier oder fünf Stufen und greift nach mir, als sein Körper über mir landet. Er schlingt seinen Arm um meine Kehle und schnürt mir die Luft ab. Dann bewegt er sich nach unten und zwingt meine Füße, mit ihm zu gehen.

Es nützt mir nichts, als ich versuche, mich zu wehren, um ihn davon abzuhalten, mich mitzuschleifen. Während ich noch immer um meinen Atem ringe und versuche, seinen Arm zu kratzen, geht mir ein Gedanke wieder und wieder durch den Kopf. *Was wollen die von mir?*

„Warte hier", fordert das Arschloch, das mich als Geisel hält, als wir den Bürgersteig erreichen. Mein Herz setzt einen Moment lang aus, als ich bete, dass einer meiner Nachbarn zur Hilfe gekommen ist.

Fast breche ich vor Erleichterung zusammen, aber ich kann immer noch nicht atmen. Ein Typ, der aussieht wie James Dean, steht in ein paar Metern Entfernung. Ich schwöre, dass seine Augen mit mörderischem Blick rötlich schimmern, aber wahrscheinlich bilde ich mir das nur ein. Seltsamerweise macht er mir nicht so viel Angst wie die anderen Typen. Ich habe keinen Zweifel, dass er hier ist, um mir zu helfen.

Schwarze Pünktchen flackern vor meinen Augen auf, als der Griff um meinen Hals fester wird. Panik steigt in mir auf und ich fange an, nach seinem Gesicht zu kratzen. Ich packe Fäuste voller Haare, aber ich kann keinen guten Halt kriegen.

„Ihr habt einen Fehler gemacht, einen Vampirclub anzugreifen, Wandler. Lass die Menschenfrau los und stell dich mir", befiehlt James Dean.

Der Typ, der mich festhält, stößt einen seltsam rumpelnden Laut aus und sein heißer Atem streicht über meine Wange, als er antwortet. „Niemals, Vampir. Unser Alpha hat es auf diese Stadt abgesehen und wir werden deine Art nicht so dulden, wie es Garrett tut."

Meine Hände fühlen sich jetzt schwer an und ich bin plötzlich so verdammt müde. Ich möchte nur noch schlafen. Zweifellos liegt das am Sauerstoffmangel. Wenn ich mich nicht bald befreie, wird er mich umbringen, während sich die beiden Kerle beiläufig unterhalten. Ich erwarte fast, dass mein Leben im Angesicht des Todes vor meinen Augen vorbeizieht, aber das passiert natürlich nicht.

Ich will nicht sterben, versuche ich zu schreien, aber es kommt nichts heraus, wenn ich meine Lippen bewege. Als ich versuche, meine Kräfte zu sammeln, sinken meine Hände an meine Seiten, anstatt ihm die Augen auskratzen. Es gibt noch so vieles, was ich tun möchte. Ich bin vor meinen Eltern und ihren Machenschaften geflohen, aber ich habe es noch nicht geschafft, etwas aus meinem Leben zu machen.

Ich bereue es jetzt, dass ich heute Abend nicht mit den anderen Mädchen ausgegangen bin. Ich werde sterben, ohne jemals herausgefunden zu haben, wie ich, Harper Travanti, ticke.

Meine Augen fallen zu und im nächsten Moment stürze ich. Als der Druck an meinem Hals nachlässt, fange ich automatisch an, hektisch nach Luft zu schnappen. Ich bin so sehr damit beschäftigt, mein träges Gehirn mit Sauerstoff zu versorgen, dass ich gar nicht merke, wie ich falle. Als ich es schließlich begreife, ist es zu spät, um mich abzustützen, und ich lande auf der Hüfte und stoße mir erneut den Kopf.

Schmerz strahlt durch meine linke Schädelhälfte und mir wird übel. Ganz nah neben meinem Gesicht höre ich ein

Gerangel. Mit einem Stöhnen rolle ich mich zur Seite und versuche zu sehen, was vor sich geht.

Der James Dean-Typ blutet aus einem Schnitt an der Wange und schleudert seine Faust in die Richtung des Typen, der mich eben noch festgehalten hat. Die Schläge hallen im Treppenhaus wider, aber zu meinem anhaltenden Schock kommt niemand heraus.

„Diese Stadt wird euch niemals gehören. Euer Alpha wird seinen Fehler erkennen, sobald wir ihm mit einem Sack eurer Köpfe einen Besuch abstatten. Ich werde ein paar von euch für meine Freunde übrig lassen", knurrt mein Retter.

Ich kann nichts anderes tun, als meinen Ritter in glänzender Rüstung ehrfürchtig anzustarren. Seine Drohung macht mir keine Angst. Ich bin erleichtert, dass mir jemand hilft.

Er hat diese Typen Wandler genannt, fügt mein Gehirn hinzu und die anderen nannten James Dean einen Vampir. Das ist unmöglich. Vampire und Wandler existieren nicht. Aber meine *Gewissheit* sagt mir, dass sie recht haben.

Das gibt es doch gar nicht. Zum ersten Mal in meinem Leben stelle ich meinen zusätzlichen Sinn infrage. Es ist unmöglich. Eine Erinnerung an einen früheren Zeitpunkt dieses Abends lässt mich innehalten. Aber als ich versuche, die Details aufzuspüren, entgleiten sie mir.

Dieser Kerl hat mich vor einer Entführung bewahrt und Gott weiß vor was noch. Ein Vampir würde so etwas nicht tun. Sie sind untote Kreaturen der Nacht, die nur leben, um zu töten, während sie Blut konsumieren und nicht zu Emotionen wie Liebe und Sorge fähig sind.

Mein Bauchgefühl sagt mir, dass dieses Klischee alles andere als korrekt ist. An der Uni habe ich viele Dinge gelernt. Eins davon ist, alles zu hinterfragen. Das ist auch der Grund, warum ich auf meine lang unterdrückten Fragen bezüglich der Religion und des Glaubens meiner Eltern gehört habe. Sie haben meiner kritischen Betrachtung bisher nicht standgehalten und ich erwarte auch nicht, dass sich das ändert.

Der finstere Blick auf dem Gesicht meines Retters schmälert seine Attraktivität überhaupt nicht. Seine blauen Augen mögen in diesem Moment vor Wut brennen, aber meine Erinnerung schwört ein Bild von ihm herauf, wie er mich mit Zuneigung und einem Hauch von Reißzähnen ansieht.

Scheiße. Es ist wahr. Er ist ein Vampir und diese Männer sind auch gar keine richtigen Männer. Sie sind Wandler. Gestaltwandler. Sie verwandeln sich in Tiere.

Ich überlege kurz und beobachte sie genauer. Und wie vermutet sehe ich einen Reißzahn, als sich James Deans Mundwinkel zu einem Knurren hebt.

Wo ist meine Panik? Ich habe soeben herausgefunden, dass übernatürliche Wesen existieren, und ich flippe nicht aus. Das Einzige, was mein Herz zum Rasen und meine Füße zum Laufen bringt, ist die Tatsache, dass diese Gestaltwandler mich für etwas entführen wollen, von dem ich nur annehmen kann, dass es ein ruchloser Zweck sein muss.

Gehirnerschütterung, speit mein Verstand. Es muss daran liegen, dass ich eine Gehirnerschütterung habe. Vielleicht liege ich ja nur auf der Treppe, nachdem ich hingefallen bin und mir den Kopf angeschlagen habe. Noch vor ein paar Minuten wurde mein Gehirn durch meinen Schädel geschleudert.

„Lass uns verschwinden, Tony", ruft einer der anderen Jungs. „Ich bezweifle, dass er allein gekommen ist." Mein Entführer hält plötzlich inne und wendet sich dann den anderen beiden Typen zu.

Mein Retter dreht sich zu mir um und dieses Mal sehe ich beide Reißzähne. Mein Magen überschlägt sich. Zum Teil, weil ich Angst habe, aber auch noch mit etwas anderem, von dem ich nicht weiß, was es ist. Sein Blick folgt den Gestaltwandlern. Er geht ihnen hinterher.

„Lass mich nicht allein", platze ich heraus, als er sich abwendet. Der Gedanke daran, in diesem Moment allein zu sein, macht mir fast genauso viel Angst, wie der Gedanke daran, fast entführt worden zu sein. Ich bin nicht in Sicherheit und ich weiß es. Diese Wandler werden nicht einfach aufgeben. Meine Schonfrist wird nicht ewig dauern.

„Ich muss sie erwischen", bellt er. Ich sollte Angst haben, habe ich aber nicht. Er ist ein richtiger Vampir. Er hat Menschen getötet. Das steht für mich noch nicht einmal infrage, sondern ich weiß es einfach. Und doch sagt mir meine *Gewissheit*, dass er mir nichts antun wird.

„Was ist, wenn sich noch mehr von ihnen verstecken und sie mich mitnehmen?"

„Das werde ich nicht zulassen", verspricht er, als er schneller an meine Seite sprintet, als meine Augen ihm folgen können. Mein Schädel dröhnt und Galle steigt in meinem Rachen auf. Ich verschlucke mich daran. Ich wusste, dass etwas nicht stimmt. Deshalb konnte ich nicht schlafen. Ich frage mich, ob sich meine *Gewissheit* zu etwas mehr entwickelt hat. Ist das überhaupt möglich?

Er beugt sich vor und drückt seine Schulter in meinen Bauch. Dann schlingt er seinen Arm um die Rückseite meiner Oberschenkel. Angst blitzt in mir auf und schießt durch meine Venen, als meine Füße den Boden verlassen.

Bis jetzt hat er nichts anderes getan, als mir zu helfen. Aber über seine Schulter geworfen zu werden, lässt die Angst vor meiner versuchten Entführung zurückrauschen. „Ähm … vielen Dank, dass du mir geholfen hast. Meine Wohnung ist dort drüben. Wie heißt du überhaupt? In meinen Gedanken habe ich dich James Dean genannt und das scheint mir jetzt irgendwie nicht mehr angemessen zu sein."

Er lässt mich nach vorn gleiten, sodass ich jetzt in seinen Armen liege. Als ich von dort aus aufschaue, sehe ich, wie ein halbes Lächeln über seine Lippen huscht. Es verwandelt ihn von attraktiv zu hinreißend. „Ich heiße Liam und ich bringe dich nicht in deine Wohnung."

Mein Herz setzt einen Schlag aus. „Stopp. Bitte. Lass mich gehen. Ich will nur nach Hause und meine Tür abschlie-ßen", flehe ich.

„Verschlossene Türen werden diese Arschlöcher nicht aufhalten", informiert er mich, bevor er eine Wagentür öffnet und mich in einen weichen Sitz sinken lässt. Bevor ich auch nur blinzeln kann, sitzt er bereits hinter dem Lenkrad und wir verlassen den Parkplatz.

„Schlaf", sagt er zu mir. Aber ich kann mich jetzt auf gar keinen Fall entspannen. Ich habe keine Ahnung, wo er mich hinbringt. Ich muss fliehen und die Polizei rufen. Angestrengt versuche ich, meine Augen offenzuhalten, aber sie werden plötzlich schwer und fallen zu. *Bleib wach,* sage ich mir. Kurz bevor der Schlaf mich überkommt, schwöre ich ihn murmeln zu hören: „Wie kannst du dich meinen Befehlen widersetzen und warum wollen diese Wandler dich haben, Kätzchen? Wer bist du?"

 *iam*

WAS ZUM TEUFEL ist gerade passiert?, frage ich mich, als ich die Straße entlangrase und in den Spiegel blicke, um sicherzugehen, dass wir nicht verfolgt werden. Sie ist meinem Bann nicht sofort verfallen und ihr Geist ist immer noch genauso schwer greifbar für mich.

Diese Frau ist mehr als das, was man auf den ersten Blick sieht. Sie hat etwas an sich, dass nicht nur mich, sondern auch Gestaltwandler anzieht.

Warum waren sie hinter Harper her? Ich prüfe ihren Duft, um mich zu vergewissern, dass ich nichts Wichtiges übersehe und sie vielleicht eine von ihnen ist. Nein – sie ist ein Mensch. Ihr sinnlicher Duft macht mich völlig verrückt. Wenn ich tief einatme und ihn in meine Lunge sauge, kribbelt es in mir.

Das gab es noch nie. Ich neige den Kopf und sehe mir

ihre Züge genauer an. Ihr Schmollmund bettelt regelrecht darum, geküsst zu werden, und ihre kecke Nase ist leicht spitz. Innerlich zucke ich zusammen, als ich die blauen Flecken sehe, die sich an ihrem Hals bilden. Außerdem entdeckt mein scharfer Blick eine Beule an ihrem Kopf. Ansonsten verrät ihr Gesicht nichts. Vielleicht finde ich ja einen Schwanz, wenn ich sie ausziehe.

Mein Körper kribbelt und mein Ständer rührt sich zum zehnten Mal an diesem Abend. Ich bin überrascht, dass es eine Herausforderung für mich ist, mich darauf zu konzentrieren, das Rätsel um Harper zu lösen. Es gibt nichts an ihr, was mich denken lässt, dass sie irgendwie anders ist.

Und auch nichts, was ich bisher an ihr gesehen habe, deutet darauf hin, dass es noch mehr mit ihr auf sich hat. Sicher, ich fühle mich von ihr angezogen wie eine Motte zum Licht, aber das ist ihre Schönheit und Naivität gepaart mit ihrer Stärke. Harper ist ein spektakulärer Widerspruch.

Meine Erregung steigert sich mit unglaublicher Geschwindigkeit, als ich mich daran erinnere, was passiert ist. Ihr zuzusehen, wie sie gegen den männlichen Wandler kämpfte, war einfach unglaublich. Ich kann ihre Angst immer noch riechen. Als ich dort ankam, ließ mich der Schreck für mehrere Sekunden erstarren. Es war, als hätte *sie mich* in ihren Bann gezogen. Noch eine neue Erfahrung für mich.

Als ich wieder zu mir kam und realisierte, was vor sich ging, staunte ich darüber, dass sie nicht zu einem schluchzenden Haufen Elend wurde, das kleinlaut mit ihren Entführern mitging. Das besiegelte ihr Schicksal und machte sie für mich unwiderstehlich.

Meine Besessenheit sollte besser schnell vorübergehen, bevor ich ihr noch mehr Zündstoff gebe. Ich habe keine Lust, so viel Zeit damit zu verbringen, über diese zerbrechliche Frau nachzudenken. *Die Zeit ist nicht verschwendet,* beharrt ein Teil von mir. Ich habe heute Abend noch nicht getrunken, weil ich so sehr mit dem Angriff im Club und dann mit Harpers Rettung beschäftigt war. Die Entscheidung, mir das zu nehmen, was ich von Harper will, fällt mir leicht.

Es ist unmöglich, die Anziehungskraft zu bekämpfen. Und da es in meinem Leben nur noch sehr wenige Überraschungen gibt, wüsste ich nicht, warum ich darauf verzichten sollte, dieses herrliche Bündel zu erleben und zu kosten, bevor sie wieder aus meinem Leben verschwindet.

Ich frage mich, wie sie unter meiner Anleitung aufblühen wird. Ich will, dass sie vor mir auf die Knie geht, bereit für meinen Befehl. Ich genieße es, weibliche Wesen zu dominieren. Vampire sind schließlich Raubtiere. Beim Sex geht es für uns immer darum, unsere Partner auszubeuten. Das ist der Grund, warum Lucius BDSM-Verlies im Club Toxic so beliebt ist. Flogger und Peitschen zu benutzen, füttert meinen Dämon und versüßt das Blut.

Ich will zusehen, wie Harpers Arsch sich unter meiner Hand rosa färbt. Der bloße Gedanke bringt mich auf eine Idee. Es ist Jahrzehnte her, dass ich eine Frau in mein persönliches Spielzimmer geholt habe. Als das Verlies gebaut wurde, habe ich aufgehört, Frauen mit nach Hause zu nehmen. Es macht weniger Ärger.

Zu viele Erinnerungen aus einem menschlichen Gehirn zu löschen, ist gefährlich. Nicht dass es mich kümmert, wenn ich einer Frau das Gehirn frittiere, aber es ist einfacher, Ärger zu vermeiden. Wie die meisten meiner Brüder möchte auch ich keine Spur von Leichen hinterlassen, die zu mir führt und so die Existenz von Vampiren aufdecken könnte. Wir haben uns große Mühe gegeben, uns vor den Menschen zu verstecken.

Zu viel menschliche Aufmerksamkeit würde nicht nur Lucius verärgern, sondern mich auch zu einer Zielscheibe machen. An sich fürchte ich Menschen nicht. Sie sind meiner

Stärke nicht gewachsen, aber wenn sie sich zusammentun, werden sie zu einem Problem. Selbst winzige Feuerameisen können einen Mann töten, wenn sie zusammenarbeiten.

Da mich niemand verfolgt, fahre ich auf den Highway in die Richtung des Vorgebirges und nach Hause. Ich habe noch ein paar Stunden Zeit, bevor mich der Sonnenaufgang außer Gefecht setzen wird. Genügend Zeit, um mit meiner kleinen Besessenheit zu spielen. Begierig darauf, schnell nach Hause zu gelangen, drücke ich das Gaspedal durch.

Wie es scheint, hat das Schicksal einen Riesenspaß an seinen Machenschaften. Warum ist Harper mir in den Schoß gefallen? Ich habe keinen Zweifel daran, dass die Mächte des Universums mehrere Fäden ziehen mussten, damit sie und ich uns heute Abend über den Weg liefen. Die Frage ist nur, warum?

Als ich Harper in einem Taxi nach Hause schickte, hatte ich nicht erwartet, sie noch einmal wiederzusehen. Trotz des Bedauerns, das mir durch den Kopf ging, nachdem sie weg war, war ich froh. Sie ist nicht nur verdammt sexy, sondern auch pures Licht. Sie anzuschauen ist wie die Sonne, die ich schon seit Jahrhunderten nicht mehr gesehen habe. Und ich bin voll von Dunkelheit aus den Abgründen der Hölle.

Sie ist so viel besser als ich. Sie verdient jemand Besseren. Um ihren Kopf schwebt ein buchstäblicher Heiligenschein, als ich zu ihr hinüberschaue. Es spielt dabei keine Rolle, dass er mit den Lichtern vom Straßenrand kommt und geht. Es erinnert mich daran, dass sie gut ist und rein. So viel kann ich mit einem einzigen Schnuppern über sie sagen.

Es lässt mich immer noch über ihr inneres Strahlen nachdenken. Das ist die eine Sache, die sie von den Millionen Menschen auf diesem Planeten unterscheidet. Vielleicht kommt sie aus dem Himmel. Ist zum Teil Engel. Ein Engel, den ich auf Knien vor mir sehen möchte. Flehend. Darum bettelnd, sie zu beißen. Von ihr zu trinken. Sie zu ficken.

Alles klar. Wenn das passiert, bin ich der Weihnachtsmann.

Ein Schnauben entweicht mir. „Wegen dir werde ich zu einem romantischen Trottel", sage ich angewidert zu ihr. Ich bin kein Romantiker. Das war ich noch nie.

Eine Kreatur wie ich wird einem echten Engel niemals nahekommen und sie ist das nächstbeste Ding. Und ich werde sie auf die Knie zwingen. Das schwöre ich mir und stöhne dann, als mein harter Schwanz pocht.

Ich brauche eine Ablenkung, bevor ich am Straßenrand anhalte und sie hier an Ort und Stelle nehme. Ich erinnere mich daran, was mich überhaupt zu ihrer Wohnung geführt hat. Ihre Handtasche zu finden war ein Glücksfall gewesen. Hätte ich sie nicht bei meinen Aufräumarbeiten entdeckt, wäre sie jetzt in den Händen von Wandlern. Was genau wollen sie von ihr? Sie bedeutet den Vampiren nichts, also ist es ausgeschlossen, dass sie sie benutzen wollen, um an Lucius heranzukommen.

Aber was dann? Nichts ergibt einen Sinn. Ihr Leben ist völlig gewöhnlich. Nachdem ich ihren vollständigen Namen herausgefunden habe, hat mir eine schnelle Internetrecherche verraten, dass sie am Community College unterrichtet. Ihre Beiträge auf sozialen Medien zeigen ein typisches, wenn auch ein wenig langweiliges Leben von Uni, Umzug hierher und Arbeit. Es gab einige Beiträge über Kulinarisches, die mein Interesse geweckt haben.

Abgesehen davon, dass sie mich zu ihr nach Hause geführt hat, konnte ich dem Inhalt ihrer Handtasche nichts anderes entnehmen, als dass sie glänzendes Lipgloss dem kräftigen Lippenstift vorzieht, den die meisten Frauen tragen, denen ich sonst begegne. Und warum auch nicht? Sie ist perfekt ohne irgendwas auf ihr Gesicht zu schmieren.

Ich schüttle über meine anhaltende Fixierung den Kopf und ziehe es in Erwägung, direkt zum Haus meines Königs zu fahren. Sie zu Lucius zu bringen wäre das Klügste, was ich tun könnte. Es würde nicht nur die Loyalität unterstreichen, die ich ihm vor nicht allzu langer Zeit geschworen habe, sondern es würde sie mir auch vom Hals schaffen. Selene könnte Harper helfen, herauszufinden, was die Gestaltwandler wollen.

„Drauf geschissen", fluche ich vor mich hin. Nicht dass die Gefahr bestünde, dass sie aufwacht. Sie steht unter meinem Zwang, zu schlafen, und wird erst aufwachen, wenn ich den Befehl dazu gebe.

Mir gefällt der Gedanke, dass sie meine Befehle befolgt. Es gibt nichts, was erotischer ist als eine nackte Frau auf Knien, die mir den Schwanz lutscht. Obwohl mein Halsband zu tragen nur knapp auf dem zweiten Platz landet, entscheide ich.

Als ich vom Highway abfahre, freue ich mich bereits darauf, ihren knackigen Hintern auf ihren Fersen zu sehen, während sie vor mir kniet. Ich werde geringfügig langsamer und gebe dem Tor zu meiner Wohnanlage gerade genügend Zeit, sich zu öffnen, um meinen Wagen durchzulassen.

Diese gehobene Nachbarschaft wird von mehr als einem Vampir bewohnt. Zum Glück leben keine Gestaltwandler in meinem kleinen Stück vom Paradies. Ich könnte nicht ruhig schlafen, wenn mir der Gestank von Tieren in die Nase stiege. Ich schiebe es auf den Überlebensinstinkt. Gestaltwandler und Vampire vertragen sich nicht.

Ich weiß ehrlich gesagt nicht, wie Lucius neben seiner Gefährtin schlafen kann. Sie ist ein weiblicher Alpha-Wolfsgestaltwandler. Es ist klar, dass sie ihn liebt, aber ich habe keine Ahnung, wie zum Teufel er ihr vertrauen kann, dass sie ihn nicht verraten wird. Vor allem, wenn man bedenkt, dass sie sich ihm ursprünglich genähert hat, um ihn zu töten.

Ich fahre zu meiner Garage, drücke den Knopf an meiner Sonnenblende und parke meinen Jaguar neben meinem Hummer. Ich löse den Knopf, um die Garage zu schließen, und stelle den Motor ab.

„Wach auf, Kätzchen", befehle ich und dringe erneut in ihre Gedanken ein.

„Uah", stöhnt sie und dreht ihren Kopf zur Seite. Der Bluterguss an ihrem Hals ist inzwischen noch dunkler und die Beule an ihrem Kopf so groß wie ein Gänseei, aber das lenkt nicht von meinem Verlangen ab. Im Gegenteil, es verstärkt mein Bedürfnis, sie zu schmecken.

Ihr Mund ist leicht geöffnet und der Puls an der Basis ihrer Kehle beschleunigt sich, was dazu führt, dass meine Reißzähne zum hundertsten Mal, seit ich sie kennengelernt habe, herausschnellen.

Ich steige aus dem Auto, gehe zur Beifahrerseite herum und ziehe die Tür auf. Sie blinzelt mich mit ihren umwerfenden whiskyfarbenen Augen an und ich verliere mich fast in ihren Tiefen. Ich kann den Augenblick genau erkennen, als ihr bewusst wird, wo sie ist. Ihr Körper versteift sich und sie reißt die Augen weit auf.

„Wo hast du mich hingebracht?" Sie springt aus dem Wagen. Ihre Hand fliegt zu ihrem Kopf hinauf und sie schwankt.

„Ich habe dich zu mir nach Hause gebracht. Deine Wohnung ist im Moment nicht sicher", informiere ich sie. „Folge mir." Ich drehe mich um und bin mir sicher, dass sie mir folgen wird. Ihre Angst nimmt zwar zu, aber sie erstarrt davon nicht.

„Meine Handtasche", platzt sie heraus. Ich drehe den

Kopf und sehe, wie sie an die Stelle greift, wo ich die Tasche auf den Boden meines Wagens geworfen habe.

„Ich habe sie im Club Toxic gefunden. Und jetzt komm herein oder du wirst hier draußen schlafen", rate ich ihr. Das Geräusch ihrer nackten Füße hallt hinter mir her, was mich leicht grinsen lässt. Dass sie mein Haus aus eigenem Antrieb betritt, ist ein vielversprechender Anfang.

„Warum bin ich hier? Und was machst du beruflich, dass du dir ein so riesiges Haus leisten kannst?"

Ich gehe zum Tresen in der Ecke meiner Küche, greife nach einem Kristallglas und gieße mir einen Scotch ein. Dann nehme ich mir ein Handtuch und fülle es mit Eiswürfeln. „Lass uns zunächst ein paar Regeln klarstellen, Kätzchen. Ich bin derjenige, der hier die Fragen stellen wird. Du wirst *jedem* einzelnen meiner Befehle gehorchen."

Ihr Mund klappt keuchend auf, bevor das Feuer in ihren Augen explodiert. Ich spüre nicht nur ihre Angst, sondern auch ihren Mut. Die Kombination ist berauschend. Ich reiche ihr den Eisbeutel für ihren Kopf und kann mich kaum noch beherrschen.

Sie drückt sich die kalte Kompresse auf den Kopf und starrt mich an. „Jetzt hör mir mal gut zu, Mister. Ich weiß nicht, für wen du dich hältst, aber ich habe mein Elternhaus und ihr Diktat über mein Leben nicht hinter mir gelassen, um mir jetzt von jemand anderem sagen zu lassen, was ich tun soll. Ich habe Fragen und ich werde sie stellen."

Hinreißend.

Sie bringt mich zum Lachen. Ich stelle mein Getränk ab und nutze meine Vampirgeschwindigkeit, um vor ihr aufzutauchen, bevor sie einen weiteren Atemzug nehmen kann. Ihr Schrei schmerzt mir in den Ohren, aber der Duft des Schreckens, den sie ausstrahlt, ist einfach köstlich.

„Du … du bist ein Vampir", stottert sie.

Ich fixiere sie mit einem Blick, der ihren Rückzug stoppt. Ich weiß, dass sie nach einem Ausweg aus meinem Haus sucht. Ihr Blick schweift wie wild umher. Jetzt, da sie meine Gefangene ist, hat sie plötzlich Angst vor mir. Es ist befriedigend, aber mir fällt gleichzeitig auch auf, dass es mir eigentlich gar nicht gefällt.

Ich lächle und lasse einen Hauch von Reißzähnen aufblitzen, um die Art und Weise zu genießen, wie sich ihr Puls erhöht. Überraschenderweise mischt sich ein neues Aroma in die Angst, die sie ausstrahlt.

„Allerdings. Und es wäre klug, zu tun, was ich sage", erkläre ich ihr.

Sie schluckt schwer, als ich mich vorbeuge und mit meiner Nase an ihrem schlanken, geprellten Hals entlangstreichele. Ihr rauschendes Blut ist wie der Gesang der Sirenen. Sie bringt meine Reißzähne zum Pulsieren. Ich packe ihre Schultern, um mich zu stabilisieren. Es ist ein Fehler. Jetzt kämpfe ich gegen den Drang an, meine Zähne in ihrem geschmeidigen Fleisch zu versenken.

„Was wollen Sie von mir, Sir?" Ihre Stimme schwankt und schlägt eine höhere Tonlage an, als sie mich dieses Mal plötzlich distanziert und förmlich anspricht. Es kommt mir entgegen. Ich bezweifle, dass sie die wahre Gefahr erkennt, in der sie schwebt, sonst würde sie so schnell wie möglich vor mir weglaufen.

Mein Schwanz wird hart, weil sie mich plötzlich *Sir* nennt. Begierig darauf, ihre Anleitung zur Unterwerfung zu beginnen, nehme ich sie bei der Hand und führe sie zur Treppe. „Es gibt eine Menge Dinge, die ich von dir will, Kätzchen. Da die Zeit knapp ist, bevor die Sonne aufgeht, werde ich mich mit einer Kostprobe begnügen."

Ihr Körper zittert, als ich mich langsam die Treppe hinaufbewege. Sie zerrt an ihrer Hand und versucht, sie mir zu entziehen. Ich gebe ihr keinen Zentimeter und schiebe sie vor mir her. Ich beobachte, wie ihr Hintern hin und her wackelt, während sie die Treppe hinaufsteigt.

„Schauen Sie mal", sagt sie, als sie innehält und sich zu mir umdreht. „Sie wollen mich nicht schmecken. Mein Blut ist furchtbar. Ich esse Fast Food und trinke zu viel Orangenlimonade."

„Das ist die erbärmlichste Ausflucht, nicht gebissen werden zu wollen, die ich in über fünfhundert Jahren gehört habe", sage ich mit einem Lächeln. „Jetzt geh weiter."

Sie kneift die Augen zusammen und spitzt die Lippen. Ich habe sie verärgert und sie macht sich nicht die Mühe, diese Tatsache zu verbergen. Sie ist ganz und gar nicht unterwürfig, was mich unheimlich anmacht. Ich werde es genießen, sie zu beugen und ihr beizubringen, wie viel Vergnügen es bereiten kann, sich mir zu unterwerfen.

Nach Jahrhunderten als Vampir habe ich wirklich schon alles erlebt, was bedeutet, dass nur noch sehr wenig mein Interesse weckt. Harper ist anders. Sie ist ein ungeschliffener Diamant. Ich sehe ihr Potenzial und kann es kaum erwarten, sie zu erwecken und wirklich strahlen zu lassen.

Harper stemmt die Hände an ihre Hüfte und lehnt sich zu mir. Es ist ein mutiger Versuch, für sich selbst einzustehen. Kein Mensch hat mir je widersprochen, nachdem er einen Blick auf den Dämon in mir erhascht hat.

Es ist völlig absurd. Sie ist mir absolut nicht gewachsen. Und doch lässt ihre Einstellung das Licht, das ich in ihr sehe, nur noch heller strahlen. Ihr inneres Feuer könnte mich zu Asche verbrennen und ich kann es kaum erwarten.

Es ist besser, absolut lächerlich zu sein, als völlig langweilig. Und Harper ist alles andere als langweilig. Ich trete einen Schritt vor und knurre: „Beweg. Deinen. Arsch."

„Warum so unhöflich? Und nur fürs Protokoll, ich habe

noch nie auch nur einen einzigen Schluck Alkohol getrunken", verkündet sie mit einem verärgerten Schnaufen, dreht sich um und stakst weiter in den zweiten Stock hinauf.

„Ich hasse es ja, deine hochtrabende Meinung über dich selbst zu dämpfen, aber du hast gestern Abend Tequila getrunken. Ich habe es gerochen, klar und deutlich."

Ihre Schritte schwanken, als sie den Treppenabsatz der nächsten Etage erreicht, und ich strecke die Hand aus, um sie zu stützen. Ihre Haut ist heiß, als ich ihren Arm berühre und sie wärmt meine Kälte. Sie brennt heißer als das Höllenfeuer.

Der physische Kontakt steigt mir sofort in den Kopf. Ich kann ihren Puls spüren, der in einem rasenden Rhythmus schlägt. Der Blutfluss ist Musik in meinen Ohren und stellt mein Bedürfnis danach, von ihr zu trinken, über das nach sexueller Befriedigung.

„Ich bin letzte Nacht nirgendwo hingegangen und ich habe auch keinen Alkohol im Haus", widerspricht sie mir. Dann entreißt sie mir ihren Arm und geht mit erhobenem Kinn weiter. „Ich habe keine Ahnung, warum mein Leben gerade jetzt aus den Fugen gerät. Vielleicht hätte ich vor dem, was meine Eltern wollten, nicht weglaufen sollen."

Ich gebe einen Scheiß darauf, was ihre Eltern wollen. Ich bereue es jetzt, ihr Gedächtnis gelöscht zu haben. Das macht es viel schwieriger, die Ereignisse des Abends zu erklären. „Deine Erinnerung an gestern Abend wurde gelöscht, aber ich schwöre, dass du mit drei deiner Freundinnen im Club Toxic warst. Erstes Zimmer auf der linken Seite", sage ich.

Sie schüttelt den Kopf und dreht den Türknauf. Dann betritt sie mein Spielzimmer und ich komme nicht umhin, den verklemmten Ausdruck auf ihrem Gesicht zu bemerken. Plötzlich schnappt sie nach Luft. Als ich den Raum betrete, beobachte ich, wie sie alles in sich aufnimmt.

Ich frage mich, was ihr Gesicht so hübsch erröten lässt.

Ist es das massive Himmelbett mit den Handschellen an den Pfosten? Vielleicht ist es der offene Schrank mit Floggern, Paddeln und Knebeln. Oder vielleicht ist es die Spanking-Bank. Meiner Erfahrung nach schrecken Menschen zurück, wenn sie so etwas sehen, obwohl die meisten es genießen, den Hintern versohlt zu bekommen.

„Gefällt es dir?" Ich schlendere zu dem Schrank hinüber, in dem sich meine Lieblingsspielzeuge befinden.

„Ich weiß noch nicht einmal, was ich hier vor mir sehe", sagt sie, während sie meinen Bewegungen mit den Augen folgt.

„Aber du hast eine Ahnung. Ich kann riechen, wie sehr mein Spielzimmer dich erregt. Komm", sage ich zu ihr. „Ich möchte dir ein paar meiner Lieblingsspielzeuge zeigen."

Sie bewegt sich auf mich zu, während sie mit den Händen ringt und einige Meter entfernt stehen bleibt. „Was soll das werden?"

„Das habe ich dir doch schon gesagt, Kätzchen", antworte ich und beuge mich vor, um mit der Nase über ihre geprellte Kehle zu reiben. Sie schwankt mir leicht entgegen und ihr Duft wird intensiver. Ihre Brustwarzen werden hart und ragen unter dem fast durchsichtigen Oberteil, das sie trägt, nach vorn. Ich stelle mir vor, dass ihr Höschen unter dieser Schlaf-anzughose völlig durchnässt ist.

Sie schüttelt den Kopf. „Ich habe noch nie ... wir können nicht ..."

„Du hast was noch nie?", frage ich und staune darüber, wie unschuldig mein kleines Kätzchen wirklich ist.

„Ich habe noch nie irgendetwas", platzt sie heraus. „Mit niemandem. Und schon gar nicht mit einem von denen dort." Sie zeigt mit einem anklagenden Finger auf einen glitzernden, rosa Dildo. Ich muss mir ein Lächeln verkneifen. Sie ist hinreißend entsetzt.

Sie ist eine verdammte Jungfrau. Die Erkenntnis haut mich um und entfesselt eine besitzergreifende Ader, von der ich noch nicht einmal wusste, dass ich sie habe. Ich wusste von der ersten Sekunde an, dass sie unschuldig ist, aber ich hätte nicht gedacht, dass sie noch nie zuvor von irgendwem berührt wurde. Nun, dies ändert meine Pläne für Harper, aber es schreckt mich nicht ab.

Kein anderer Mann ist je in sie eingedrungen und wird es auch niemals tun. Diese Gewissheit setzt sich in meinem Bauch fest und beginnt, von dort aus zu gedeihen. Ich bin nicht bereit, meine Aussage zu hinterfragen, dass niemand sonst sie jemals berühren wird. Ich genieße das hier zu sehr.

Ich ziehe meine Jacke aus und gehe zu meinem Schrank hinüber. Mit der Hand streiche ich über einen Rohrstock, lasse ihn aber liegen. Einen Rohrstock zu benutzen würde sie nur erschrecken. Ich greife nach den Strängen einer Riemenpeitsche und lasse sie durch meine gespreizten Finger gleiten. Jeder Riemen ist geflochten und hat am Ende einen Lederzipfel, um das Erlebnis zu verstärken. Aber es ist nicht das Richtige für Harpers erstes Mal, entscheide ich. Der beißende Schmerz ist harsch und sie ist unerfahren.

Ich wähle schließlich einen Flogger mit glatten, weichen Lederriemen und lasse sie über meine Handfläche laufen. Sie beobachtet jede meiner Bewegungen. Ihr Herz schlägt wie die donnernden Hufe von tausend wilden Hengsten, was mich hungrig nach ihrem Blut und ihrem Körper lechzen lässt. Aber ich habe bereits entschieden, dass ich sie heute Nacht nicht ficken werde.

Ich bezweifle, dass ihr bewusst ist, wie sie sich auf mich zubewegt und sich mir zuwendet. Es ist offensichtlich, dass sie keine Ahnung hat, wie sie ihre Wünsche artikulieren kann, aber ihr Körper tut es trotzdem. Sie zieht ihre Unterlippe zwischen die Zähne, während sich ihre Augen weiten.

Ich trete hinter sie und bleibe nur wenige Zentimeter hinter ihr stehen. „Möchtest du wissen, wie sich das auf deiner Haut anfühlt?"

Sie schüttelt den Kopf und ihr Körper versteift sich. „Nein. Das ist abartig. Warum sollte ich? Es ist falsch."

„Dein Körper sagt aber etwas ganz anderes, Kätzchen. Und an Vergnügen und Lust ist auch nichts Falsches. Entspann dich." Ich beruhige sie mit einer sanften Berührung. Dann schwinge ich den Flogger und lasse die Riemen auf ihre nackten Schultern treffen. „Ich werde dich niemals zu etwas zwingen, aber ich werde nicht zulassen, dass du dich weiter selbst belügst. Du bist erregt. Du willst wissen, was ich mit dir vorhabe."

Während ich ziemlich ungeduldig warte, beobachte ich, wie Harper in Gedanken über den Wert meiner Worte debattiert. Diese Verzögerung würde mir normalerweise auf die Nerven gehen und mich das Interesse verlieren lassen. Aber Harpers Verzögerung macht mich nur noch gieriger nach ihr. Mir kommt ein völlig fremder Gedanke und ich habe keine Ahnung, was genau ich damit anfangen soll. Aber ich verstehe plötzlich, was Lucius dazu motiviert hat, sich mit seiner Wandlerin zu verpaaren.

Irgendwie hat sich im Laufe der chaotischen Ereignisse der Nacht eine Verbindung zwischen Harper und mir aufgebaut. Ich kann es nicht leugnen und ich will es auch nicht. Ich muss glauben, dass Selene eine ähnliche Verbindung zu meinem Schöpfer spürt. Warum sollte man sonst Zeit mit jemandem verbringen wollen?

Sex ist heutzutage überall verfügbar. Ich erinnere mich an die Tage, als ich gezwungen war, vorsichtig und diskret zu sein und viel mehr Zeit damit verbringen musste, Frauen in mein Bett zu locken. Jetzt brauche ich nur noch mit den Fingern zu schnippen und die Frauen strömen zu mir. Wenn ich mir im Club eine Frau aussuche, dann niemals, um Sex zu haben. Oh sicher, ich schenke ihr mehrere Orgasmen, bevor ich ihr mein Abendessen aus den Adern sauge. Aber es braucht mehr als eine willige Teilnehmerin, um die sprichwörtliche Nadel zu bewegen.

Harper ist im Moment nicht gerade willig. Sie ist verdammt neugierig und will gerne wissen, wie sich mein Flogger anfühlt, aber sie kämpft dagegen an. Ich kann ihren inneren Kampf sehen, während wir dort stehen. Nach einigen stillen Sekunden bin ich kurz davor, die Geduld zu verlieren. Ich begehre sie wie keine Frau je zuvor, aber es ist eine Ewigkeit her, seit ich eine Partnerin überreden musste. Und ich habe keine Lust, das jetzt tun zu müssen.

„Ich habe keine Ahnung, was ich dazu sagen soll", gibt sie zu.

„Das ist gut, denn die erste Lektion in Unterwerfung ist die, allem zu gehorchen, was ich sage. Und für die nächste Stunde wirst du nicht sprechen, es sei denn, ich gebe dir die Erlaubnis." Ich halte inne und hebe die Hand, um den Einwand abzuwehren, von dem ich weiß, dass sie ihn mir entgegenschreien will. „Genieße einfach, was ich mit dir machen werde. Ich kann spüren, wie sehr du loslassen willst. Wenn du irgendwann aufhören möchtest, benutze das Safeword: *Tortas*."

KAPITEL 5

*H*arper

„TORTAS? Warum sage ich nicht einfach *Stopp*?", platze ich heraus, während sich meine Gedanken noch überschlagen. Woher weiß er, dass meine Neugier unstillbar ist? Kann er meine Gedanken lesen?

Aber er hat recht. Mein Körper hat in der Sekunde reagiert, in der ich den Raum betrat. Ich habe keinerlei Erfahrung mit irgendetwas in diesem Zimmer, aber zu wissen, dass es sich um Utensilien für sexuelles Vergnügen handelt, lässt meinen Unterleib vor Hitze kribbeln.

Er lächelt und mein klitschnasses Höschen steht augenblicklich in Flammen. Ich weiß nicht, ob es an diesem Zimmer liegt oder daran, was er gesagt hat. Ich sollte von einem Kerl, der mich entführt hat und mich in seinem Haus festhält, nicht so erregt werden.

Er ist kein Mensch, flüstert mein Verstand und ich mache mich darauf gefasst, dass er seine Reißzähne in meinem Hals versenkt. Stattdessen nimmt er meine Hand und führt mich zum Bett. „Ich liebe Kuchen und eine ausgefallene Wortwahl wie *Tortas* stellt sicher, dass wir beide wissen, dass du wirklich möchtest, dass ich aufhöre."

Daraufhin rolle ich mit den Augen. „Wenn ich stopp sage, dann nur, weil ich nicht möchte, dass du tust, was auch immer du gerade tust. Genau genommen kann ich jetzt auch gleich *Tortas* sagen, damit du mich nach Hause bringen kannst."

„Ah, Kätzchen. Das wird nicht passieren", verkündet er und streichelt mit der weichen Peitsche über meine Schultern. „Außerdem weiß ich, dass du es willst. Ich kann riechen wie sehr. Und ich verspreche dir, dass ich heute Abend nichts anderes tun werde, als dir das Vergnügen zu zeigen, dass du durch meine Hand erleben kannst." Die Lederriemen sind genauso weich wie die Sitze in seinem Wagen. Sie verlocken mich und lassen mich für einen kurzen Augenblick die Augen schließen, bevor ich mich zwinge, sie wieder zu öffnen.

Ich will nicht zugeben, dass ich neugierig bin. Ich bin eine religiöse Frau und mir wurde beigebracht, dass die Triebe, die meinen Körper bombardieren, das Werk des Teufels sind. Ich habe buchstäblich keine Ahnung, wie ich mich selbst davon überzeugen soll, dass es in Ordnung ist, ihnen nachzugeben. Dass es mir keinen Platz in der Unterwelt einbringen wird.

Die Erinnerung daran, warum ich von zu Hause weggegangen bin, steigt in meinen Gedanken auf. Ich möchte herausfinden, woran ich glaube und was ich mit meinem Leben anfangen will. Möchte ich wirklich den Weg gehen, den meine Eltern für mich vorgesehen haben?

Die Antwort auf diese Frage ist einfach. Auf gar keinen verdammten Fall. Wenn ich dies täte, wäre ich noch immer dort und würde jetzt ein Ereignis planen, an dem ich wirklich nicht teilhaben will. Ich will den erschreckenden Kokon meiner Kindheit ablegen. Wenn ich jedoch weitermache, um zu sehen, was Liam im Sinn hat, gibt es kein Zurück mehr.

Ich schließe die Augen, atme mehrfach tief durch und versuche, mich zu konzentrieren. Die Erregung macht es schwer, klar zu denken.

Ist er ein ruchloser Mann, der mich zur Sünde verführen will? Sein durchdringender, blauer Blick durchbricht jeden Schutzschild, den ich um mich herum aufgebaut habe. Alles an diesem hinreißenden Kerl lässt meinen ganzen Körper mit Feuer und Verlangen singen.

Ich reiße die Augen auf. „Zeige es mir", platze ich heraus, bevor ich es mir anders überlegen kann. Jetzt, da ich meine Entscheidung getroffen habe, kehrt Ruhe in mir ein. Die Angst ist immer noch da, aber sie hat sich verändert.

Jetzt fürchte ich nicht länger um meine Sicherheit, sondern habe Angst vor dem, was ich nicht weiß. Vor dem, was als Nächstes passieren wird. Dies wird mich unwiderruflich verändern. Und ich bin bereit, sage ich mir selbst, als meine Entschlossenheit ins Wanken gerät.

Liam verringert den Abstand zwischen uns und drängt seinen Körper von hinten an meinen. Alles, was ich hinter mir spüre, ist er. Er ist nicht so heiß, wie ich erwartet habe. Ich selbst stehe in Flammen und bin so erregt, dass ich befürchte, dem Feuer jeden Moment zu erliegen. Ich spüre seine harte Erektion, also weiß ich, dass er sich zu mir hingezogen fühlt.

Ich frage mich, ob es daran liegt, dass er ein Vampir ist. Was ist es, was ihn zum Vampir macht? Ist er gestorben? Ist er jetzt ein lebendiger Untoter? Diese Gedanken und Fragen werden vom Winde verweht, als er seine Lippen auf meinen rasenden Puls drückt.

Ich lasse den Kopf auf seine Schulter fallen und ein Stöhnen entweicht meinem Mund. Die kleinste Berührung seiner Lippen bombardiert mich mit so vielen Empfindungen. Meine Brüste fühlen sich schwer und voll an. Meine Brustwarzen kribbeln und mein Unterleib zieht sich zusammen.

Es gibt nichts an der Art, wie sich mein Körper im Moment anfühlt, das mich glauben lässt, dass diese Handlungen das Werk des Teufels sind. Sollte es nicht wehtun? So wie die Gegenstände in diesem Raum aussehen, wird es Schmerzen geben.

Ich warte auf die Panik, aber es passiert nichts anderes, als dass mein Körper zum Leben erwacht. Seine Lippen scheinen über meine Haut zu wandern und überall Funken aufblitzen zu lassen. Er legt seine Hände an meine Hüfte. Das Feuer bricht überall dort aus, wo er mich berührt und breitet sich weiter aus.

Mein Körper nimmt ein Eigenleben an und bewegt sich geschmeidig unter Liams Berührungen, während sich meine Gedanken überschlagen. Er ist ein Vampir. Etwas, von dem ich bisher geglaubt habe, dass es nur in Hollywood und in Liebesromanen existiert. Etwas, wovon ich glaubte, dass sie als untote Kreaturen böse sein müssen.

Eigentlich sollte ich völlig ausflippen, so wie ich es auf dem Parkplatz vor meinem Wohngebäude getan habe. Aber irgendwie scheine ich die notwendigen Gedanken dazu nicht aufbringen zu können und mein Adrenalin kursiert aus einem ganz anderen Grund durch meinen Körper. Warum regt mich die Entdeckung, dass tödliche Kreaturen real sind, nicht mehr auf?

Weil er mich bezirzt hat, mich zu beruhigen, erklärt mir meine *Gewissheit.*

In diesem Moment ist das Erklärung genug, denn es lässt sich nicht leugnen, dass dieser Vampir meinen Körper mit jeder seiner Berührungen zum Erblühen bringt. So etwas ist mir noch nie passiert. Sicher, als ich Steve geküsst habe, hat es ein wenig gekribbelt, aber es war nicht annähernd so stark oder allumfassend.

„Es wird mir ein Vergnügen sein", sagt er zu mir, tritt um mich herum und wendet sich mir zu. Er sieht mir mit seinen blauen Augen tief in meine und ich habe einmal mehr das Gefühl, dass er mir bis in die Seele blickt. „Du musst wissen, Kätzchen, ich will, dass du dich meinem Willen unterwirfst. Kannst du das tun?"

Mit den Fingern gleitet er über meine Arme, bevor er hinaufwandert, um über mein Schlüsselbein zu streichen. Es ist fast völlig unmöglich, sich auf das zu konzentrieren, was er sagt. „Dem kann ich nicht zustimmen, weil ich keine Ahnung habe, was genau du willst. Dieser Raum verrät mir, dass deine Vorlieben Peitschen und Ketten beinhalten. Und höchstwahrscheinlich mehr als nur ein wenig Schmerz, wenn du mir den Arsch versohlst", sage ich zu ihm. Meine Stimme klingt wie ein Hauch, obwohl ich es nicht will.

Seine Nasenflügel beben und seine Augen funkeln mit spürbarem Verlangen. Das ist alles, was ich brauche, um meinen Verdacht zu bestätigen. Mein Körper reagiert ganz und gar nicht so, wie ich es erwartet hätte. Ich hätte Abscheu erwartet, aber meine Klitoris pulsiert und Nässe ergießt sich in mein Höschen.

Dieser Vampir hat mich entführt und zu sich nach Hause verschleppt. Wenn man es überhaupt ein Zuhause nennen kann. Dieser Ort ist ein herrschaftliches Anwesen und gefüllt mit Möbeln, die zweifellos ein Vermögen gekostet haben. Der kurze Blick, den ich erhaschen konnte, als er mich in dieses Zimmer führte, offenbarte nicht viel, aber ich konnte einen Blick auf eine prächtige Tiffany-Lampe werfen.

„Erste Lektion, Kätzchen. Hier in diesem Zimmer wirst du mich förmlich und angemessen ansprechen."

Ich neige den Kopf und denke über seine Worte nach.

Tatsächlich weiß ich nichts über Spiele von Dominanz und Unterwürfigkeit, aber ich erinnere mich an die Art, wie er gelächelt hat, als ich ihn *Sir* nannte. „Ja, Sir?" Meine Stimme hebt sich am Ende und macht die Aussage eher zu einer Frage.

Er neigt den Kopf. „Es gefällt mir, das von deinen Lippen zu hören. Komm", sagt er und gestikuliert zu einer von der Decke herabhängenden Stange.

Innerlich sträube ich mich und zögere, schaffe es jedoch nicht, einen Einwand zu formulieren. Die Vorstellung, mit Handschellen an die Stange gefesselt zu werden, macht mir Angst. Ihm ausgeliefert zu sein, jedoch nicht. „Werden Sie … werden Sie mich daran festketten? *Sir*."

Er beobachtet mich genau und streicht immer wieder mit den Fingern durch das weiche Leder der Riemen. „Allerdings. Und ich versichere dir, dass du es ungemein genießen wirst."

Ich schnaube, um zu überspielen, wie sehr mein Körper bei seinem Versprechen erschaudert. „Sie meinen wohl, Sie werden es genießen. Werden Sie mir auch den Hintern versohlen?"

„Oh ja, irgendwann werde ich dir auch den Hintern versohlen, Kätzchen. Und du wirst jede Sekunde lieben. Aber heute Abend werde ich dich mit meinem Lieblingsflogger bekannt machen. Zieh dich aus", befiehlt er. Ich habe keine Zweifel an seinen Worten.

Bei unserem leichtherzigen Wortwechsel schleicht sich ein Lächeln auf mein Gesicht. Eine erotische Spannung liegt in der Luft und ruft zu meiner Überraschung nicht nur eine sexuelle Reaktion hervor. Sie erhellt mein Herz und bringt mich fast zum Lachen.

Ohne den Blickkontakt zu unterbrechen, hebe ich den Saum meines hellblauen Schlafanzugoberteils und ziehe es mir langsam über den Kopf. Kühle Luft küsst meine Brustwarzen und lässt sie noch härter werden. Sofort gleitet sein Blick von meinem Gesicht zu meinen kleinen Brüsten.

Mich hat noch nie jemand nackt gesehen und ich kann nicht verhindern, dass die Unsicherheit, die so tief in mir verankert ist, an die Oberfläche drängt. Ich schlinge meine Arme um meinen Oberkörper, um meine Brüste zu verstecken.

„Ah, ah, Kätzchen. Du darfst dich nicht vor mir verstecken", warnt Liam und zuckt mit dem Handgelenk, sodass die Riemen das Floggers über meinen Bauch und meine Arme schnippen. Härter, als ich es erwartet hatte. Ich schreie auf und zucke vor Überraschung zusammen. „Heb deine Hände."

Ich starre ihn eine Sekunde lang an, bevor ich gehorche. Innerlich kämpfe ich damit, einfach *Tortas* zu krächzen, halte jedoch inne und beobachte die Reaktion meines Körpers. Die gleiche Hitze strömt durch meine Adern und staut sich zwischen meinen Beinen.

Tatsächlich werden meine Wangen heiß, als mir auffällt, dass ich sogar noch feuchter bin als zuvor. War es der beißende Schlag, der mich erregt hat? Oder wie Liam die Kontrolle über die Situation übernommen hat? Ich würde mich auf gar keinen Fall jemals ganz hingeben können, ohne durch diese Erfahrung geführt zu werden.

Ich denke zu viel nach. Als er erst das eine und dann das andere Handgelenk an der Stange über meinem Kopf befestigt, schließe ich die Augen und fühle einfach nur.

Er ist mir so nah, dass seine Brust meine berührt, als er sich bewegt. Der Körperkontakt ist köstlich und prickelnd. Nachdem ich ihm nun völlig ausgeliefert bin, nimmt er sich einen Moment Zeit und gleitet mit seiner Nase an meiner Halsbeuge entlang.

Mein ganzer Körper erschaudert und ich strecke mich ihm

entgegen, damit er mich noch mehr berührt. Er tritt einen Schritt zurück und mustert mich von oben bis unten. An der Art, wie er sich über die Lippen leckt, kann ich erahnen, was er denkt.

Ganz plötzlich bin ich mir nicht mehr sicher, ob ich mit dem, was er vorhat, zurechtkommen werde. Mein Herz rast wie in einem Galopp und ich kann nicht mehr richtig atmen. Ich neige meinen Kopf zurück und musterte die Vorrichtung, in der ich gefangen bin.

So als könnte er meine Panik spüren, legt Liam seine Hände auf meine Taille und senkt seinen Mund zu meinem herab. Angesichts des unbändigen Hungers, den ich in seinen Augen gesehen habe, erwarte ich, dass sein Kuss heftig sein wird. Stattdessen drückte er seine Lippen ganz sanft auf meine.

Er leckt über meine Unterlippe und nutzt mein Keuchen aus, um seine Zunge in meinen Mund zu schieben. Bei der Art, wie er mit seiner Zunge über meine geleitet, lodert das Verlangen in meinem Körper unbändig auf.

Dieses Mal trete ich einen Schritt nach vorn und versuche, meinen Mund fester auf seinen zu pressen. Ich hebe mein Bein und versuche, es um seine Taille zu schlingen. Aber er unterbricht den Kuss und streicht mit seinem Daumen über meine Unterlippe.

„Warum hast du aufgehört?", frage ich. Mein Körper steht völlig unter Strom und meine Hüfte hat ihren ganz eigenen Willen. Ich stemme meine Füße fest auf den Boden, um zu verhindern, dass ich darauf herumwippe, nur um mich an seinem großen, starken Körper zu reiben.

Er sieht mich mehrere Sekunden lang mit hochgezogenen Augenbrauen an. Erst als die Hand zuckt, in der er den Flogger hält, dämmert es mir. „Warum haben *Sie* aufgehört, *Sir*?"

Der Hauch eines Lächelns zuckt um seine Lippen und ist genauso blitzschnell wieder verschwunden. „Ich habe jetzt das Sagen. Du wirst genau das tun, was ich von dir verlange. Verstanden?"

„Ja, Sir", antworte ich und denke, dass es wirklich gut ist, dass meine Hände im Moment gefesselt sind. Ich bezweifle, dass er es zu schätzen wüsste, wenn ich vor ihm salutieren würde.

Er kneift die Augen zusammen und lässt mich wissen, dass er den Spott in meinem Tonfall bemerkt hat. Er schiebt seine Finger unter den Gummizug meiner Schlafanzughose und zieht sie über meine Hüfte hinunter, wobei er auch gleich mein Höschen mitnimmt.

Er wandert mit einem Finger an der Außenseite meines Oberschenkels hinunter und hält auf Kniehöhe inne. „Anheben." Noch bevor ich seiner Aufforderung nachkommen kann, ist er bereits auf den Knien und streift mit den Lippen über die Innenseite des Beins, das er soeben in Brand gesetzt hat.

Meine Hüfte beginnt zu zucken und ich werfe den Kopf zurück. „Heilige Scheiße", platze ich heraus. Er zieht mir die Hose aus und drückt weitere Küsse an meinem Oberschenkel hinauf. Mit den Händen knetet er meine Brüste und ich halte mich unaufgefordert fest.

Er wendet sich dem anderen Oberschenkel zu und wiederholt den sinnlichen Vorgang. Ich bin Wachs in seinen Händen und hänge dort an der Stange, während ich mich nach irgendeiner Art von Berührung sehne, die mich über den Abgrund treibt, an den er mich geführt hat.

Ich bin so vertieft in das, was er mit mir tut, dass weder Zweifel, noch Angst oder Verwirrung in mein Bewusstsein sickern können. In diesem Moment gibt es nur seinen Mund

und meinen Körper. Er erhebt sich vor mir und bleibt mir dabei ganz nah.

Ich bin nervös und warte darauf, was er als Nächstes tun wird. Mein Unterleib verkrampft sich und zuckt und ich stehe unter so viel Spannung, dass ich überzeugt davon bin, dass ich explodieren werde. Natürlich weiß ich, dass ich kurz vor meinem allerersten Orgasmus stehe, aber ich habe keine Ahnung, wie ich es tatsächlich dorthin schaffen kann.

Ich habe mich in meinem Leben nur sehr wenige Male selbst berührt. Es hat sich gut angefühlt, aber wenn einem beigebracht wurde, dass Masturbation böse und ein Werk des Teufels ist, dem man sich nicht hingeben darf, geht man keine großen Risiken ein. Als Teenager und junge Erwachsene habe ich mich jedes Mal, wenn mich der Drang überkam, ins Aufräumen und Umorganisieren meines Kleiderschranks gestürzt.

„Du bist exquisit", lobt mich Liam, während er mit einem Finger durch meine nassen Schamlippen gleitet.

Mein Körper versteift sich und ich beginne zu keuchen. Dann fängt meine Hüfte wirklich an, sich zu bewegen. „Oh Gott. Ich bin so nah dran", sage ich zu ihm.

„Du wirst erst kommen, wenn ich dir die Erlaubnis gebe", informiert er mich. Ich reiße die Augen auf und starre ihn an. „Ich möchte dich schmecken, aber zuerst möchte ich, dass du meinen Flogger spürst."

Ich nicke, bevor er zu Ende gesprochen hat. Alles, wenn er mich zum Höhepunkt kommen lässt. Er tritt einen Schritt zurück und ich kann es mir gerade noch rechtzeitig verkneifen, zu jammern, weil er mir nicht mehr nah ist. Denn wenn ich das tue, weiß ich, dass Liam aufhören wird, diese Dinge mit mir zu machen. Und ich habe das Gefühl, dass ich sterben werde, wenn er jetzt aufhört.

Er zieht einen Mundwinkel hoch und ich sehe einen Reißzahn aufblitzen. Dieser Anblick beschäftigt mich so sehr, dass ich nicht darauf vorbereitet bin, als die weichen Lederriemen auf meinem Fleisch landen. Ich bäume mich auf, als einige der Riemen meine empfindlichen Brüste treffen.

Er wendet nicht viel Kraft an, aber die Enden beißen in eine meiner Brustwarzen. Auf das Brennen folgt unbändige Lust, die mein Bedürfnis nach Erlösung nur verstärkt. Ich bewege meine Hüfte weiter, obwohl er nun meine Klitoris nicht mehr berührt.

Nach mehreren aufeinanderfolgenden Schlägen, die mich nach Luft schnappen lassen, verändert er seinen Winkel und der nächste Schlag landet direkt auf meiner Muschi. „Ahh", schreie ich und stoße mit der Hüfte noch immer ins Nichts. „Ich bin so nah dran", warne ich ihn. Ich habe keine Ahnung, ob ich einen Orgasmus aufhalten kann, also ist es das Beste, es ihn wissen zu lassen. Ich habe das hier angefangen und will es jetzt mehr als alles andere zu Ende bringen.

Mein Blick folgt Liam, der den Flogger wegwirft und vor mir auf die Knie fällt. Ein Knurren entspringt seiner Brust und dämpft etwas von meiner Erregung. Aber schon im nächsten Augenblick ist sein Mund auf mir.

Er packt meine Hüfte und hält mich fest, sodass ich mich nicht mehr bewegen kann. Mit der Zunge leckt er über das pochende Nervenbündel. Mein Atem stockt und ich packe die Stange über mir mit den Händen.

Er schlingt einen Arm um meine Taille und stützt mich auf eine Weise, die ich in diesem Moment dringend brauche. Er leckt und knabbert an meinem Eingang und hält kurz inne, um seine Zunge in mich zu stoßen.

Als seine Zungenspitze in mich eindringt, erhebe ich mich automatisch auf die Zehenspitzen. Ich habe noch nie etwas in mir gespürt. Ich habe noch nicht einmal einen Tampon benutzt.

Ein scharfes Klatschen konkurriert mit meinen keuchenden Atemzügen, als seine Hand auf meinem Arsch landet. Ich höre auf, mich zu bewegen und konzentriere mich darauf, nicht zum Höhepunkt zu kommen, bevor er mir die Erlaubnis gibt. Ich habe keine Ahnung, was er tun wird, aber ich will ihn nicht enttäuschen.

Von dem Moment an, als ich ihn auf dem Parkplatz erblickte, hatte ich das Gefühl, ich würde ihn kennen und als gäbe es eine Verbindung zwischen uns. Ich kann es nicht erklären und verstehe es nicht, aber es ist da und es ist mächtig.

Er löst seinen Mund von meiner Muschi und neigt den Kopf zurück, um mich anzusehen. Ich sehe meine Säfte an seinem Mund und auf seinem Kinn. Es ist fast peinlich, wie feucht er mich gemacht hat, wenn ich den Beweis so klar und deutlich sehen kann.

„Du darfst jetzt kommen, mein liebliches Kätzchen", sagt er und gibt mir schließlich die Erlaubnis.

Ich nicke mit dem Kopf und bin wie gebannt, als er seine Zunge ausstreckt und langsam über meine Schamlippen leckt. Ich bin so bereit für diesen Moment und jetzt mehr denn je davon überzeugt, dass alles, was mir meine Eltern über Sex beigebracht haben, falsch ist. An dieser Erfahrung ist überhaupt nichts bösartig.

Ich schließe die Augen, als er erneut an meiner Klitoris saugt. Ich spüre, wie er mit einem Finger meinen Eingang erforscht und ihn dann hineinschiebt. Das Gefühl ist so viel überwältigender, als wenn er es mit seiner Zunge tut.

Meine Muskeln umklammern ihn, als sich mein ganzer Körper anspannt. Nach einer Drehung seines Fingers und einem Schnippen seiner Zunge stürze ich über den Abgrund und in die Unendlichkeit. Ein scharfes Zwicken an meiner Klitoris lässt mich keuchen, aber es bereitet dem Höhepunkt, der wie ein Lauffeuer durch meinen Körper fegt, keinen Unterlass.

Sein Mund saugt fester und entreißt mir einen weiteren Orgasmus, noch bevor der erste überhaupt abklingen konnte. Als er schließlich aufhört, an meiner empfindlichen Perle zu saugen und mehrfach mit der Zunge darüber streicht, hänge ich wie eine schlaffe Nudel da.

Er hebt den Kopf und es überrascht mich nicht, seine Lippen rot zu sehen. „Genießen Sie Ihren Snack, *Sir*? Wenn ich jedes Mal einen Orgasmus bekomme, wenn Sie Appetit haben, werde ich mich nicht beschweren."

Er lacht laut auf und erhebt sich auf die Füße. Er leckt sich über die Lippen, greift nach oben und löst erst die eine und dann die andere Manschette von meinen Handgelenken. Ich falle in seine Arme und lächle, als er mich automatisch hochhebt.

Er geht auf die Tür zu, während ich darum kämpfte, meine Augen offenzuhalten. „Müde, Kätzchen?"

Ich kann kaum eine Hand heben, um mein Gähnen zu verbergen. „Ich konnte nicht schlafen, bevor Sie heute Abend zu mir gekommen sind. Ich wusste, dass etwas nicht stimmt."

„Wie ist das möglich?"

Ich lehne meinen Kopf an seine Schulter und schließe die Augen, während er mich in einen anderen Teil des Hauses trägt. „Ich hatte schon immer etwas, dass ich meine *Gewissheit* nenne. Es ist wie ein sechster Sinn, der mich Dinge wissen lässt. Ich glaube, der hat versucht, mir zu sagen, dass ich nicht sicher bin."

Ich spüre, wie er den Kopf schüttelt. „Nein. Ich meine, du hättest schlafen müssen, nachdem ich dich dazu bezirzt habe. Bevor ich dich in einem Taxi nach Hause geschickt habe."

„Überschätzen Sie Ihre Fähigkeiten immer so?"

Er zwickt mir in den nackten Hintern und knurrt. Ich reiße

die Augen auf und bemerke, dass er versucht, nicht zu lachen und gleichzeitig finster auszusehen. „Du Schelm. Jeder Vampir hat die Fähigkeit, in den Geist eines Menschen einzudringen und Erinnerungen zu löschen sowie Befehle zu geben, die sie dann befolgen müssen. Nur so konnten wir über die Jahrhunderte ein Geheimnis bleiben. Du hättest nicht in der Lage sein dürfen, dich meiner Anweisung zu widersetzen, geschweige denn sie komplett zu missachten."

Er beobachtet mich genau, während er geht und es macht mich unruhig. Ich bin nackt und ihm ausgeliefert. Und offensichtlich ist es mir gelungen, eine ungeschriebene Regel zu brechen, obwohl ich keine Ahnung habe, was ich getan habe.

„Es war nicht absichtlich. Ich wusste ja nicht einmal, dass Sie mir befohlen haben, zu schlafen", verspreche ich.

„Die Tatsache, dass du mich nicht erkannt hast, als ich auf deinen Parkplatz kam, sagt mir, dass deine Erinnerungen nicht mehr da sind. Die ganze Situation ist seltsam. Was bist du?"

„Eine ganz normale Frau. An mir gibt es nichts Besonderes", beharre ich. Und ich meine es ernst. Ich bin niemand Besonderes. Die Tatsache allein, dass dieser Typ sich zu mir hingezogen fühlt, ist schon verblüffend genug.

„Du bist alles andere als gewöhnlich, Kätzchen. Du bist ein atemberaubendes Mysterium, das ich kaum abwarten kann zu entschlüsseln", sagt er zu mir und lässt Hitze in meinen Wangen aufsteigen.

KAPITEL 6

 iam

ICH TRAGE das erschöpfte Bündel in meinen Armen und versuche, die Zuneigung zu verjagen, die in mir für Harper wächst. Das wird zu nichts als gebrochenen Herzen führen, für uns beide. Ich werde eine Weile mit ihr spielen und sie dann gehen lassen.

Ich bin kein besonders alter Vampir, was bedeutet, dass meine Kräfte begrenzt sind. Nicht jeder Vampir kann andere verwandeln. Es ist eine Fähigkeit, zu der nur wenige stark genug sind, und noch weniger Sterbliche schaffen es, die Verwandlung zu überstehen.

Ich bin kein guter Mann und habe kein Verlangen danach, meinen eigenen Tod zu finden, weil ich mich in eine zerbrechliche Frau verliebt habe. Würde ich denken, dass meine Beziehung zu meinem Schöpfer stärker wäre, könnte ich es vielleicht in Betracht ziehen, meine Gefühle für Harper

79

tiefer in meine Seele dringen zu lassen. Aber es ist noch nicht lange her, dass ich vor einer Revolte gegen Lucius die Augen verschlossen habe.

Es spielt dabei keine Rolle, dass ich nichts von den Plänen wusste, bis kurz bevor der Feind in sein Haus stürmte. Ich habe niemanden angerufen und gewarnt, als ich es schließlich erfuhr. Seitdem habe ich Lucius jedoch meine Loyalität geschworen und ich meine es auch so.

Angesichts dieser Situation und der Tatsache, dass Lucius Selene behielt, erkannte ich, dass meine frühere Unruhe nichts mit meinem Schöpfer zu tun hatte. Ich verdanke ihm mein Leben und habe diese Gefühle beiseitegeschoben.

Harper stößt einen Seufzer aus und schmiegt sich tiefer in meine Umarmung. Das Gefühl von weichem, weiblichem Fleisch in meinen Armen lässt längst vergessene Empfindungen wieder aufleben. Dass sie trotz des unterschwelligen Geruchs von Angst völliges Vertrauen zeigt, lässt den Wunsch in mir aufsteigen, ein besserer Vampir zu sein.

Ich möchte ihren nackten Körper gegen die Wand drücken und meinen Schwanz in ihr vergraben, so tief es nur geht, während ich meine Reißzähne in ihrem Hals versenkte. Meine Füße schwanken tatsächlich für ein paar Schritte. Dann schüttle ich den Kopf und gehe weiter.

Sie kann nicht mehr. Deshalb werde ich eine kalte Dusche nehmen, bevor die Morgendämmerung mich dazu zwingt, mich dem Schlaf der Toten hinzugeben. Ich hatte geplant, nur eine Kostprobe ihrer köstlichen Muschi zu nehmen, bevor ich mich in ihrer heißen Öffnung versenke, um dann zu Abend zu essen.

Aber als ihr Herz in einen unregelmäßigen Rhythmus verfiel, fand ich irgendwie die Kraft, mich zu zwingen, aufzuhören, anstatt das in mir tobende, gefräßige Biest weiterschlemmen zu lassen. Es ist schon Jahrhunderte her, dass ich gegen den Drang ankämpfen musste, mein Abendessen nicht völlig auszusaugen. Aber in der Sekunde, in der Harpers reichhaltiges Blut auf meine Zunge traf, hätte ich den Kampf gegen die gierige Kreatur, von der ich dachte, sie unter Kontrolle zu haben, fast verloren.

Meine Reißzähne schnellen heraus, als ich mich an den Geschmack ihres erdigen Blutes erinnere. Irgendetwas ist anders an ihr, aber ich kann nicht genau sagen, was es ist. Ihr Blut belebt mich, so wie es Lucius' Blut getan hat, als er mich frisch erschaffen hatte. Es sprudelte auch in meinen Adern, wie ich es noch nie zuvor erlebt habe.

Es ergibt keinen Sinn, denn alles deutet darauf hin, dass sie zu einhundert Prozent menschlich ist. *Ein ganz besonderer Mensch,* flüstert mein Verstand.

„Wohin bringen Sie mich jetzt?", fragt sie mit schläfriger Stimme.

„Ins Bett. Es war eine lange Nacht und ich kann sehen, wie müde du bist", sage ich zu ihr, als ich durch leere Flure schreite.

Normalerweise ist mein Zuhause die einzige wirkliche Zufluchtsstätte, die ich habe. Aber mit ihrer Anwesenheit hier fällt mir auf, wie voll und lebendig sich der Ort zum ersten Mal anfühlt. Ich werde sie gehen lassen, wenn ich mit ihr fertig bin, aber ich bezweifle, dass ich hier jemals wieder denselben Frieden finden werde wie zuvor.

„Sie können mich jetzt nach Hause bringen. Sie werden nichts versuchen, wenn alle wach und auf den Beinen sind."

Ich ertappe mich dabei, wie ich heute schon zum zweiten Mal lache. „Du gehst nicht nach Hause. Kannst du mir sagen, warum diese Gestaltwandler hinter dir her waren?"

Sie hebt den Kopf und beginnt, auf ihrer Unterlippe zu kauen. Als ihr Körper erstarrt, wünsche ich mir fast, ich hätte geschwiegen. Ich hatte genossen, wie friedlich sie in meinen Armen lag. „Weil ich unwiderstehlich bin", scherzt sie.

„Völlig", stimme ich zu. „Aber das ist nicht der Grund, warum sie hinter dir her waren. Hast du einen von ihnen erkannt? Vielleicht bist du in ihr Territorium eingedrungen?"

Sie zieht ihre Arme von meinem Hals und bedeckt ihre Brüste. Die Art, wie sie sich in meinem Griff windet, lässt meinen Schwanz härter als Stein werden. Ich drehe sie leicht, damit ich eine Hand freihabe, um ihr auf den Hintern zu klopfen.

„Hör auf zu zappeln. Es gibt keinen Grund, plötzlich ängstlich zu sein. Ich brauche Antworten, sonst kann ich dir nicht helfen."

Sie senkt den Kopf und nickt fast unmerklich. „Ich habe keinen dieser Männer jemals in meinem Leben gesehen. Ich wüsste nicht, ob ich in das Territorium von irgendjemandem eingedrungen bin. Wenn es so war, war es ein Versehen. Und generell versuche ich auch, nicht herumzulaufen, um an Büsche und Bäume zu pinkeln, also wüsste ich nicht, wie ich sie beleidigt haben könnte."

Das entlockt meinen Lippen ein weiteres Lachen. „Du bist ein Hauch von frischem Wind, Kätzchen. Das hätte ich von einer anständigen Dame wie dir nicht erwartet."

Sie strahlt mich mit einem umwerfenden Lächeln auf den Lippen an. „Nach dem, was wir gerade getan haben, glaube ich nicht, dass ich sonderlich anständig bin."

„Gott, du bringst mich noch um", sage ich zu ihr, lasse sie aufs Bett fallen und drehe mich zu meiner Kommode um. „Zieh dir das an oder ich werde über dich herfallen."

„Danke." Sie zieht sich das Baumwoll-T-Shirt über den Kopf. „Woher wüsste ich denn, ob ich irgendwelchen Wölfen auf die Zehen getreten bin?"

„Ich würde sagen, wenn sie hinter dir her sind, ist das ein

ziemlich klarer Hinweis. Aber ich kann mir nicht vorstellen, dass du irgendetwas getan hast, was sie in diesem Ausmaß verärgert. Außerdem sind es nicht Garretts Männer."

„Wer ist Garrett?"

„Er ist Alpha des Tucson-Rudels und regiert diese Stadt. Lucius und sein Gefolge dürfen aufgrund seiner Gnade hier leben, solange unsere Vampire keine Leichen hinterlassen. Die Spannungen mit den hiesigen Wandlern sind hoch, aber das sind nicht die, die hinter dir her sind."

Harper zieht ihre Knie an die Brust und schlingt die Arme darum, bevor sie ihr Kinn darauf abstützt. „Ich kann es immer noch nicht fassen. Ich wusste nicht einmal, dass es übernatürliche Wesen gibt. Jedes Mal, wenn ich darüber nachdenke, beginnt mein Herz zu rasen. Aber es beruhigt sich immer wieder, bevor ich richtig ausflippe. Wie können wir herausfinden, ob ich eine Grenze überschritten habe?"

Plötzlich erschöpft, fahre ich mir mit der Hand durch die Haare. Diese ganze Nacht ist eine lange Krise nach der anderen. Und jetzt habe ich eine Frau in meinem Haus. Ich hätte das alles durchdenken sollen, anstatt instinktiv aus dem Moment heraus zu handeln. Ich bin mir nicht völlig sicher, ob ich mit ihr in diesem Haus überhaupt ruhen kann.

Es spielt dabei keine Rolle, dass ich eine geheime Gruft habe, in der ich mich zur Ruhe lege. Vampire verraten ihr Versteck niemandem und sie teilen ihre privaten Räume auch nicht. Es geht dabei ums Überleben. Tagsüber schlafen wir den Schlaf der Toten und sind am verwundbarsten. Ich hatte tagsüber schon niemandem mehr in meiner Nähe, seit Lucius mich vor Jahrhunderten erschaffen hat.

Da ich keine andere Möglichkeit sehe, erinnere ich mich daran, dass es unmöglich ist, dass Harper die Tür zu meinem unterirdischen Quartier finden würde. Ich konzentriere mich stattdessen wieder auf das eigentliche Problem. Ich brauche

Antworten, damit Harper sicher in ihre Wohnung zurückkehren kann. Ich werde sie nicht länger als nötig hierbehalten.

Lügner, knurrt mein Verstand leise. Ich habe noch nie für
jemanden den Kopf hingehalten und schon gar nicht für eine
schwache, menschliche Frau. Heute Abend habe ich mich
nicht nur eingemischt, sondern sie sogar gerettet. Ich war kein
Held. Schon länger, als ich mich erinnern kann, war ich
immer der Bösewicht.

Was hat es mit Harper auf sich, das mich so völlig
verwirrt?

„Zunächst müssen wir mit Lucius sprechen. Er wird der
Erste sein, der von Garrett hören wird. Er kann ein Treffen
mit dem Alpha arrangieren. Der Angriff auf Club Toxic bean-
sprucht momentan seine gesamte Aufmerksamkeit und wird
es weiter tun, sobald die Sonne untergeht. Es wird also ein
paar Tage dauern."

„Was?", platzt Harper heraus, als sie ihren Kopf plötzlich
nach oben reißt. „So lange kann ich nicht warten. Ich muss
am Montag wieder arbeiten. Ich muss nach Hause gehen und
mich auf die kommende Woche vorbereiten."

„Damit bleibt uns der Rest des Wochenendes. Im Moment
gibt es keinen Grund zur Panik. Hast du Hunger? Brauchst du
noch irgendetwas, bevor ich mich für den Tag zurückziehe?",
frage ich sie. Die Versuchung, sie zu bezirzen, um sie zu
einem Einverständnis zu bewegen, überkommt mich. Aber
ich ignoriere sie. Obwohl es nicht genauso gefährlich ist, wie
Erinnerungen zu löschen, habe ich nicht das Verlangen, sie
zum Einlenken zu zwingen. Und ich möchte ihr auch kein
falsches Sicherheitsgefühl geben.

Harper leckt sich die Lippen und schaut über ihre Schulter, bevor sie sich wieder zu mir umdreht. „Ähm. Tust du
das? Tun wir das?"

„Nein", unterbreche ich ihr Stottern. „Du wirst allein hier

schlafen. Ich komme bei Einbruch der Nacht zurück." Ich stehe auf und gehe zur Tür, bevor ich mich meinen niederen Gelüsten hingeben kann. Es ist nicht mehr genügend Zeit, bevor ich bewusstlos werde, um sie zu ficken und von ihr zu trinken, wie ich es gerne will.

Heute Nacht, verspreche ich mir selbst.

~

HARPER

ICH DREHE mich um und kuschle mich tiefer in die seidigen Laken. Seidig? Ich besitze nichts aus Seide. Mein Körper schießt so schnell in die Höhe, dass mir schwindlig wird. Mit einem Stöhnen greife ich mir an die Schläfen. Mit verschwommenem Blick wird mir bewusst, dass ich nicht zu Hause bin.

Mein Herz rast, als ich aus dem Bett klettere und meine Umgebung betrachte. Das massive Himmelbett ist mit seidiger, mitternachtsblauer Bettwäsche bezogen auf der eine makellos weiße Bettdecke liegt. Das Holz der Kommode ist walnussfarben, passend zum Bettgestell. Die Möbel sind überhaupt nicht so wie die, die ich bei mir zu Hause habe oder womit ich aufgewachsen bin. Sie sind hochwertig in Holz und Design. Ich vermute, dass es sich um Antiquitäten handelt, weiß jedoch nicht wieso. Ich weiß so gut wie gar nichts über Möbel, egal ob extravagant oder nicht.

Trotzdem ist es offensichtlich, dass der Beistelltisch, die Lampen und das Sofa von überragender Qualität sind. Dies ist das erste Mal, dass ich mich in einem Zimmer befinde, dass eine Couch am Ende des Bettes hat. Ich frage mich, wer das Haus gestaltet hat. Mein Blick landet auf dem leeren

Kamin an der gegenüberliegenden Wand. Zu dieser Jahreszeit wird er nicht benutzt, aber ich stelle mir vor, dass er den Raum im Winter angenehm wärmt.

Der Bettvorleger passt zur Bettwäsche und ist weich unter meinen Füßen. Die Holzfußböden sind fast genauso dunkel wie die Möbel selbst. Es gibt keinerlei persönliche Gegenstände, die mir Aufschluss über den Besitzer geben könnten. Die Farben sagen mir, dass ein Mann hier lebt. Aber wer? Männer, die sich mir auf dem Parkplatz vor meinem Wohngebäude nähern, schießen mir durch den Kopf.

Es war kein Traum. Liams zähnefletschendes Knurren hallt durch meinen Geist und es schnürt mir die Kehle zu, als ich mich daran erinnere, nicht atmen zu können. Der sexy Vampir hat mich vor Männern gerettet, von denen er behauptet hat, es handele sich um Gestaltwandler. Dann hat er mich mit nach Hause genommen.

Diese Fremden wollten mir etwas antun. Es war die Rede davon gewesen, mich lebend zu fangen, aber sie hatten auch kein Problem damit, mich zu würgen, bis ich fast ohnmächtig wurde. Es würde zu nichts Gutem führen, wenn sie mich in die Finger kriegen.

Ein Blick nach unten erinnert mich daran, dass ich nichts als eins von Liams T-Shirts trage. Auch dies bringt eine Flut von Erinnerungen an die Dinge zurück, die er mit meinem Körper gemacht hat. Meine Klitoris pulsiert, als ich mich an seinen Biss erinnere. In dem Moment hatte ich keine Ahnung, was er tat. Ich war von meinem Orgasmus wie benebelt.

Meine Wangen werden heiß und ich höre die Stimmen meiner Eltern in meinem Kopf, die über ihre Enttäuschung über meine Sünden sprechen. Sofort will ich mich dagegen wehren. Es mag mir vielleicht peinlich sein, wie ich mich unter seinen Lippen gewunden und wie ich geschrien habe. Aber ich bereue nichts, was wir getan haben.

Trotz allem bin ich unendlich dankbar dafür, dass er es nicht weiter getrieben hat. Ich bin noch nicht bereit für richtigen Geschlechtsverkehr. Ich habe vorher noch nie mehr getan, als Steve zu küssen. Mein Körper hat sich nie nach mehr gesehnt und er hat mich nicht bedrängt.

Jetzt winde ich mich, als die Erregung erneut durch mich strömt. Flüssige Hitze tropft aus meiner Weiblichkeit, als ich an alles denke, was Liam mich in der Nacht zuvor hat fühlen lassen. Was würde passieren, wenn er in der Abenddämmerung zurückkommt?

Würde er Geschlechtsverkehr wollen? Meine Klitoris pulsiert und ein dumpfer Schmerz strahlt durch einen Teil des Nebels, der meine Fähigkeit, klar zu denken, umhüllt. Er hat mich gebissen. Ich schaue mich auf dem Boden um und suche nach meiner Unterwäsche. Als ich sie nicht finde, fällt mir wieder ein, dass ich sie in Liams Sexzimmer zurückgelassen habe.

Mit heißen Wangen gehe ich zur Tür. Ich erwarte fast, dass sie verschlossen ist, daher bin ich überrascht, als sich der Knauf in meiner Hand drehen lässt. Die gleiche dunkle Holzvertäfelung und die blauen Wände setzen sich auch im Flur fort.

Liam ist ein Minimalist. Ein Tisch mit einer abstrakten Skulptur und mehrere Bilder sind neben dem Läufer unter meinen Füßen die einzigen Dekorationen.

Mehrere geöffnete Türen offenbaren einen Blick auf ein Fitnessstudio und weitere Schlafzimmer. Keins von ihnen ist so groß wie das, in dem ich aufgewacht bin. Ich frage mich, warum er mich dort hingebracht hat, und nicht in eins der anderen im Haus. Es handelt sich um das Hauptschlafzimmer. Die größere Größe und das eigene Bad verraten es mir.

Aber er schläft nicht dort, warum also mich in dieses Zimmer bringen?

Die Tür zum Sexraum steht offen und ich bleibe im Türrahmen stehen. Mein Schlafanzug liegt in einem Häufchen auf dem Boden, aber meine Augen huschen direkt darüber hinweg und wandern zu der Wand mit den Floggern und Rohrstöcken. Meine Haut kribbelt, als ich mich an jeden Schlag erinnere.

Ich hatte keine Ahnung, dass Menschen solche Gerätschaften zum Vergnügen benutzen. Als ich sie zuerst erblickt habe, dachte ich, er würde mir wehtun wollen. Bis ich das Bett sah. Diesen Gegenstand im Zimmer zu haben gab allem anderen in diesem Raum eine sinnliche Wendung.

Ich gehe hinein und öffne den Schrank, um einen besseren Blick auf das zu werfen, was sich darin befindet. Die Schmetterlinge in meinem Bauch haben mich am Vorabend davon abgehalten genauer hinzusehen. Aber jetzt genieße ich das Kribbeln und greife danach.

Zu Beginn fällt es mir schwer, alles genau zu inspizieren. Der Anblick der schwanzförmigen Gummidildos lässt meine Haut warm werden und mein Inneres kribbeln. Ich habe genug von Freunden gehört, um zu wissen, dass es sich um Sexspielzeug handelt. Aber ich habe keine Ahnung, was jeder Einzelne davon ist oder was man damit macht.

Ich greife nach einem fleischfarbenen Dildo und schnappe nach Luft, als ich ein Kabel und eine schwarze Fernbedienung dahinter herausziehe. Ich lege den Schalter um und mein Unterleib zieht sich zusammen, als er zu vibrieren und sich zu drehen beginnt. Ich komme nicht umhin, mich zu fragen, wie sich das wohl anfühlen würde. Die weiche Textur und die sanften Vibrationen sagen mir, dass es mir gefallen könnte.

Ich schalte ihn aus und lege ihn wieder hin, bevor ich nach einem Plastikarm mit einer Faust am Ende greife. Ich habe keine Ahnung, wofür der benutzt werden könnte, will es aber auch nicht genau wissen. Ich lege ihn ins Regal zurück und greife nach einem farbigen Glaskegel mit einem abgeflachten Ende. Ich halte ihn gegen das Licht, betrachte das Objekt genauer und frage mich, ob es so etwas wie ein Dildo sein soll. Er ist kleiner und sieht nicht wie ein Schwanz aus, also bin ich mir nicht sicher. *Vielleicht ist das gar nicht für meine Muschi,* denke ich. Bei diesem Gedanken zieht sich mein Hintern zusammen.

Während mein Körper vor Erregung und Verlangen summt, lege ich den Glaskegel wieder ab und betrachte ein paar Bälle mit Lederriemen, Ringe mit kleineren Noppen, kleine Plastikkugeln, die mit einer Schnur dazwischen verbunden sind und größere Metallkugeln an einem Band.

Die Empfindungen lassen mich lebendig fühlen und Spannung steigt in meinem Körper auf. Die Handschellen lassen mich auf der Stelle schwanken und ich begehre Liam jetzt noch mehr. Letzte Nacht war das erste Mal, dass ich auf irgendeine Weise gefesselt worden bin. Zunächst war ich unsicher und mochte es nicht, aber als das Vergnügen begann, war ich erleichtert darüber, dass er meine Handgelenke fixiert hatte. Es sorgte dafür, dass ich an Ort und Stelle blieb, um alles zu erleben. Gleichzeitig gab es mir Halt und ein sicheres Gefühl.

Kribbelndes Vergnügen rauscht durch meinen Körper, während ich dort stehe und sein Spielzeug betrachte. Ich wende mich ab und mein Blick fällt auf die Bank und die Schaukel. Ich gebe zu, dass ich neugierig bin, aber als die Schuldgefühle mich zu ersticken drohen, hebe ich meine Kleidung auf, steige in mein Höschen und ziehe mir dann meine Schlafanzughose an.

Ich schlüpfe in mein Trägeroberteil und denke kurz darüber nach, nach Hause zu gehen. Ich bin jedoch zu neugierig darauf, was Liam mir zeigen wird, wenn er wieder

BRENDA TRIM

aufwacht. Ich will mehr, auch wenn ich noch nicht ganz dazu
bereit bin. Mein Magen knurrt und mir wird bewusst, dass ich
Hunger habe.

Ich lasse das Spielzimmer hinter mir und gehe auf der
Suche nach der Küche die Treppe hinunter. Wenn ich hier-
bleibe, sollte ich mir besser etwas zu essen besorgen.
Während ich eine der massiven Treppen hinuntersteige,
bestaune ich einen Wandteppich, der über mir an der Wand
hängt. Er ist definitiv antik und ich frage mich, wie alt Liam
wohl sein mag.

Sind Vampire unsterblich? Meine *Gewissheit* sagt mir,
dass Vampire, abgesehen von einer möglichen Enthauptung
oder einer ähnlich katastrophalen Verletzung, ewig leben. Sie
sagt mir auch, dass Liam mehrere Hundert Jahre alt ist.

Das Wohnzimmer ist genau wie der Rest des Hauses in
dunklen Farben und Holz gehalten. Die Sofas sind aus einem
weichen Material. Aus irgendeinem Grund habe ich Leder
erwartet. „Vielleicht liegt es daran, dass es im Obergeschoss
ein Zimmer voller Leder gibt", scherze ich in den stillen
Raum.

Ich gehe durch ein elegantes Esszimmer, in dem ein Tisch
für sechs Personen gedeckt ist. Das Porzellan ist edel. Das ist
sogar noch überraschender als die Stoffsofas. Wozu braucht
ein Vampir Teller und Silberbesteck?

Es ist auch nicht verstaubt. Das ganze Haus scheint völlig
staubfrei und makellos zu sein. Ich bezweifle, dass der böse
Vampir-Schuft sein eigenes Haus putzt. Er muss eine Putzfrau
oder so etwas haben. Die Küche sieht aus wie in einem
modernen Bauernhaus. Einfach und elegant mit dunklem
Holz.

Der Kühlschrank ist aus schwarzem Edelstahl und überraschend voll, als ich die Türen öffne. Ich finde Käse und
Speck und außerdem ein paar Erdbeeren. Die Speisekammer

offenbart Regale um Regale mit Konserven. Ich finde Brot und trage es zur Küchentheke zurück.

Es gibt haufenweise Zutaten für die verschiedensten Gerichte, aber ein gegrilltes Käsesandwich klingt lecker. Ich suche gerade nach einer Bratpfanne, als es an der Haustür klopft. Ich schnappe nach Luft und mein Herz beginnt zu rasen. Ich greife mir mit der Hand an die Brust, als ich versuche, meinen Atem zu beruhigen.

Niemand weiß, dass ich hier bin, also ist derjenige, der dort an der Tür steht, nicht hinter mir her. Ein Blick auf die Uhr verrät mir, dass es fast fünf Uhr am Nachmittag ist. Liam wird bald aufwachen. Ich ignoriere das Klopfen, bis ich eine Frau rufen höre, dass sie eine Lieferung für mich hat.

Was zum Teufel?

Ich eile zum Eingang und suche unterwegs nach Türen im ersten Stock, finde aber keine. Wo ist Liam? Ich würde ihn gerne fragen, ob es sicher ist, die Tür zu öffnen oder nicht. Kurz nachdem ich an einem Arbeitszimmer vorbeikomme, schaltet sich meine *Gewissheit* ein und sagt mir, dass ich nicht in Gefahr schwebe.

Ich reiße die Tür auf und lächle die Frau an, die auf der Treppe steht. „Kann ich Ihnen helfen?"

„Ich habe eine Essenslieferung für Harper", antwortet sie und streckt mir eine braune Papiertüte entgegen.

Ich habe nichts bestellt, aber das ist nicht ihre Schuld, also lächle ich weiter und antworte mit einem freundlichen: „Dankeschön."

Die grüne Schrift auf der Seite der Tüte verrät mir, dass Liam bei einem meiner Lieblingsrestaurants bestellt hat. Jetzt frage ich mich wirklich, ob er Gedanken lesen kann. Der Größe und dem Gewicht der Tüte nach zu urteilen, befindet sich eine Menge Essen darin.

Das Erste, was ich herausziehe, ist ein Stück Sauerteigbrot, das bei fast allem, was man in diesem Restaurant bestellt, dazugehört. Es ist einer der Gründe, warum ich das Restaurant so liebe. Ich könnte niemals auf Keto-Diät gehen. Ich liebe Kohlenhydrate, besonders Brot, viel zu sehr.

Ich nehme einen Bissen und ziehe weitere Gerichte aus der Tüte. Als alles vor mir auf dem Küchentresen steht, sehe ich, dass er mir zwei Sandwiches, drei Salate, eine Couscous-Schüssel und eine Suppe bestellt hat. Die Couscous-Schüssel habe ich noch nie probiert, weil ich den asiatischen Salat so sehr liebe.

Bei meiner Suche nach einem Glas finde ich zwei weitere Gedecke. Nachdem ich mein Glas mit Wasser gefüllt habe, stelle ich mich an den Küchentresen und öffne die Couscous-Schüssel. Der säuerlich herbe Geschmack explodiert auf meinen Geschmacksknospen.

Liam scheint eine Besessenheit mit Essen zu haben. Er lebt offensichtlich allein hier und hat dennoch genügend Essen und Teller im Haus, um meine ganze Familie eine Woche lang ernähren zu können. Ich nehme mir vor, ihn später danach zu fragen. Essen Vampire überhaupt? Ich hatte angenommen, dass sie nur Blut trinken.

Um nicht daran zu denken, wie Liam letzte Nacht *mein* Blut getrunken hat, greife ich nach meinem Handy und prüfe meine Nachrichten. Ich sehe, dass Steve mich viermal angerufen und ein Dutzend SMS geschrieben hat. Einen Moment lang schwebt mein Daumen über seinem Namen.

Nein. Es gibt keinen Grund, ihn zurückzurufen. Ich werde nicht nach Utah zurückkehren. Zwischen ihm und mir ist es vorbei und das kann ich weder ihm noch meinen Eltern deutlicher machen.

Das Blut in meinen Adern erstarrt zu Eis, als ich eine wütende Nachricht von ihm lese, in der er wissen will, wo ich gewesen bin. Ich fange an zu zittern und muss mich auf einen

Barhocker an der Kücheninsel setzen. Meine Gedanken spielen wie von selbst diverse Szenarien durch. Steve weiß eigentlich gar nicht, dass ich nicht zu Hause bin.

Ich habe das Telefon entsorgt, das mit dem Konto meiner Eltern verbunden ist, sodass ich darüber nicht geortet werden kann. Und er weiß auf gar keinen Fall, wo ich wohne. Ich habe meinen Eltern nie meine Adresse gegeben. Tucson ist eine große Stadt. Selbst wenn er hierherkommt, würde er mich nicht finden können.

Ich balle meine Hände zu Fäusten und konzentriere mich auf meine Atmung, um mein rasendes Herz zu beruhigen. Die Sonne wird bald untergehen. Ein rasender Puls wird für Liam wie das Läuten der Essensglocke klingen.

Das muss der Grund sein, warum er so viele Gerichte für mich bestellt hat. Er wird wahrscheinlich mehr von meinem Blut brauchen, wenn er aufwacht. Ich ziehe die Schüssel und ein Sandwich vor mich hin und nehme einen Bissen. Die Speisen schmecken fantastisch, aber meine Gedanken schweifen zu der Vorstellung ab, wie Liams Mund über meinen ganzen Körper wandert.

Meine Erregung bekommt Flügel und flackert in mir auf, wodurch mein Höschen in Sekundenschnelle durchnässt wird. Ich bin geiler als je zuvor. Ich frage mich, wie er wohl ohne seine Kleidung aussieht. Tatsächlich habe ich noch nie einen Schwanz gesehen und plötzlich kann ich es kaum erwarten, dass Liam mir seinen zeigt.

Als ich mit Steve zusammen war, hat es mir Spaß gemacht, ihn zu küssen. Irgendwann hatte ich mir auch vorgestellt, den Rest meines Lebens mit ihm zu verbringen. Aber je kontrollsüchtiger er wurde, desto weniger mochte ich ihn. Was ich jetzt seltsam finde. Denn Liams Dominanz letzte Nacht war heißer als Lava.

Das ist allerdings etwas anderes. Liam hat unsere Intimität gesteuert und mir ein Gefühl von Sicherheit gegeben, während Steve mir immer nur gesagt hat, was ich tun und sagen und wie ich mich verhalten soll. Es gibt einen großen Unterschied zwischen den beiden.

Liam hat mich nicht wie ein widerspenstiges Kind behandelt, das Führung und Disziplin braucht. Er hat unser Vergnügen gelenkt. Ich bezweifle nicht, dass es darin begründet liegt, dass er ein Vampir ist, aber es war ganz und gar nicht erniedrigend. Er hat mir Dinge gegeben und nur sehr wenig für sich selbst genommen.

Ich habe mich in Liams Armen mehr als hervorragend gefühlt und dies, obwohl ich eine Nahrungsquelle für ihn bin. Das war unerwartet. Ich sollte mich in Liams Nähe eigentlich wie Beute fühlen, nicht wie eine geschätzte Freundin. *Freundin* geht vielleicht ein wenig zu weit, füge ich gedanklich hinzu. Er ist ein Vampir und denkt nicht so wie ich.

Er hat mich mit nichts als Liebenswürdigkeit behandelt und hat sich riesige Mühe gegeben, um mich zu beschützen, aber meine *Gewissheit* sagt mir, dass er ein Typ für schnelle Nummern ist und mich schon bald wieder fallenlassen wird. Es ist dringend nötig, dass ich mich daran erinnere und aufhöre, meine Fantasien noch weiter auszuschmücken.

Ich darf einfach nicht vergessen, dass Liam ein Vampir und ein gewalttätiges Raubtier ist. Er hat keine Gefühle für mich. Er arbeitet im beliebtesten Nachtclub der Stadt. Mit einem Gesicht wie seinem weiß ich genau, dass sich die Frauen ihm an den Hals werfen. Und ich brauche meine *Gewissheit* nicht, um zu erkennen, dass er höchstwahrscheinlich jede Nacht mit einer anderen Frau spielt.

Vampire müssen vorsichtig sein. Es gibt einen Grund, warum ihre Existenz ein Geheimnis ist. Es muss so bleiben, zu ihrer Sicherheit. Er hätte mich letzte Nacht beißen und mein Blut trinken können, ohne dass ich je davon erfahren hätte. Wenn er mehr Zeit mit derselben Frau verbringen würde, würde sie es irgendwann merken, wenn die Empfindungen nicht mehr neu und so überaus verzehrend sind.

Obwohl ich mir nicht vorstellen kann, dass irgendwelche Intimität mit ihm mich nicht völlig verzehren würde, selbst wenn ich das Glück hätte, hundert Jahre mit ihm zu verbringen. Alles an Liam ist sexy und verlockend und lässt mich regelrecht nach ihm lechzen.

Ich mache mir nicht die Mühe, mich dafür zu schelten, dass ich mich nach ihm sehne. Es ist unmöglich, es nicht zu tun. Ich erinnere mich lediglich daran, dass ich eine vorübergehende Ablenkung für ihn bin und dass sich das wieder ändern wird, sobald er bereit ist, weiterzuziehen.

Ich habe vielleicht keine Zukunft mit ihm, aber ich bekomme noch eine Nacht, um in seinem Spielzimmer noch mehr zu entdecken. Ich mag es, wenn er mich dominiert, und bin gespannt, was mir sonst noch alles gefällt. Bilder von seinen Spielzeugen gehen mir durch den Kopf und bringen mein Blut erneut in Wallungen.

Ich bin nicht mutig genug, nach dem Dildo zu fragen, und ehrlich gesagt möchte ich nicht, dass mein erstes Mal mit einer Plastiknachbildung passiert. Vielleicht wird die Sache mit Liam ja doch über den heutigen Abend hinaus andauern. In der Zwischenzeit habe ich vor, diesen Vampir in vollsten Zügen zu genießen.

 *iam*

ICH WACHE IN MEINER STILLEN, dunklen Gruft auf. So tief unter der Erde ist die Luft kühl. Als ich mich aus dem Kingsize-Bett in meinem Raum erhebe, schweifen meine Gedanken sofort zu Harper. Ich knipse die Nachttischlampe an und sofort wird meine Umgebung erhellt.

Als Vampir ist mein Sehvermögen überlegen und ich kann in der Dunkelheit besser sehen als Menschen, aber ganz ohne Licht geht es trotzdem nicht. In der Schwärze meines Versteckes sehe ich nichts. Ein Pulsieren in meinem Schwanz erregt meine Aufmerksamkeit und ich starre auf die Erektion, die sich zwischen meinen Beinen erhebt.

Es ist Jahrhunderte her, dass ich mit einem steifen Schwanz aufgewacht bin, und ich gebe der Menschenfrau, die dort oben in meinem Haus herumschleicht, die Schuld dafür. Weil sie noch Jungfrau ist, habe ich mich nicht an ihr befriedigt, als ich letzte Nacht von ihr getrunken habe. Stattdessen bin ich mit einem stahlharten Ständer ins Bett gegangen.

Und diese Erregung hat kein bisschen nachgelassen, obwohl ich den ganzen Tag lang wie ein Toter geschlafen habe. Die Frau hat mich in eine Art Bann gezogen. Wenn ich es nicht besser wüsste, würde ich sagen, dass sie eine Hexe oder etwas Ähnliches ist.

Ihr würziger, herber Geschmack verweilte noch lange in meinem Mund, nachdem ich sie allein gelassen hatte. Etwas daran sagt mir, dass sie mehr als ein Mensch ist, aber es gibt nichts anderes, was diese Meinung bestätigen würde. Die Intensität ihres Blutes kann auf viele Variablen zurückzuführen sein. Es gibt nichts, was darauf hindeutet, dass sie mehr ist als ein Mensch. Und was sollte sie auch sein?

Es gibt kein Anzeichen auf etwas Erdiges oder Primitives wie bei einem Gestaltwandler. Ich habe nur ein paar Mal von einem Wandler getrunken, aber es ist unverwechselbar. Ihre Art hat einen einzigartigen Moschusgeschmack und Harpers Blut schmeckt überhaupt nicht so. Trotz der Tatsache, dass ihr Blut mir einen Schub an Kraft und Energie gegeben hat, wie ich es zuvor nur bei einem Wandler erlebt habe, weiß ich, dass sie keiner ist. Aber warum ist ihr Blut so potent? Das einzige Blut, das mir jemals einen größeren Schub verlieh, war das meines Schöpfers. Aber ich habe schon seit Jahrhunderten nicht mehr von Lucius getrunken.

Ich ziehe mir eine seidene Schlafanzughose an, atme mehrfach tief durch und erfreue mich daran, wie das Raubtier in mir an die Oberfläche steigt. Was, wenn sie tagsüber gegangen ist? Der plötzliche Gedanke ist verdammt beunruhigend und lässt mich nun bedauern, dass ich sie dort oben nicht an mein Bett gefesselt habe.

Ich hatte einen Augenblick lang darüber nachgedacht, bevor ich es verworfen habe. Harper weiß besser als jeder andere, dass sie sich in Gefahr begeben würde, würde sie in ihre eigene Wohnung zurückkehren. Sie wäre beinahe von abscheulichen, verfluchten Gestaltwandlern entführt worden.

Wie die meisten Vampire habe ich nichts für Männer übrig, die sich in Tiere verwandeln. Obwohl Garretts Rudel die Ausnahme von dieser Regel ist. Sie lassen uns unseren Freiraum und erlauben uns, in der Stadt zu bleiben. Das erfordert sehr viel Vertrauen, was Lucius' Gefährtin zuzuschreiben ist. Ohne sie hätten wir den Respekt von Garrett und seinem Rudel niemals.

Aber es ist eine zerbrechliche Beziehung, die problemlos von einem starken Windstoß zerrissen werden könnte. Weshalb es von größter Wichtigkeit ist, meinen Schöpfer und seine Gefährtin heute Nacht mit Harper zu besuchen. Ich schnappe mir mein Handy vom Beistelltisch, tippe eine SMS und schicke sie an Lucius.

Er antwortet schnell und sagt mir, ich solle heute Abend um zehn im Club Toxic erscheinen. Er fragt außerdem, warum ich einen Menschen aus dem Club bei mir habe. Das Treffen ist eine gute Entscheidung seinerseits. Wir alle müssen hören, was Garrett ihm gesagt hat, und herausfinden, was zu tun ist, um die verantwortlichen Arschlöcher aufzuspüren.

Ich zögere auf halbem Weg die Treppe hinauf und tippe meine Antwort auf seine Frage. Ich kann ihn praktisch knurren hören, wenn er meinen kurzen Bericht über die Ereignisse der vergangenen Nacht liest. Es macht mich wütend, wenn ich nur daran denke.

Diese Gestaltwandler waren aus irgendeinem Grund hinter Harper her und ich habe vor, herauszufinden, worum es dabei geht. Aber zuerst will ich ein wenig Spaß mit ihr haben. Es ist erst kurz nach sechs, was mir drei Stunden Zeit gibt, ihren Körper vollständig zu erforschen und sie zum ersten Mal zu ficken.

Ein besserer Mann würde sie nach und nach einweihen. Sie in sanften, sinnlichen Wellen für die Sexualität öffnen. Aber ich bin kein besserer Mann. Ich bin ein Vampir und Sensibilität ist ein Fremdwort für mich. Der Gedanke an ihre Angst erregt mich und bringt mich dazu, sie an das Andreaskreuz fesseln und mit einem Rohrstock auf ihren Hintern schlagen zu wollen.

Angst versüßt das Blut und beschert einem Vampir einen Rausch beim Trinken. Die einzige andere Emotion, die diesem Gefühl nahekommt, ist ein Orgasmus. Das ist der Grund, warum meine Art das Verlies im Club Toxic so liebt. Es gibt kein besseres Abendessen, als von einem Süßblut zu trinken. Und genau jetzt habe ich vor, Harper zu meinem eigenen Süßblut zu machen.

Ich gehe die Treppe zum ersten Stock hinauf und halte am Eingang zur Speisekammer inne. Vampire müssen den Eingang zu ihrem Versteck geheim halten, also stürme ich nicht hindurch, bevor ich mich vergewissert habe, ob Harper in der Küche ist oder nicht.

Das Essen sollte vor nicht allzu langer Zeit geliefert worden sein. Die einzige Sache, die ich tun musste, bevor ich mich für den Tag zur Ruhe legen konnte, war dafür zu sorgen, dass sie während meiner Abwesenheit etwas zu essen hatte. Immer genügend Lebensmittel haben zu müssen, ist das einzige Überbleibsel aus meinem menschlichen Leben.

Ich stamme aus einer Familie der Unterschicht. Mein Vater war ein bekannter Schmied, was jedoch nicht bedeutete, dass wir Geld hatten. Wir hatten es oftmals schwer und es kam mehr als einmal vor, dass meine Mutter Mahlzeiten ausfallen ließ, damit meine Schwester und ich essen konnten. Wir waren ständig hungrig. Ich erinnere mich an das nagende

Gefühl im Bauch und daran, wie ich mich trotzdem durch-
beißen musste. Das ist der Grund, warum meine Vorrats-
kammer stets voll ist.

Das Bedürfnis dafür zu sorgen, dass sie eine zusätzliche
Auswahl hat, damit sie nicht hungrig bleibt, bis ich aufwache,
hat nichts damit zu tun, dass ich verweichlicht bin. Sie muss
für das, was ich mit ihr vorhabe, gut genährt sein.

Ich brauche mein Ohr nicht an die Tür vor mir zu pressen.
Kein Geräusch hallt aus der Küche wider und Harpers Duft
ist verblasst. Es ist schon eine Weile her, seit sie in der
Küche war.

Da die Luft rein ist, drehe ich den Knauf, trete ein und
schließe die Tür vorsichtig hinter mir. Die Wahrscheinlich-
keit, dass jemand den versteckten Riegel findet, um die Tür
von dieser Seite zu öffnen, ist minimal, da er zwischen den
vollen Regalen versteckt liegt.

Ich gehe zum Kühlschrank, hole mir ein Getränk und
stelle fest, dass das bestellte Essen darin steht. Nun, alles bis
auf ein paar Dinge. Ich merke mir, dass sie die Couscous-
Schüssel und ein Thunfisch-Sandwich gewählt hat.

Dann drehe ich meinen Deckel auf und werfe ihn in den
Mülleimer, bevor ich mich auf den Weg nach oben mache.
Vor meinem Spielzimmer bleibe ich stehen und werfe einen
Blick durch die offene Tür zu meinem Spielzeugschrank. Als
ich den Raum durchquere, fällt mir auf, dass ein Vibrator-
Dildo und ein gläserner Analplug bewegt worden sind.

Ein Lächeln bereitet sich auf meinen Lippen aus. Harper
ist neugierig. Ich rieche die Überbleibsel ihrer Erregung. Ein
Teil in mir pocht vor Freude und ein anderer Teil ist
enttäuscht. Ich sehne mich nach ihrer Angst.

Ich schüttle den Kopf und erinnere mich daran, dass ihr
Blut stark und süß ist, auch ohne Schmerz oder Angst mit ins
Spiel zu bringen. Ich würde ihre Orgasmen stets vorziehen,

das steht völlig außer Frage. In Erwartung des kommenden Abends mache ich mich auf den Weg, um Harper zu finden.

Die an ihr Schlafzimmer angrenzende Dusche läuft und meine Füße tragen mich, noch bevor es mir bewusst wird, wie von selbst zu ihrer Tür. Ich bleibe auf der Schwelle stehen und beobachte, wie sie sich mit den Fingern durch die Haare fährt.

Die Seife rinnt an ihrem nackten Körper hinunter und liebkost ihre Brüste. Mir läuft das Wasser im Mund zusammen und meine Erektion pulsiert. Ich zwinge mich, mich umzudrehen und in einem anderen Bad zu duschen.

Ich habe vor, sie zu ficken und von ihr zu trinken, aber wenn ich jetzt in diese Dusche gehe, wäre es innerhalb weniger Minuten vorbei. Und das ist das Letzte, was ich will. Ich habe drei Stunden Zeit und plane, jede Sekunde davon mit Harper in meinem Spielzimmer zu nutzen.

Ich drehe das kalte Wasser, springe unter die Dusche und seife mich von oben bis unten ein. Ich packe meinen Schwanz und bin fast versucht, meine Faust auf und ab zu bewegen, bis ich explodiere. Das würde mir ein gewisses Maß an Kontrolle geben, wenn ich Harper zur Unterwerfung bringe, aber ich tue es nicht.

Ich will meinen Samen tief in ihren Körper spritzen und nicht in die Dusche. Nachdem ich mich abgespült habe, stelle ich das Wasser ab, steige auf die Badematte und greife nach einem Handtuch. Ich trockne mich schnell ab, ziehe mir die Schlafanzughose wieder an und gehe zurück ins Hauptschlafzimmer. Harper steigt gerade aus der Dusche, als ich die Tür erreiche. Sie reißt ihre umwerfend hellbraunen Augen weit auf und ein Keuchen entweicht ihren vollen Lippen.

Als sie die Hand hochreißt, um sie auf ihren Mund zu drücken, fällt das um ihre Taille gewickelte Handtuch zu Boden. Blitzschnell bin ich an ihrer Seite und unterdrücke ihren Schrei mit dem Druck meiner Lippen auf ihren. So schnell hat sie mich noch nicht bewegen sehen. Oder besser gesagt, sie sieht es überhaupt nicht, wenn ich mich bewege. Menschen können einen Vampir nicht mit dem Blick verfolgen, wenn wir uns so schnell bewegen, dass wir verschwimmen. Wir sind zu schnell für ihre Augen.

„Wie bist du so schnell hierher gekommen?", platzt sie heraus, während sie noch nach Luft schnappt. Ihr rasendes Herz ist wie der Gesang einer Sirene, der mich noch gieriger nach ihr werden lässt.

„Ist das die richtige Art mich anzusprechen?", frage ich mit einer hochgezogenen Augenbraue. Sie zieht die Augenbrauen zusammen, sodass sich eine Falte bildet, als sie über meine Frage nachdenkt. Aber innerhalb einer Sekunde ist die Falte wieder weg und ein Lächeln spielt um ihre Lippen. „Wie sind *Sie* so schnell hierhergekommen, *Sir*?"

Der sinnliche Ton ihrer Stimme lässt mich meine Irritation vergessen. „Ich bin verschwommen. Es ist eine Fähigkeit von Vampiren", erkläre ich und trete das Handtuch weiter von uns weg.

Sie sieht mir noch immer in die Augen. „Eine Vampirfähigkeit. Das hätte ich mir denken können. Welche Pläne haben Sie für den Abend, *Sir*?", fragt sie. Ihr Körper wird heiß und wärmt mich, als ich mit meinen Händen an ihrer Hüfte neben ihr stehe.

Ich greife nach ihrer Hand und führe sie zur Tür. „Wir werden uns in mein Spielzimmer begeben, bevor wir zum Club Toxic gehen, um uns mit Lucius zu treffen."

„Ich kann nicht ohne Kleidung gehen", kreischt sie.

Ich hebe einen Finger an mein Ohr und reibe den Schmerz besser, den ihre schrille Stimme verursacht. Ich lasse ihr den unpassenden Ton ausnahmsweise durchgehen und konzentriere mich auf die Angst, die durch ihre Adern schießt. Sie lässt meinen harten Schwanz in meiner lockeren Hose pulsieren. „Ich mag die Aussicht", sage ich zu ihr, als ich weitergehe. „Außerdem ist sonst niemand im Haus. Wir werden uns etwas anziehen, bevor wir hinausgehen. Aber zuerst habe ich andere Pläne für dich, Kätzchen."

Sie legt ihre Hand wieder in meine und wir gehen den Flur entlang. „Was werden wir im, ähm … Spielzimmer machen?"

Ich lasse ihre Hand los und lege stattdessen einen Arm um ihre Schulter. „Du hast es erkundet, während ich geschlafen habe."

Sie reißt den Kopf hoch und saugt ihre Unterlippe zwischen die Zähne. Sie knabbert einige Sekunden lang auf dem Fleisch und bemerkt nicht, dass wir vor dem Zimmer angekommen sind. Ihr Blick ist noch immer auf mich gerichtet und sie verschränkt die Hände vor ihrem Körper. „Ich hatte nicht die Absicht, in Ihre Privatsphäre einzudringen. Ich war neugierig, also habe ich mich umgesehen. Aber ich habe nichts weggenommen."

„Du warst erregt", informiere ich sie und drehe sie so um, dass sie dem Zimmer zugewandt ist. Ein Schauer strömt durch ihren ganzen Körper. Mit den Händen streichele ich von ihren Schultern über ihre Arme und lasse sie schließlich an ihrer Taille ruhen.

„Ich schiebe es auf das, was Sie letzte Nacht mit mir gemacht haben, Sir", antwortet sie, während sie ihren Kopf nach hinten neigt und meinem Blick begegnet.

Ihre Augen verdunkeln sich vor Verlangen. Mein kleines Kätzchen ist begierig auf mehr. „Ich habe vor, heute Nacht noch so viel mehr zu tun", verspreche ich ihr.

Mit einem sanften Schubs schiebe ich sie in den Raum. Sie bewegt sich zögerlich und bleibt in der Mitte des Raumes stehen. Ich gehe weiter zum Schrank und nehme den Analplug heraus, den sie sich vorhin angesehen hat.

Als ich mich wieder zu ihr umdrehte, strecke ich ihr das Glasobjekt entgegen. „Komm her, Kätzchen", befehle ich und beobachte, wie sie sich bewegt, während sie auf einem ihrer Daumennägel kaut.

„Wie hat dir der hier gefallen?"

Sie bleibt neben mir stehen und ich nehme den Duft ihrer Erregung war. Ich blicke an ihr hinunter und sehe, dass die Haare zwischen ihren Beinen von einem Hauch von Feuchtigkeit benetzt sind. Kurz frage ich mich, was ich finden würde, wenn ich mit dem Finger durch ihre feuchten Schamlippen gleite.

„Ich weiß es nicht. Es sieht nicht aus wie ein Schwanz, also bin ich mir nicht sicher, wofür das benutzt wird." Diese Frau verblüfft mich immer wieder. Sie ist offen und begierig, obwohl sie ihr ganzes Leben lang so behütet war.

„Das hier", sage ich und reibe den Glaskegel über ihren nackten Arm, „ist ein Analplug, Kätzchen. Er wird dir gefallen, wenn ich dich um den Verstand ficke."

Ich lächle über ihre weit aufgerissenen Augen und den offenen Mund. „Auf gar keinen Fall. Das kommt überhaupt nicht infrage. Sie können das Ding nicht *dort* hineinstecken."

Ich drücke den Glaskegel weiter auf ihre Haut und umrunde sie, sodass ich nun hinter ihr stehe. Ich halte inne und senke meine Lippen zu ihrem Hals, wo ich ihr mit geöffnetem Mund einen Kuss aufs Fleisch drücke. Meine Reißzähne kratzen über ihre Halsschlagader, bevor ich meine Lippen an ihr Ohr hebe. „Ich werde dich damit in den Arsch ficken, während ich meinen Schwanz in deine Muschi stoße, Kätzchen. Das ist ein Versprechen. Und du wirst um mehr betteln, wenn ich fertig bin."

Der beißende Duft ihrer Angst nimmt zu und lässt mich

sie mehr denn je begehren. Sie öffnet den Mund, um mein Versprechen zu tadeln, aber ich unterbreche sie. „Wir werden darauf hinarbeiten, Kätzchen. Jetzt geh auf die Knie."

Sie schluckt und drückt die Schultern durch, bevor sie vor mir auf die Knie fällt und ihren Kopf senkt. So eine gute, kleine Sub. Ich gehe zum Schrank hinüber, lege den Analplug zurück ins Regal und greife nach dem Flogger.

Sie sieht mir mit einem offenen Blick in die Augen, den ich noch nie bei jemandem gesehen habe. Ich habe schon viele Frauen gefickt. Die meisten von ihnen waren unterwürfig, aber ich bin noch nie einer so vertrauensvollen Seele begegnet.

Ihr Blick wandert zu meiner Brust, dann über mein entblößtes Fleisch und bleibt an der Beule meiner Leistengegend hängen. Die Art und Weise, wie sich ihre Wangen röten und ihre Augen zur Seite huschen, aber meine Erektion nie ganz verlassen, verrät mir eine Menge.

Sie ist nicht nur Jungfrau, sondern sie hat wahrscheinlich auch noch nie einen Mann nackt gesehen. Der ursprüngliche, besitzergreifende Vampir in mir bricht an die Oberfläche und will Harper sofort für sich beanspruchen. Diese Frau ist unberührt. Und sie soll für den Rest ihres Lebens von keinem anderen Mann berührt werden.

Das kommt überhaupt nicht infrage, Arschloch. Du bist ein Vampir, sie ist ein Mensch. Ihr gehört nicht zusammen.

Diese Erinnerung lastet wie ein Stein auf meiner Brust, als ich meine Seidenhose nach unten schiebe und in meiner pulsierenden Herrlichkeit vor ihr stehe. Ihr Blick klebt geradezu auf meinem Schwanz und sie leckt sich mit der Zunge über ihre Lippen. Ich schiebe den Stoff mit dem Fuß zur Seite, trete näher an sie heran und packe meine Länge.

Ich bewege meine Faust über das steife Fleisch und führe

die Spitze an ihre Lippen. „Saug ihn in deinen Mund, Kätzchen."

Sie schüttelt den Kopf hin und her, streckt jedoch ihre Zunge leicht heraus und leckt über meine Eichel. Mir entweicht ein Grunzen, als die Lust mich durchflutet. Nach ihrer Zunge folgen ihre Lippen. Als sich ihr Mund um mich schließt, zwinge ich mich, die Hüfte ruhig zu halten, damit ich ihn ihr nicht in die Kehle ramme.

Ihre Unerfahrenheit ist offensichtlich, aber es gelingt ihr trotzdem, mich völlig verrückt zu machen. „Schließ seine Lippen um mich und sauge. Ahhh. Ja. Genauso." Meine Hüfte wird locker und ich stoße meinen Schwanz in den hinteren Teil ihrer Kehle. Als ich höre, wie sie würgt, ziehe ich mich zurück und hebe sie an den Armen hoch.

„Ich werde nicht besser darin werden, wenn du mich nicht an dir saugen lässt", beschwert sie sich. Ich halte inne, hebe eine Augenbraue und starre zurück. „*Sie, Sir*", schiebt sie nach.

„Du kannst später weiter üben. Jetzt werde ich dich mit meiner Peitschenbank bekanntmachen, Kätzchen."

Ihr Duft verbreitet sich im ganzen Raum. Ich habe den Flogger immer noch in der Hand und zeige damit auf die gepolsterte Bank an der Seite. Ohne dass ich sie darum bitten muss, krabbelt sie auf Händen und Knien dorthin und ich verschieße in diesem Moment fast meine verfluchte Ladung.

Sie hat eine unterwürfige Seele, aber sie ist ganz sicher kein Fußabtreter. Tatsächlich hat sie mehr Rückgrat als die meisten Männer, die ich kenne. Ohne eine weitere Anweisung abzuwarten, erhebt sie sich und stellt sich neben die Bank. Ich greife nach den Handschellen, die ich letzte Nacht bereits an ihr benutzt habe, und genieße den Anblick, als ihre Beine zucken und sie sie zusammenpresst.

„Beuge dich vor und lass deine Arme nach vorn baumeln", befehle ich mit heiserer Stimme.

Harper nickt und legt ihren Oberkörper sofort über das schwarze Leder. Instinktiv spreizt sie die Beine und entblößt ihre feuchte Weiblichkeit für meinen Blick. Ihre Schamlippen glitzern unter der schwachen Beleuchtung und jede Sekunde tropft noch mehr Flüssigkeit aus ihr heraus.

„Fuck, deine Muschi sieht köstlich aus", sage ich ehrlich.

Sie wackelt mit der Hüfte und ihre Brust hebt sich leicht. Sofort lasse ich mein Handgelenk zucken und der Flogger schlägt eine Sekunde später über ihren prallen Arsch und ihre Schamlippen. Sie schreit auf, das Geräusch wandelt sich jedoch schnell zu einem Stöhnen. Als ich mich direkt hinter ihr in die Hocke sinken lasse, blickt sie über ihre Schulter.

Mein Schwanz zeigt direkt auf ihren Arsch. Ich erlaube mir nicht, daran zu denken, wie ich ihren Arsch eines Tages mit meinem Schwanz und einem Analplug ficken werde. Es gibt keine Zukunft für uns, also kann ich nicht sagen, wie lange ich ihre Gesellschaft genießen werde.

Meine Schulter stößt gegen ihren inneren Oberschenkel, sodass sie die Beine weiter spreizt. Mit dem Mund gleite ich zu ihrer tropfenden Mitte, während ich ihre Knöchel mit den Händen an der Bank sichere. Ich will, dass sie für mein Vergnügen weit gespreizt dort steht.

„Heiliger Strohsack. Hör nicht auf", bettelt sie.

Ich löse meinen Mund von ihrer Muschi und bringe mich hinter ihr in Position. Ich lasse meinen Schwanz durch ihren Schlitz gleiten, während ich mich über ihren Rücken lehne, um ihr ins Ohr zu flüstern: „Ich habe hier das Sagen, Kätzchen. Du wirst dein Vergnügen bekommen, wenn ich es dir gebe. Und du wirst nicht kommen, bevor ich es dir erlaube."

Ihr Kopf wippt auf und ab. „Ja, Sir."

„Braves Mädchen", sage ich und belohne sie mit einem

Zwicken in ihre Brustwarzen. Ich stehe wieder auf und trete ein paar Schritte von ihrem Körper weg, hebe meinen Arm und lasse das Handgelenk schnippen. Die Kraft, die ich anwende, ist minimal und hinterlässt keine Spuren auf ihrer Haut, als ich sie aufwärme.

In dem Augenblick, als sie die Hüfte bewegt und sie mir entgegenstreckt, weiß ich, dass sie bereit für mehr ist. Ich erhöhe die Kraft und drehe mein Handgelenk. Der nächste Schlag landet auf ihrem Hintern, während die Enden der Riemen über ihre Muschi peitschen. Die Riemen sind nass, als ich sie wegziehe.

Ein paar Hiebe später keucht sie und bettelt: „Ich muss kommen. Bitte, Sir."

Ich lasse die Peitsche fallen und trete hinter sie. Eine Hand führe ich an ihre Muschi, während ich die andere zu einer ihrer Brüste hebe. Mit den Fingern gleite ich durch ihre Feuchtigkeit und reibe ihre Klitoris. „Komm für mich, Baby. Auf meiner Hand", sage ich zu ihr und zwicke die empfindliche Perle.

Ihr Rücken versteift sich und sie hebt den Oberkörper. Ich schiebe einen Finger in ihren engen Spalt und reibe mit meiner anderen Hand weiter ihre Klitoris. Sie wirft den Kopf zurück und schreit auf, als sich ihre inneren Muskeln um meinen Finger anspannen.

Noch bevor ihr Höhepunkt abklingt, ziehe ich den Finger heraus und positioniere die Spitze meines Schwanzes an ihrem Eingang. Ich stoße ihn bis zum Anschlag in ihren Körper hinein. Meine Eier ziehen sich fest zusammen und mein Rückgrat kribbelt.

Ich stehe kurz davor, von nur einem Stoß zum Höhepunkt zu kommen. Das ist mir noch nie passiert. Mein Körper übernimmt die Kontrolle und bewegt meine Hüfte weiter. Innerhalb von Sekunden wird mir mein eigener Höhepunkt entrissen. „Verdammte Scheiße", fluche ich.

Harper ist angespannt unter mir und ich merke, dass der Duft ihres Blutes in der Luft liegt. Sie war eine verdammte Jungfrau. „Gib mir eine Minute, Kätzchen. Der Schmerz wird vergehen."

„Es ist noch nicht vorbei? Aber du hattest doch schon einen Orgasmus", sagt sie mit gequältem Atem.

„Was weißt du denn über Männer und Orgasmen?", necke ich sie, während ich versuche, das in mir aufsteigende Verlangen zu zügeln, in sie zu stoßen, bis ich wieder und wieder in ihr komme.

„Nun, ähm, ich habe gehört, dass Männer nur einen Orgasmus haben und dann ist es vorbei. Zumindest beklagen sich meine Freundinnen immer darüber." Mit den Händen kneife und zwicke ich abwechselnd ihre Klitoris und ihre Brustwarzen. Ihr Schmerz lässt nach und sie fängt an, die Hüfte zu bewegen.

„Das ist vielleicht bei Menschen so, aber ich bin ein Vampir, Baby. Und ich bin bereit, dich die ganze Nacht lang zu ficken", verspreche ich.

„Oh … oh", ruft sie, als ich mich zurückziehe und meine Hüfte in einer schnellen flachen Bewegung nach vorn stoße. „Das fühlt sich gut an."

Ich entziehe mich ihrem Körper und eile zu meinem Schrank hinüber. Dabei ignoriere ich ihre klagenden Beschwerden. Beim Anblick ihres Blutes auf meinem Schwanz bohren sich meine Reißzähne durch mein Zahnfleisch. Ich schnappe mir den vibrierenden Analplug aus Metall und kehre an ihre Seite zurück, bevor sie zu sehr bettelt.

Ich streiche mit der Hand über eine ihrer Arschbacken und schalte den Vibrator ein. Sie neigt den Kopf zur Seite und schaut mir zu. Ich lächle, als ich meine Länge wieder an ihrem Eingang positioniere und in sie eindringe.

Ihre Muskeln zucken um meine Erektion und lassen mich lang und laut aufstöhnen. Ich führe den Vibrator an ihre Klitoris und drücke ihn auf das Nervenbündel. Ihr Rücken krümmt sich und sie schreit auf.

Das feste Zusammenziehen ihrer inneren Muskeln verrät mir, dass sie kurz vor einem weiteren Höhepunkt steht. „Noch nicht, Kätzchen. Wage es ja nicht zu kommen, bevor ich es dir erlaube."

„Werden Sie mir den Hintern versohlen, wenn ich komme, Sir?"

Ich grinse, während ich ihr mehrfach mit der Hand auf den Arsch klatsche. Ihr Fleisch wackelt unter meiner Handfläche und wird ganz heiß. Ich führe den Analplug zur Falte zwischen ihren Arschbacken und drücke ihn an ihre Öffnung.

Ihr Keuchen wird schnell von einem Stöhnen verdrängt. Sie zieht die Hüfte zurück und versucht, dem Spielzeug zu entkommen. Ich bin zu erregt, um schockiert zu sein, als ich das vibrierende Metall wieder an ihre Klitoris drücke, anstatt damit in ihren Arsch einzudringen, wie ich es eigentlich vorhatte.

Sicherzustellen, dass meine Partnerin unsere Begegnung genießt, steht immer ganz oben auf meiner Liste aller Anliegen. Es macht ihr Blut süßer, aber ihre Angst versüßt es sogar noch mehr. Also kommt es nicht oft vor, dass ich eine Handlung unterlasse, die diese Emotion steigert.

Tatsächlich habe ich noch nie eine Gelegenheit verpasst, das Blut einer Mahlzeit zu versüßen.

In der Sekunde, in der ich das Gerät wegziehe, stöhnt Harper auf und fängt an, erneut ihre Hüfte zu bewegen. Ihre Hände hängen vor ihr herab, genau wie ich es befohlen habe, aber sie ballt und löst ihre Fäuste im Rhythmus des Zuckens ihrer inneren Muskeln.

Ich beuge mich über ihren Rücken und drücke küsse auf ihren Hals. Sie neigt den Kopf automatisch zur Seite, was mir besseren Zugang zu ihrer Kehle ermöglicht. Ich presse den Analplug an ihre Klitoris und kneife in eine Brustwarze, während ich mich mit kräftigen Stößen weiter in ihr bewege.

Als sie von ihrem Orgasmus erschaudert, schreit sie meinen Namen. Meine Reißzähne bohren sich in das Fleisch ihres Halses, während sich ihre Muschi um mich herum zusammenzieht. Ich bewege die Hüfte schneller, als das süßeste Blut, das ich jemals geschmeckt habe, auf meine Zunge trifft.

Meine Augen rollen zurück und mein Orgasmus schießt wie ein Geysir aus meinem Schwanz und füllt Harper. Ich höre nicht auf, mit der Hüfte zu stoßen, während ich sie zu einem weiteren Höhepunkt treibe und mehr von ihrem köstlichen Blut trinke.

Energie strömt durch meinen Magen und breitet sich wie ein Lauffeuer in meinem Körper aus. Ich habe noch nie jemanden wie Harper gekostet. Es interessiert mich nicht mehr, was ihr Blut so besonders macht. Ich kann an nichts anderes denken, als dass ich alles davon will.

Mein Mund und meine Kehle saugen weiter, während ich versuche, ihrem Körper einen weiteren Höhepunkt zu entlocken. Ihre Arme hängen jetzt schlaff an ihrer Seite und ihr Herz rast nicht mehr. Es ist ihr langsamer Herzschlag, der meinen Blutrausch schließlich unterbricht und mich den Kopf heben lässt.

Harper hängt über meiner Bank, bewegt keinen Muskel und atmet kaum noch. Ich springe zurück und löse die Handschellen von ihren Knöcheln. Sie rutscht von der Bank und sinkt in meine Arme.

Ich hebe sie hoch und wiege sie an meiner Brust. Ihr blasses Gesicht ist fahl und ihr Mund hängt schlaff herunter.

„Nein, nein, nein, nein", wiederhole ich, während ich in mein Handgelenk beiße. Ich habe ihr zu viel Blut entnommen und sie fast umgebracht. Ich kann sie nicht verwandeln und das macht mich wütend. Zum Glück hat Vampirblut heilende Kräfte, die ihr helfen werden, sich schnell zu erholen.

In Gedanken trete ich mir selbst in den Arsch. Ich halte mein blutendes Handgelenk über ihre Lippen und lasse einige Tropfen in ihren Mund sickern. Erst ein paar bange Sekunden später seufzt sie schließlich und lehnt ihren Kopf an meine Brust.

Mein normalerweise totes Herz hämmert so heftig und schnell in meiner Brust, dass ich schwören könnte, dass sie gleich explodiert. Ich streiche ihr die Haare aus dem Gesicht und trage sie in mein Badezimmer, um sie zu duschen.

Ich habe keine Zeit, noch länger zu warten. Lucius erwartet uns innerhalb der nächsten Stunde. Ich brauche Antworten von ihm, um Harpers Sicherheit zu gewährleisten. Sie kann nicht länger bei mir bleiben, sonst bringe ich sie vielleicht noch um. Normalerweise würde mich das nicht stören, aber der Gedanke, dass sie sterben könnte, lässt meinen Magen verkrampfen und meine Brust zusammenziehen.

KAPITEL 8

Harper

„ICH FÜHLE MICH ANDERS." Die Worte verlassen meinen Mund, bevor ich sie zurückhalten kann. Ich kann immer noch nicht glauben, dass ich gerade zum ersten Mal Sex hatte. Und das mit einem Vampir.

„Sex macht so was", antwortet Liam.

„Ich habe erwartet, von Dunkelheit verschlungen zu werden oder so ähnlich."

Liam kichert und schüttelt den Kopf, sodass Wasser herumspritzt. „Du wurdest von mir verschlungen." Seine Stimme klingt heiser und sein Schwanz wird hart.

Hitze kriecht meinen Nacken hinauf und ich senke den Kopf, um die Röte zu verbergen. „Mein ganzes Leben lang wurde mir beigebracht, dass ich in der Hölle schmoren werde, wenn ich Geschlechtsverkehr habe oder mich vor der Ehe auf andere sexuelle Aktivitäten einlasse. Und doch spüre ich in meinem wunden Körper keinen Hauch des bevorstehenden

Unheils. An diesem Akt ist nichts Abscheuliches oder Böses."

Es erschüttert mich, wie traurig und falsch meine Eltern und ihre kirchlichen Lehren für junge Erwachsene sind. Ich war völlig unvorbereitet auf das, was mich erwarten würde. Ich habe von Freundinnen gehört, dass das erste Mal wehtut, also habe ich Schmerz erwartet und kein Vergnügen. Oder wie nah ich mich Liam dadurch fühlte.

Meine *Gewissheit* sagt mir, dass Liams Geduld und seine Aufmerksamkeit mir gegenüber den Unterschied machen. Er hat dafür gesorgt, dass ich Vergnügen empfinde, während er sich seines nahm. Und sein Biss trieb mich sogar noch höher. Jedes Saugen an meinem Hals brachte mein Inneres zum Pulsieren.

Vielleicht habe ich mich ihm deshalb so nah gefühlt. Er nahm einen Teil von mir in seinem Körper auf, während ich ihn in meinem aufnahm.

Liam neigt meinen Kopf mit einem Finger zu sich hinauf und unter das heiße Wasser. „Wie so viele Eltern haben auch deine versucht, dich durch Angst zu kontrollieren. Angst ist ein wirksames Abschreckungsmittel, aber sie ist oft trügerisch und verbirgt die Wahrheit. Sex ist ein natürlicher, notwendiger Akt."

Ich nicke mit dem Kopf und genieße die Art, wie er meinen Rücken und meine Arme reibt. Ich verliere mich in den Empfindungen und komme nicht umhin, mich zu fragen, ob dieses Gefühl der Nähe normal ist, wenn man mit jemandem Sex hatte. Oder liegt es daran, dass er ein Vampir ist? Sollte ich das Gefühl haben, dass unsere Seelen miteinander verbunden sind? Sollte ich mir eine Zukunft mit ihm wünschen, ungeachtet der Tatsache, dass wir viel zu unterschiedlich sind, um es auf Dauer zu schaffen?

Über eine Sache bin ich mir jedoch völlig im Klaren – ich

will es wieder mit ihm tun. Ich ziehe in Erwägung, nackt aus der Dusche zu treten und ihn zu weiteren Spielen zu verleiten. Mein Unterleib schmerzt auf die beste Art und Weise, was meiner Erregung jedoch keinen Abbruch tut.

Als Liam mich über die Bank beugte und meine Knöchel fixierte, war ich mir zunächst nicht sicher, ob ich es durchziehen könnte. Aber eine Berührung und ich war Wachs in seinen Händen. Seine fachkundigen Finger bewegten sich auf meinem Körper, steigerten mein Vergnügen und ließen mich innerhalb von Sekunden feucht und bereit fühlen. Seine unzähligen Jahre an Erfahrung haben ihn gut darin werden lassen, eine Frau zu befriedigen. Ich frage mich, was er mir sonst noch alles zeigen kann.

Mein Blut wird heiß und mein Inneres verkrampft sich bei den Gedanken, die mir durch den Kopf gehen. Der zunehmende Schmerz, als sich die Muskeln in mir zusammenziehen, erinnert mich daran, dass Sex Neuland für mich ist und ich es langsam angehen muss.

„Du machst es mir wirklich schwer, meine Hände für mich zu behalten." Liams Worte machen deutlich, wie sehr er sich von einem normalen Mann unterscheidet. Natürlich weiß er, dass ich erregt bin. Er ist ein Vampir mit einer Supernase.

Diese Tatsache lässt mich aber immer noch nicht ausflippen. Liam hat nichts anderes getan, als mir ein Gefühl der Sicherheit zu geben, was mir erlaubt hat, offen für die Erfahrung zu sein und loszulassen.

„Entschuldige. Ich kann nicht anders."

„Später." Das Versprechen erregt mich sogar noch mehr. Ich wollte ihn bitten, mich wenigstens noch einmal mit in sein Spielzimmer zu nehmen, bevor er aus meinem Leben verschwindet. Aber in diesem Moment wartet der Vampirkönig auf uns.

Ich drehe den Wasserhahn, um die Dusche abzustellen,

und schnappe mir ein Handtuch, welches ich mir um den Körper schlinge. Mein Leben hat irgendwo eine große Wendung genommen, wenn ich auf dem Weg zu Treffen mit mythischen Königen bin.

Wie ist das überhaupt möglich? Und warum wirft mich das nicht mehr aus der Bahn? Ich mache mir nicht die Mühe, zu versuchen, es herauszufinden. Ich vertraue meiner *Gewissheit* und Liam. Nichts, was er bislang getan hat, deutet daraufhin, dass er mich ausliefern und zu einem Abendessen für den König oder sonst jemanden machen würde. Ich vertraue darauf, dass er mich beschützen wird.

„Ich habe nichts zum Anziehen", sage ich zu Liam, als ich im Badezimmer stehe und feststelle, dass ich nur den Schlafanzug und die Unterwäsche habe, die ich vorhin in seiner Waschmaschine gewaschen und dann in den Trockner gelegt habe. Ich kann wohl kaum in einer lockeren Baumwollhose und einem Trägeroberteil zu einem solchen Treffen gehen. „Und auch keine Schuhe", füge ich hinzu.

Liam hält auf dem Weg nach draußen inne. „Du wirst eins meiner T-Shirts und deine Hose anziehen. Schuhe kann ich dir auf dem Weg zum Club Toxic besorgen", sagt er, bevor er sich abwendet.

„Was? Ich gehe doch nicht im Schlafanzug in einen Nachtclub", wende ich ein, während ich nach meinem Höschen greife und es hochziehe. „Wenn du schon anhältst, kannst du mir eine richtige Hose und ein Oberteil besorgen. Damit ich nicht in einem Schlafanzug vor deinem König stehe."

„Du hast wohl vergessen, wer hier das Sagen hat, Kätzchen. Ich gebe die Befehle", antwortet er mit einem wütenden Funkeln in seinen schönen blauen Augen.

„Nein. Du hast in deinem Spielzimmer das Sagen. Ich gebe zu, dass es mir gefällt, wenn du mich sexuell dominierst.

Aber sonst sagt mir niemand, was ich zu tun oder zu lassen habe", informiere ich ihn. Ich war nie in der Lage, mich meinen Eltern oder Steve gegenüber zu behaupten und ihnen zu sagen, was ich fühle. Aber mit Liam zusammen zu sein, hat mir Mut gegeben, von dem ich nicht wusste, dass er in mir steckt.

Liam starrt mich mit zusammengekniffenen Augen an, bevor sein Ausdruck sich zu einem der offenen Bewunderung und des Respekts verwandelt. Als ich blinzele, ist sein Gesicht wieder eine nichtssagende Maske, sodass ich mich frage, ob ich es mir nur eingebildet habe.

„Du wandelst auf schmalem Grat, Kätzchen. Ich habe nicht die Zeit, dir jetzt die Lektion zu erteilen, die du dafür verdienst. Lucius ist kein geduldiger König. Ich kann ihm nicht noch einen Grund geben, an meiner Loyalität zu zweifeln. Lass uns gehen", befiehlt er mir, bevor er sich umdreht und in seinen begehbaren Kleiderschrank verschwindet. Ein paar Sekunden später kommt er vollständig angezogen wieder heraus. Einen Moment lang bin ich abgelenkt davon, wie sexy er in seiner dunklen Jeans und dem weißen T-Shirt aussieht. Er wirkt wirklich verdammt wie James Dean und ich weiß, dass er genau so ein Schuft ist.

Er wirft mir ein blaues T-Shirt zu, setzt sich aufs Bett und zieht sich ein paar Stiefel an. Ich schnappe mir das T-Shirt und greife dann nach meiner Schlafanzughose. Er zieht seine Lederjacke an und mir läuft das Wasser im Mund zusammen, als seine Brustmuskeln die Baumwolle des T-Shirts dehnen.

Liam ist bereits zur Tür hinaus, bevor ich nachsehen kann, ob er im Schrank noch ein weiteres Paar Schuhe hat. Kopfschüttelnd folge ich ihm in den Flur und die Treppe hinunter. Ein paar Augenblicke später bleibt er vor der Garagentür stehen und hält sie für mich auf.

„Wir nehmen wieder den Jaguar", sagt er zu mir, als ich

an ihm vorbeigehe. Ich bin immer noch schockiert, dass das Wetter mitten im Herbst nicht kälter ist. Meine Füße frieren nicht, als ich über den Beton gehe und in den Wagen steige.

„Meine Handtasche", rufe ich und steige wieder aus. Bis ich auf den Beinen bin, steht Liam bereits mit meiner Tasche in der Hand vor mir. „Dankeschön."

„Gern geschehen, Kätzchen. Wir haben nicht viel Zeit", teilt er mir mit.

Ich setze mich wieder und lege die Hände in den Schoß, als er am Steuer Platz nimmt und einen Knopf drückt, um das Garagentor zu öffnen. In Sekundenschnelle sind wir draußen und rasen eine Straße hinunter. Meine Gedanken überschlagen sich.

„Was kann ich erwarten, wenn wir uns mit deinem König treffen? Stecke ich in Schwierigkeiten?"

Liam manövriert uns die Straße entlang, während er den Blick geradeaus gerichtet hält. „Er wird Fragen an dich haben. Und er wird spüren, dass dein Blut anders ist und den Grund wissen wollen. Garrett könnte ebenfalls anwesend sein. Ich bin mir nicht sicher. Normalerweise nimmt er nicht an unseren Treffen teil, aber da es um Gestaltwandler geht, ist es möglich, dass er da sein wird."

„Was meinst du denn damit, dass mein Blut anders ist?", frage ich, während mein Herz zu rasen beginnt und meine Atemzüge kürzer werden. Ich bin ein Mensch. Warum ist mein Blut nicht dasselbe wie das von allen anderen? Liam muss sich irren.

„Ich kann den Grund nicht genau festmachen, aber ich kann dir versichern, dass du anders schmeckst als alles, was ich je zuvor gekostet habe."

Ein Lächeln huscht über meine Lippen. „Das liegt daran, dass ich umwerfend bin. Du verliebst dich in mich. Aber keine Sorge, du kannst einfach nicht anders."

Mit offenem Mund blickt Liam in meine Richtung, was mich zum Lachen bringt. Auf seinen ungläubigen Ausdruck folgt ein schnelles Grinsen. „Vielleicht bist du eine Hexe und hast mich verhext."

„Man weiß es nie", sage ich und winke mit der Hand. Eine Sekunde später fährt er in eine Parklücke und parkt den Wagen. Bevor ich fragen kann, was er vorhat, ist er bereits aus dem Auto gestiegen und auf dem Weg zu einem Geschäft.

Ich bin mir nicht sicher, was mich mehr überrascht. Dass er in einen Karstadt geht oder dass er mir tatsächlich Schuhe kauft. Ich hatte erwartet, dass er mich barfuß gehen lässt. Er schien sich an meinem Mangel angemessener Kleidung nicht zu stören.

Innerhalb weniger Minuten ist Liam zurück und reicht mir zwei Plastiktüten. „Es gab dort drin keine große Auswahl."

„Das ist schon okay. Danke", sage ich und ziehe eine Stretch-Hose und eine Bluse mit Knöpfen heraus. „Du hast auch Klamotten gekauft."

„Ich habe dir doch gesagt, dass du mich irgendwie verhext hast", antwortet er und verlässt den Parkplatz.

Ich schlüpfe aus meiner Schlafanzughose und ziehe die schwarzen Leggings an. Sie sind weich unter meinen Fingern. Nachdem ich sein T-Shirt ausgezogen habe, schlüpfe ich in die rosakarierte Bluse, die er mir gekauft hat. Die Hose passt perfekt, aber das Oberteil ist kleiner, als mir lieb ist. Die schwarzen Ballerinas passen zum Outfit, sind aber eine halbe Nummer zu groß. Und in der Tüte befindet sich außerdem auch noch eine Überraschung.

Orangensaft und Beef-Jerky liegen ganz unten in der Einkaufstüte. Erst als ich das Essen sehe, merke ich, wie schwindlig mir ist. Er hat mein Blut getrunken. Es macht nur Sinn, dass ich etwas essen muss, damit ich nicht ohnmächtig werde. Essen scheint tatsächlich ein Thema für ihn zu sein. Seine Fürsorglichkeit lässt meine Brust ganz warm werden.

„Ich kannte deine Schuhgröße nicht, also musste ich raten", sagt er und ich frage mich erneut, welche Kräfte er besitzt.

„Kannst du meine Gedanken lesen?", platze ich heraus. Ich streiche mit meinen Handflächen über meine Brust.

„Im Moment bin ich nicht in deinen Gedanken. Ich habe nur beobachtet, wie du den Fuß gedreht hast, und mir ist aufgefallen, dass der Schuh zu groß ist. Der Rest passt dir ausgezeichnet", versichert er mir, während sein Blick auf die Bluse gerichtet ist, die sich eng über meine Brüste spannt.

Und sofort breitet sich meine Erregung erneut in meinem Körper aus und lässt mich wieder nach ihm verlangen. Der Schmerz in meinem Unterleib hat nachgelassen und ich wünschte, wir wären immer noch bei ihm zu Hause. Ich möchte noch ein paar seiner Spielzeuge ausprobieren. Der Vibrator, den er vorhin an meine Klitoris gedrückt hat, war unglaublich.

Er trieb mich blitzschnell an den Abgrund und darüber hinaus, während er mich direkt wieder an den Rand eines weiteren Orgasmus drängte, bevor der erste überhaupt abge-klungen war. Was könnten die anderen Spielzeuge in seinem Arsenal noch alles mit mir machen?

„Du musst aufhören, an Sex zu denken, Kätzchen. Ich habe keine Zeit, anzuhalten und dich so zu ficken, wie ich es gern möchte." Sein Stöhnen dröhnt durch den Wagen und lässt meine Klitoris kribbeln.

„Das ist deine Schuld. Bevor ich dich getroffen habe, war ich noch nie so erregt. Du hast dieses Monster erschaffen", necke ich ihn.

„Nach dem Treffen heute Abend werde ich dich im Verlies an ein Kreuz binden", verspricht er mir.

„Wir gehen in ein Verlies?" Angst schleicht sich in meine Erregung und reißt mich unentschlossen hin und her. Ich habe es mit Vampiren zu tun, also besteht tatsächlich die sehr reale Möglichkeit, dass er von einer mittelalterlichen Folterkammer spricht.

„Lucius hat im Keller von Club Toxic ein BDSM-Verlies eingerichtet, in dem sich seine Vampire vergnügen können. Dort halten wir die meisten unserer Treffen ab."

„Ist es so wie dein Spielzimmer?", frage ich. Es ist das Erste, was mir in den Sinn kommt, als er mir erklärt, wohin er mich mitnimmt. Meine *Gewissheit* sagt mir *Ja*, bevor er bestätigt, dass es so ähnlich ist.

„Im Club Toxic gibt es mehr Möbel und viel mehr Utensilien als in meinem Spielzimmer. Es ist größer und hat halb private und öffentliche Bereiche."

„Öffentlich?", quietsche ich. „Nein. Du wirst mich auf gar keinen Fall irgendwo fesseln, wo mich jemand anderes sehen kann."

„Ich werde dich fesseln, wo auch immer ich will, und mit deinem willigen Körper tun, was mir gefällt, Kätzchen. Du bist meine gehorsame, kleine Sub."

Meine Antwort wird unterbrochen, als er vor dem Club anhält. Mein Magen überschlägt sich und ich habe wieder Mühe zu atmen. Ich öffne die Tür und steige aus, während er zu einem der Türsteher am Eingang hinübergeht und ihm seine Schlüssel reicht.

Meine Beine zittern, als ich mich zu ihm geselle. Die Musik ist laut und die Schlange derer, die darauf warten, hineinzugelangen, ist lang. Ich verschränke die Arme vor der Brust, als Frauen schreien, dass ich nicht reingelassen werden sollte, weil ich wie eine Vorstadtmama aussehe.

Es ist wahr, denke ich. Ich sehe nicht aus wie die Mädchen in ihren kurzen Seidenröcken und engen Kleidern mit zehn

Zentimeter hohen Absatzschuhen. Ich trage eine Leggings, eine karierte Bluse und flache Schuhe. Liam ignoriert sie, während er seine große Handfläche sanft auf mein Kreuz drückt.

Die Lichter der Tanzfläche blinken auf und die Musik ist sogar noch lauter, als wir den Club betreten. Der Duft verschiedenster Parfüme schlägt mir entgegen, gemischt mit ein paar abgestandenen Gerüchen. Ich erwarte, tanzende Menschenmassen zu sehen. Doch anstatt mich in den Hauptteil des Clubs zu führen, drängt er mich in die Garderobe und nickt den beiden Typen dort zu.

Sofort weichen sie zur Seite. Eine versteckte Tür öffnet sich, hinter der eine Treppe nach unten führt. Liam greift nach meiner Hand, als wir hinuntergehen. Die Tür über uns verschließt sich wieder und ich schnappe nach Luft, als wir in Dunkelheit gehüllt werden.

Ich kann nicht sonderlich gut sehen und klammere mich an Liams Schultern fest, während wir uns weiter nach unten bewegen. Meine Schuhe machen kaum Geräusche und der Lärm von oben ist gedämpft. Ich folge ihm und stoße fast gegen seinen Rücken, als er innehält und gegen etwas drückt.

Eine Tür öffnet sich und schwaches rotes Licht dringt in die Dunkelheit des Treppenhauses. Sofort höre ich Stöhnen und das Geräusch von Haut, die auf Haut klatscht. Da ich hinter Liam stehe, kann ich nicht sehen, was auf der anderen Seite des Raumes vor sich geht. Mein Körper reagiert auf das Geräusch von anderen, die Sex haben.

Mein Blut erhitzt sich und mein Unterleib pulsiert. Das Unbehagen ist immer noch da, aber es hält mich nicht davon ab, mir vorzustellen, wie Liam mich an ein Kreuz bindet. Mein Höschen wird feucht und ich vergesse fast, dass wir nicht in diesem Keller sind, um Sex zu haben.

Wir sind hier, um den Vampirkönig zu treffen. Liam tritt

durch die Tür in einen riesigen Raum mit roten Lichtern an der Decke. Die Musik hier unten dröhnt mit einem tieferen Bass, der mein Zentrum zum Pulsieren bringt.

Mein Blick schweift umher und ich nehme alles in mich auf. Die schwarzen Wände passen zu dem, was ich mir unter einem Sexverlies vorstelle. Einige der Möbel, wie die Bänke, sind mir vertraut. Das hölzerne X ist neu, ebenso wie der Stahlkäfig.

Ich bin von Sex umgeben. Von perversem Sex, ergänze ich. Ein Mann sitzt im Stahlkäfig und seine Erektion ragt durch die offenen Gitterstäbe hinaus, während eine Frau die Spitze seines Schwanzes leckt. Mehrere Frauen sind nackt an Stahlringe an den Wänden gekettet.

Mein Blick bleibt auf einer Frau hängen, die auf der anderen Seite des Raumes einen Mann auspeitscht. Sie schwingt die gleiche Art Flogger, die Liam an mir benutzt hat. Das Geräusch, wenn sie auf sein Fleisch trifft, klingt harsch und lässt mich glauben, dass sie ihn viel härter schlägt, als Liam mich getroffen hat. Meine Weiblichkeit tropft und meine Begierde wird immer stärker, als ich beobachte, wie er sich windet und zappelt. Die Striemen peitschen über seinen harten Schwanz und sein Körper zuckt, als Flüssigkeit aus seiner Schwanzspitze spritzt.

Ich greife nach Liams Hand und er verschränkt seine Finger in meinen. „Jetzt ist nicht der richtige Zeitpunkt zum Spielen, Kätzchen", flüstert er in mein Ohr.

Ich wende mich von dem Anblick ab und bemerke das Podest auf der anderen Seite des Raumes. Ein Mann mit schwarzem Haar sitzt auf einem Thron. Neben ihm befindet sich eine wunderschöne Frau mit einer langen, platinblonden Mähne. Er hat intensive blaue Augen, während die Frau etwas Animalisches ausstrahlt. Es ist offensichtlich, dass sie ein Paar sind, so wie er seine Hand besitzergreifend um ihre Taille schlingt.

Das ist der Vampirkönig mit seiner Königin.

Meine Schritte stocken, aber ich bleibe nicht stehen, als Liam mich zu seinem Schöpfer zieht. Plötzlich dämmert mir, dass der Raum still wird. Die Geräusche von Leder auf Haut und das Stöhnen verstummen. Ich drehe mich um und erkenne, dass die Leute in private Nischen geführt und hinter Vorhänge und Türen gebracht werden.

„Schöpfer. Selene", sagt Liam und begrüßt das Paar auf dem Podium. „Das ist Harper."

„Hi … hallo", murmele ich und bin mir unsicher, wie ich den mächtigen Mann ansprechen soll.

„Haben wir weitere Informationen zu den Gestaltwandlern, die den Club angegriffen haben?", fragt Liam.

Ein Mann an der Seite, der aussieht wie Russell Crowe in einem schicken Anzug, tritt vor und antwortet: „Garrett hat berichtet, dass sie ihn nicht darüber informiert haben, dass sie in sein Territorium kommen werden. Stammten die Wandler, die das Mädchen angegriffen haben, aus demselben Rudel wie die im Club?"

„Das ist Maximus", sagt Liam zu mir, bevor er seine Aufmerksamkeit auf den anderen Vampir richtet. „Sie rochen ähnlich, aber ich bin kein Gestaltwandlerexperte. Es könnte sein, dass sie einfach alle nur Wölfe sind."

„Wenn sie hinter ihr her waren, würde es Sinn machen, dass sie den Club angegriffen haben. Immerhin war sie letzte Nacht hier", fügt Lucius hinzu, und zieht damit alle Blicke auf sich.

„Nein. Ich habe sie nicht hierhergelockt", verspreche ich. „Ich erinnere mich nicht einmal daran, überhaupt hier gewesen zu sein. Ich weiß nicht, warum sie mich wollen. Vielleicht sind sie mir von hier nach Hause gefolgt. Liam meinte, ich muss irgendetwas getan haben, aber ich kann mir nicht vorstellen, was das sein könnte."

Der Mund des Königs verzieht sich. „Meine Männer haben keinen von ihnen am Leben gelassen, der dir hätte nach Hause folgen können. Ich glaube, es dreht sich um dich."

„Ich stimme Ihnen zu, Schöpfer", fügt Liam hinzu. „Aber ich konnte nichts finden, was erklären würde, warum sie hinter ihr her sind. Sie ist Professorin und führt ein langweiliges Leben ohne Verbindungen zu Wandlern. Vor der letzten Nacht war ihr noch nicht einmal bewusst, dass es übernatürliche Wesen überhaupt gibt."

„Gestaltwandler greifen nicht ohne Grund an. Ich möchte wissen, warum sie es auf meinen Club abgesehen haben und ob sie mit ihrer späteren Begegnung in Verbindung stehen."

„Die Frau könnte recht haben", wirft Maximus ein, was mich dazu bringt, ihn küssen zu wollen. „Ich habe sie gestern Abend im Club gesehen und die Gestaltwandler haben ihr keinerlei Beachtung geschenkt."

„Willst du sagen, dass das ein Zufall ist? Wenn ich an Zufälle glauben würde, wäre ich schon längst tot", sagt Lucius. „Ich kann verstehen, dass ein Vampirclub auf ihrem Radar sein könnte, aber du bist ein Rätsel, Harper."

„Ihr Blut ist von besonderer Stärke, die der eines Wandlers ähnelt. Aber es gibt keine anderen Anzeichen dafür", fügt Liam hinzu. Mein Herz wird schwer, als er mich noch mehr zur Zielscheibe macht als zuvor.

„Hmm", brummt Lucius, während er seine Hand an Selenes Hüfte auf und ab gleiten lässt. „Vielleicht war einer deiner Vorfahren Gestaltwandler. Gibt es eine Möglichkeit, das festzustellen, Liebes?"

„Ich werde riechen können, ob sie unsere Blutlinie in sich trägt." Selene steigt die wenigen Stufen des Podestes hinunter und kommt auf mich zu. Es ist unglaublich einschüchternd, wenn eine Frau an einem schnüffelt und dabei nur wenige Zentimeter von einem entfernt steht.

„Es gibt in ihrem Erbgut keinerlei Gestaltwandler-DNA. Selbst Generationen später wäre ich in der Lage, den Moschusduft eines Tieres wahrzunehmen. Aber da ist etwas. Nur ein Hauch. Die Frage ist, was bist du?", fordert Selene, während sie mich von oben bis unten mustert.

Ich schlucke und versuche, das Zittern meines Körpers unter Kontrolle zu bringen. Ich trete einen Schritt näher an Liam heran. „Meine Familie ist sehr religiös, aber das war es auch schon. An uns ist nichts Besonderes. Ich glaube, sie haben mich mit jemand anderem verwechselt", werfe ich ein. Ich zerbreche mir den Kopf, ob es irgendetwas Ungewöhnliches an meiner Familie geben könnte. Ich mag zwar eine klösterliche Erziehung genossen haben, aber das ist nicht das, was sie andeuten wollen.

Ich versuche, mich an die Geschichten zu erinnern, die meine Mutter und mein Vater jemals über ihre Eltern und Großeltern erzählt haben. Die gesamte Familie meiner Mutter besuchte dieselbe Kirche wie wir und mein Vater trat ihr ebenfalls bei, nachdem er aus seinem Elternhaus ausgezogen war. Er hat nie viel über seine Eltern erzählt, außer dass sie Ketzer waren.

„Einer der Gestaltwandler sagte, er wollte sie für seinen Alpha haben. Ich denke, wir müssen Harper bei uns behalten, bis wir einen der Wandler fangen können, die hinter ihr her sind. Nur so werden wir die Antworten bekommen, die wir brauchen", wirft Liam ein.

„Harper wird bei Selene und mir bleiben, während wir die Sache weiter untersuchen." Lucius wendet sich an mich: „ Jetzt wäre der Zeitpunkt, mir die Wahrheit zu sagen, wenn du weißt, worum es hier geht. Oder wenn du in irgendeiner Weise involviert bist. Wenn ich später herausfinde, dass du irgendetwas mit dem Angriff auf meinen Club zu tun hast, werde ich dich persönlich töten", verspricht Lucius.

Ein Keuchen entweicht meinen Lippen und meine Hand fliegt hoch, um das Geräusch zu unterdrücken. Ich kann das Zittern meines Körpers nun nicht länger kontrollieren. Ich habe ihnen alles gesagt und könnte dennoch sterben, wenn er denkt, dass ich ihn angelogen habe.

Ich habe keine Möglichkeit der Verteidigung, wenn ich nichts weiter zu berichten habe. *Zeige keine Angst,* sagt mir meine *Gewissheit.* Leichter gesagt, als getan, aber ich drücke die Schultern durch, hebe mein Kinn und balle meine Hände zu Fäusten.

„Sagen Sie mir, wie ich Ihnen dabei helfen kann, Informationen zu sammeln. Ich habe nichts mehr zu bieten, aber ich möchte Ihnen helfen, herauszufinden, was hier vor sich geht", sage ich zu dem König.

Einer seiner Mundwinkel zuckt leicht nach oben und Selene lacht unverhohlen. Liam sieht mich mit einem Ausdruck an, den ich nicht entziffern kann. Er ähnelt dem, als er vor ein paar Stunden in mir war.

„Ich werde mit ihr zu Ihrem Haus kommen", sagt Liam zu Lucius.

Lucius dreht den Kopf und ich erwarte, dass er Liam für seine Widerrede zusammenstauchen wird, aber er schüttelt nur den Kopf und sagt: „Deine Beziehung zu ihr wird zu nichts Gutem führen. Du bringst lediglich Gefahr an ihre Tür."

Mein Herz setzt einen Schlag aus und überschlägt sich in meiner Brust. Ich habe schon mindestens ein Dutzend Mal das Gleiche gedacht, seit ich Liam getroffen habe. Aber zu hören, dass sein König dies zu ihm sagt, ist unerträglich. Der verborgene Teil meines Herzens, der die Hoffnung hatte, dass

Liam einen Weg finden wird, es möglich zu machen, zerspringt.

Ihm mehr bedeuten zu wollen als jedes Hindernis, das unserem Glück im Wege steht, ist der Gipfel der Dummheit. Und ich war mir so sicher, dass ich mein Herz vor genau dieser Verletzung geschützt hatte.

Liam winkt mit der Hand durch die Luft und schüttelt den Kopf. „Es gibt keinen Grund, dies zu befürchten. Ich habe meinen Spaß gehabt, aber ich denke an nichts Ernstes. Ich will es nur zu Ende führen. Ich habe Sie im Stich gelassen, als Sie Selene kennenlernten, und ich habe es ernst gemeint, als ich Ihnen meine Loyalität geschworen habe. Ich werde Sie und die Ihren mit meinem Leben beschützen."

Sengender Schmerz zerreißt mein Herz in zwei Teile, als ich Liams Worte höre. Meine Augen brennen und ich senke den Kopf, um den Schmerz zu verbergen. Mit diesen wenigen Sätzen von Liam wird die in meiner Brust anschwellende Hoffnung komplett zerschlagen und mein Herz in Stücke gerissen.

Es ist gut, das jetzt zu wissen. Ich kann spüren, wie sich eine Mauer in meiner Brust aufbaut, um mein Herz Stein für Stein vor ihm zu isolieren. Ich konzentriere mich darauf, sie zu verstärken, und vermeide es, an Liam zu denken oder daran, wie sehr seine Aussage schmerzt.

Als ich den Kopf lebe, hoffe ich, dass ich jegliches Anzeichen roher Emotion, die mich von innen heraus zu zerreißen droht, ausgelöscht habe. Ich kann nicht nach Hause gehen, bis ich mir sicher bin, dass die Gefahr vorüber ist. Ich erinnere mich an die Bedrohung, auf die meine *Gewissheit* mich in der Nacht hingewiesen hat, als die Wandler versucht haben, mich zu entführen. Es hilft mir, mich von Liam und der Verbindung zu distanzieren, die ich immer noch in meiner Brust pulsieren spüre.

„Großartig. Wann brechen wir auf?", frage ich Lucius. „Ich habe Hunger und muss noch bei meiner Wohnung vorbeischauen, um mir ein paar Klamotten zu holen, bevor wir zu Ihnen fahren können."

Selene klopft mir auf die Schulter und schenkt mir ein wissendes Lächeln. „Wir können sofort gehen. Hier gibt es sowieso nichts mehr zu erfahren."

„Damit hast du recht. Ich habe erfahren, was ich wissen musste", stimme ich zu. Dankbar für ihr Mitgefühl folge ich ihr und Lucius zur Treppe und ignoriere die Augen, die ich auf meinem Rücken spüre.

Meine Zeit mit Liam ist vorbei. Ich weigere mich, denselben Fehler zu wiederholen und sein Spielzimmer erneut zu betreten. Denn wer einmal lügt …

Es gibt haufenweise Männer auf der Welt. Und ich habe in den letzten achtundvierzig Stunden eine Menge über mich selbst gelernt.

Es ist überraschend herauszufinden, dass ich Sex mag. Und ich bin mir ziemlich sicher, dass ich einen Mann haben will, der im Schlafzimmer dominant ist. Jemanden, der mich fesselt und einen Flogger benutzt, aber niemanden der wie James Dean aussieht.

 iam

WAS ZUM TEUFEL ist gerade passiert? Ich habe Harper verärgert und sie ist ohne zu zögern mit dem mächtigsten Vampir der Welt mitgegangen. Sie hatte sich zunächst an mich geklammert und gezittert wie Espenlaub. Ich hatte schon befürchtet, sie würde nie wieder von meiner Seite weichen. Und es schien, als wollte sie das auch nicht, bis ich zu Lucius sagte, dass ich keine Zukunft mit Harper plane.

Der Schmerz, der von ihr ausging, traf mich wie ein heißes Messer. Und es wirft mich aus der Bahn. Ich kann mich nicht daran erinnern, dass mich die Emotionen einer anderen Person jemals gestört hätten. Es gibt keinen Grund, warum ich mich schlecht fühlen sollte, dass sie aufgebracht ist. Jedes Wort, das ich gesagt habe, entspricht der Wahrheit. Es gibt keine Zukunft für uns.

Ich genieße mein Leben und die Freiheit, mein inneres

Raubtier zu befriedigen, wann immer ich will. Frauen bringen Komplikationen mit sich. Ich habe genug von Lucius und seiner Gefährtin Selene gesehen, um zu wissen, dass sich die Welt meines Schöpfers jetzt um diese Frau dreht. Zum ersten Mal, seit ich als Vampir auferstanden bin, habe ich gesehen, dass mein Schöpfer jemand anderen bei Entscheidungen um Hilfe bittet.

Sich auf jemand anderen zu verlassen ist schwach. Zumindest war das die Meinung der meisten von Lucius Nachkommen. Bis zu diesem Moment habe ich es auch geglaubt. Aber seit ich Harper getroffen habe, hat sich meine Sicht auf die Dinge verändert.

Die Beziehung zu Selene schwächt Lucius nicht, aber sie macht ihn verwundbar. Lucius hat eine Schwäche, die ein Feind ausnutzen kann, was für einen Vampir von seinem Status gefährlich sein kann. Ich habe vor einiger Zeit darüber nachgedacht, ob ich verschwinden soll. Aber ich habe mich dafür entschieden, an Lucius' Seite zu bleiben und ich weigere mich, mich jetzt gegen ihn zu stellen.

Vergessen wir das. Ich wende mich an Maximus. „Brauchst du noch etwas, bevor ich zu Lucius fahre?"

Maximus schüttelt den Kopf. „Wir brauchen Antworten, und zwar bald. Ich habe es verdammt noch mal satt, dass andauernd irgendwelche Scheiße passiert und wir mit hineingezogen werden."

„Stimmt", stimme ich ihm zu. „Wir haben die Verräter ausgemerzt. Ich hatte gehofft, wir könnten unser Leben nun in Ruhe weiterführen. Wir töten niemanden und haben die Sklavenauktionen abgeschafft. Außerdem sind unsere Mahlzeiten mehr als willig. Was sie nicht wissen, tut ihnen nicht weh."

Maximus streicht sich mit der Hand über den Kiefer, als er sich im Verlies umsieht, das nun wieder zum Leben erwacht. Vampire bringen ihre Spielgefährten aus allen Richtungen in den Hauptraum zurück. Zum ersten Mal seit Langem halte ich nicht Ausschau nach einer willigen Frau.

„Die verfluchten Wandler werden immer Ärger machen. Viel Glück mit der Frau heute Abend. Ich glaube nicht, dass sie noch einmal mit dir spielen wird", sagt Maximus mit einem leisen Lachen.

„Fick dich, Arschloch. Ich habe schon bekommen, was ich von ihr wollte. Wir sprechen uns später", sage ich, bevor ich zur Treppe gehe. Es gibt keinen Grund zu verweilen und den Aufruhr zu verraten, der in meinem Inneren brodelt.

Meine Reißzähne bohren sich durch mein Zahnfleisch und mein Schwanz wird in meiner Hose hart, als ich die Treppe zur Garderobe hinaufsteige. Mein Körper verhält sich so, als hätte ich Harper nicht erst vor ein paar Stunden fast leergesaugt, während ich sie besinnungslos gefickt habe. Ich kann nicht leugnen, dass mein Körper mich für das, was ich Maximum erzählt habe, als Lügner verrät. Er will mehr von Harper. Ich bezweifle, dass ich jemals aufhören werde, mich nach ihr und ihrem Blut zu sehnen.

HARPER

MEINE WOHNUNG SIEHT NOCH GENAUSO aus, wie ich sie vor vierundzwanzig Stunden verlassen habe. Heiliger Strohsack. In dieser Zeitspanne ist eine Ewigkeit vergangen und ich bin nicht mehr derselbe Mensch, der ich war, bevor ich durch diese Haustür ging.

Es scheint eigentlich kaum möglich zu sein, dass jemand in so kurzer Zeit solch dramatische Veränderungen durchmachen kann. Ich würde sagen, dass es daran liegt, dass ich nicht länger Jungfrau bin, aber das wäre nicht die ganze Wahrheit.

Hätte ich mit jemand anderem Sex gehabt, würde meine Muschi wahrscheinlich nur schmerzen, aber das war es dann auch schon. Ohne mein Wissen war mein Herz involviert. Jetzt ist es in tausend Stücke zerbrochen, die ich wieder zusammenfügen muss. Ich war schon immer vollkommen unvollkommen. Jetzt passt mein Inneres auch zum Rest von mir. Und selbst wenn ich wieder ganz bin, werde ich nie wieder dieselbe sein. Ich brauche meine *Gewissheit* nicht, um das bis tief ins Mark meiner Knochen zu spüren.

Ich lege meine Handtasche ab und wende mich der Gestaltwandlerin zu, die hinter mir eintritt. „Möchtest du etwas trinken?"

Selene stellt die kleine Wichtelfigur zurück in meinen Miniaturfeengarten und dreht sich zu mir um. „Wir haben keine Zeit für Getränke. Lucius wird dein Haus stürmen, wenn wir nicht innerhalb von zehn Minuten wieder draußen sind."

„Das habe ich mir schon gedacht, aber ich weigere mich, zuzulassen, dass mir diese verkorkste Situation nimmt, wer ich bin. So dumm es dir vielleicht auch erscheinen mag, sorge ich mich doch um dein Wohlbefinden, während ich ein paar Dinge packe", erkläre ich mit einem Schulterzucken.

Selene lächelt mich an und zeigt auf den Flur. „Du hast Mut, Harper. Das ist einer der Gründe, warum ich dich mag."

Es ist mir egal, ob sie mich mag oder nicht. Ich will nur die nächsten Tage überstehen und in mein altes Leben zurückkehren. Um das alles hinter mir zu lassen. Aber diesen Teil behalte ich für mich und konzentriere mich stattdessen darauf, meine Hygieneartikel aus dem Bad zu holen. „Nichts fehlt oder ist fehl am Platz. Waren Gestaltwandler hier drin?"

„Niemand außer dir war hier drin. Auch der Geruch, den ich auf dem Parkplatz wahrgenommen habe, war nur schwach. Ich bezweifle, dass jemand hier war, seit du gestern Abend gegangen bist. Wenn ich raten müsste, nehmen sie wahrscheinlich an, dass Liam dich mitgenommen und ausgesaugt hat."

Ich reiße die Hand zu der Stelle hoch, die Liam an mir markiert hat. Bilder von dem, was er mit meinem Körper gemacht hat, schießen mir durch den Kopf und lassen mir ganz heiß werden. Ich beschwöre den distanzierten Blick auf seinem Gesicht herauf, als er Lucius sagte, dass er nichts Ernstes von mir wolle, und unterdrücke die Erregung in mir, bevor sie zu einem Inferno wird.

„Ist dir schon mal jemand begegnet, der so riecht wie ich?", frage ich, um das Thema zu wechseln und hoffentlich ein paar Antworten zu bekommen.

Selene schüttelt den Kopf von einer Seite zur anderen. „Nein. Du bist einzigartig."

„Natürlich bin ich das. Ich bin fabelhaft. Mein Duft hat die Kardashians zu ihrer Parfümlinie inspiriert", witzele ich, während ich in mein Schlafzimmer gehe.

Selene kichert, als sie mir folgt. „Ich habe mich schon gefragt, wie es diesen Frauen gelungen ist, etwas zu kreieren, das halbwegs anständig riecht. Allerdings konnten sie dein gewisses Etwas nicht richtig einfangen."

Ich höre auf, Unterwäsche in meine Tasche zu stopfen, und sehe sie mit geneigtem Kopf an. „Mein gewisses Etwas?"

Selene winkt mit einer Hand durch die Luft und erklärt: „Ich kann es nicht ganz beschreiben. Dein Duft ist irgendwie erdig und intensiv, aber nicht so ursprünglich wie der eines Gestaltwandlers. Er erscheint mir fast funkelnd oder sprudelnd zu sein."

„Wenn du meine Eltern kennengelernt hättest, wüsstest du

genau, dass es nichts Besonderes an mir gibt", beharre ich. Ich möchte gern alles sein, was sie beschreibt, und noch mehr. Mein ganzes Leben lang war ich gewöhnlich und ein braves, kleines Mädchen. Jetzt ist es an der Zeit, dass ich bin, wer ich sein will. Und dass ich tue, was ich tun will. „Meine Eltern arbeiten und gehen zur Kirche und das war es auch schon. Nach Tucson zu ziehen, ist das Aufregendste, was ich je getan habe."

„Wo kommst du her?"

„Aus einem Vorort ungefähr eine Stunde von Salt Lake City in Utah entfernt." Ich schnappe mir einen Schlafanzug und stopfe ihn in die Tasche, gehe dann hinüber und ziehe eine Hose und eine Bluse für die Arbeit aus dem Schrank. Ich stelle fest, dass ich immer noch die zu großen Schuhe trage, die Liam mir gekauft hat. Ich ziehe sie aus, schlüpfe in ein paar Pantoletten und greife auch noch nach meinen Tennis-schuhen.

„Fertig?"

„Nicht wirklich, aber ich weiß, dass ich keine andere Wahl habe. Werde ich morgen zur Arbeit gehen können?"

„Meinst du, das ist eine gute Idee?" Selene verlässt die Wohnung und ich falle hinter ihr zurück. „Gestaltwandler werden von Sonnenlicht nicht aufgehalten wie Vampire. Und Wandler sind diejenigen, die du im Moment fürchten musst."

„Ja, als gäbe es kein Risiko, dass ein Vampir mein Blut trinkt", platze ich heraus, als ich meine Haustür abschließe. Ich bin schockiert, dass mich niemand ausgeraubt hat, während ich weg war. Meine Tür war nicht verriegelt, sodass jeder einfach hätte eintreten können. Ich hatte gar nicht daran gedacht, dass meine Wohnung nicht abgeschlossen war. Deshalb bin ich jetzt doppelt froh, dass Lucius zugestimmt hat, mich nach Hause kommen zu lassen.

„Darüber musst du dir keine Sorgen machen, solange du

bei uns bist. Wir haben Wachen, aber Lucius wird dafür sorgen, dass niemand sich dir nähert. In welcher Beziehung stehst du eigentlich zu Liam?"

Ich lasse meinen Schlüssel in meine Handtasche fallen und wende mich der Treppe zu. „Du hast ihn doch gehört. Es gibt keine Beziehung zwischen uns."

„Aber es gab eine", beharrt sie.

Fast hätte ich sie angeknurrt, aber ich verkneife es mir und seufze nur heftig. „Er hat mich letzte Nacht vor einem Typen gerettet, der mich erwürgen wollte. Dann hat er mich zu seinem Haus gebracht. Er hat zweimal von mir getrunken und wir hatten Sex. Es hat ihm nichts bedeutet. Und es wird nicht wieder vorkommen. Ich gehöre nicht in diese Welt."

„Damit hast du recht. Liam kann dich nicht in einen Vampir verwandeln und Lucius wird es wahrscheinlich auch nicht tun. Schöpfer laufen Gefahr, von ihren Nachkommen getötet zu werden."

„Du meinst, Liam hat schon einmal versucht, Lucius zu töten?" Das ist fast genauso schockierend wie die Entdeckung, dass es Vampire überhaupt gibt. Liam hat stets seine Loyalität zu seinem Schöpfer beteuert.

„Nein. Das hat er nicht, aber viele andere. Lucius ist einer der ältesten Vampire und er hat viele verwandelt. Aber er ist gezwungen, sie zu töten, wenn sie sich gegen ihn wenden. Und sie haben sich unweigerlich gegen ihn gewandt. Tatsächlich habe ich ihn so kennengelernt", erklärt sie, als wir den Parkplatz zum wartenden Vampirkönig überqueren.

„Du warst in ein Komplott verwickelt, um Lucius zu töten?"

Selene lächelt und nickt mit dem Kopf. „Kurz nachdem wir uns kennengelernt haben, habe ich versucht, ihn zu töten."

„Was?", platze ich heraus und bleibe stehen.

„Lange Rede, kurzer Sinn, ich wurde manipuliert zu glauben, er hätte mein Rudel und meine Familie getötet. Der Vampir, der mich gerettet hat, trainierte mich dafür, Lucius zu töten, wenn die Zeit gekommen war. Lucius hat mich bei einer Gestaltwandlersklavenauktion gekauft und mit zu sich nach Hause genommen. Sobald ich in seinem Haus war, schmiedete ich meine Pläne gegen ihn. Aber dann habe ich mich in ihn verliebt", erzählt sie mir, als wir uns dem Wagen nähern.

Sie öffnet die Hintertür für mich und fügt hinzu: „Als es darauf ankam, konnte ich nicht tun, wofür ich ausgebildet wurde."

„Wie bitte?", fragt Lucius, als Selene auf der Beifahrerseite einsteigt.

„Ich habe ihr unsere Geschichte erzählt."

Ein Lächeln breitet sich auf dem Gesicht des Vampirkönigs aus und er sieht Selene mit mehr Liebe und Hingabe an, als ich es für möglich gehalten hätte. „Ah ja. Meine Lieblingsgeschichte."

Ich wünsche mir einen Mann, der mich genauso ansieht, wie Lucius Selene ansieht. Keiner von beiden muss sagen, dass er für den anderen sterben oder töten würde. Es ist in der Art, wie er sich zu ihr lehnt und ihre Hand ergreift, während er fährt, völlig offensichtlich.

Mit Emotionen, die mir die Kehle zuschnüren, erinnere ich mich daran, dass ich nur einen einzigen Tag hatte, an dem ich glaubte, das Liam dieser Jemand für mich sein könnte. Er hat es nicht geschafft, sich seinen Weg zu tief in mein Herz zu bahnen.

Wenn alles gesagt und getan ist, kann ich mir selbst in den Arsch treten, weil ich ihm das Geschenk meiner Jungfräulichkeit gegeben habe.

LIAM

WAS ZUM TEUFEL will er hier?, frage ich mich, als ich vor Lucius' Haus neben Garretts Motorrad parke. Ich will mich jetzt nicht mit dem Alpha beschäftigen müssen.

Ich will Harper in eines der vielen Schlafzimmer schleifen und sie ans Bett fesseln. Sie muss daran erinnert werden, wie ich ihren Körper um den Verstand bringen kann. Niemand sonst kann ihr so viel Vergnügen bereiten, wie ich es kann.

Wir haben mindestens noch ein paar Tage, bevor wir herausfinden, was los ist und was wir dagegen tun können. Also können wir genauso gut jede Sekunde genießen, die wir zusammen verbringen. *Sie hasst dich jetzt, Arschloch.*

Ich knurre über die ungelegene Erinnerung meines Unterbewusstseins. Sie hasst mich nicht, leugne ich. Es war gut für sie, von vornherein zu wissen, dass es keine Zukunft für uns gibt. Menschliche Frauen sind viel anhänglicher als Gestaltwandler oder Vampire. Weibliche Vampire würden mir viel eher den Kopf abreißen, als nach dem Sex kuscheln zu wollen.

Kuscheln ist ein fremdartiges Konzept für mich. Ich habe nach dem Geschlechtsverkehr noch nie Zeit mit einer Frau verbracht. Vor meiner Umwandlung war ich jung und ungestüm und bin meist schnell aus dem Fenster geklettert, bevor ich von einem Vater oder Ehemann entdeckt wurde.

Nachdem ich als Vampir erschaffen worden war, dauerte es Jahrhunderte, bis eine Frau noch am Leben war, nachdem ich von ihr getrunken hatte. Seit ich die Kontrolle über mich erlangt habe, habe ich jedoch noch kein Verlangen danach verspürt, zu verweilen und mit einer Frau zu reden. Ich lösche meinen Biss aus ihrem Gedächtnis und ziehe weiter. Nur selten bin ich zweimal mit derselben Frau zusammen. Es gibt immer ein Risiko, wenn ein Vampir Erinnerungen löscht.

Wenn wir anfangen, eine Schar von hirnlosen Frauen zurückzulassen, werden wir mehr Probleme mit den Wandlern bekommen und möglicherweise auch mit den Menschen. Nein danke.

Harper ist anders. So viel kann ich zugeben. Ich wollte sie vorhin mit ins Bett nehmen und sie in meine Arme schließen. Ein Grund mehr, klarzustellen, besonders vor mir selbst, dass es zwischen uns nichts Längerfristiges geben darf.

„Garrett", grüße ich, als ich aus meinem Jaguar steige und die Tür schließe.

Der Alpha hängt seinen Helm an den Lenker seines Motorrads und streckt mir die Hand entgegen.

„Liam. Schön, dich zu sehen. Ich habe gehört, dass du derjenige bist, der bei der Wohnung des Menschen auf die Gestaltwandler getroffen ist."

„Das stimmt. Hast du weitere Informationen?", frage ich, als ich mit den Fingerknöcheln gegen eine der Türen klopfe.

„Nichts Neues. Ich hoffe darauf, der Frau ein paar Fragen stellen zu können."

Meine Nackenhaare stellen sich auf. Außerdem verspüre ich den Drang, meine Faust in sein attraktives Gesicht zu schlagen. Niemand stellt Harper Fragen, außer mir und meinem König.

Ich schüttle den Kopf, zügle mein Temperament und atmete tief durch. Meine verdammten Reißzähne schnellen heraus und ich bin bereit, ihm als Nächstes die Kehle herauszureißen. Ich muss mich verdammt noch mal beruhigen, bevor ich Lucius Probleme bereite.

„Garrett. Liam", sagt Lucius, als er eine Sekunde später

die Tür öffnet. „Habe ich richtig gehört, dass du Harper Fragen stellen willst?"

Als mein Schöpfer die Tür aufhält und ihm die Hand entgegenstreckt, tritt Garrett über die Schwelle. „Das stimmt. Ich brauche mehr Informationen für meine Spurensucher. Sie waren nicht in der Lage, den Gerüchen in ihrem Wohnkomplex von heute Morgen zu folgen."

Ich folge den beiden Anführern und staune über das ruhige Gespräch. Zwischen ihnen herrscht Spannung, was deutlich macht, dass ihre Allianz auf wackligen Beinen steht. Wir haben letzte Nacht in unserem Club Gestaltwandler getötet, aber wir haben Garrett sofort angerufen und ihn informiert.

„Also nehme ich an, dass die Leichen eine Sackgasse waren", wirft Lucius ein, während er weiter in sein Haus geht.

Ich höre, wie Harper nach Luft schnappt, und beschleunige meine Schritte, weil ich erwarte, dass es Ärger gibt. Als ich das Wohnzimmer betrete, sehe ich, wie sie auf einen Thron starrt, auf dem ein Sybian steht, an dessen Vorderkante zwei Dildos in die Höhe ragen. Ihre Wangen haben einen hübschen rosa Farbton, der mich daran denken lässt, wie ihr Arsch dieselbe Farbe angenommen hat, als ich ihn ihr mit meinem Flogger versohlt habe.

Innerhalb einer Sekunde ist mein Schwanz steinhart und zwingt mich dazu, meine Haltung unmerklich zu verändern, weil meine Hose ihn unangenehm einklemmt. Kurz darauf durchflutet der Duft von Harpers Erregung den Raum. Ich neige den Kopf und bemerke, wie Lucius lacht, während Selene ihn mit heißblütigem Blick ansieht.

„Ich möchte nicht wissen, was du in diesem Haus treibst, Lucius." Garrett wendet sich demonstrativ von dem Sybian ab.

Selene stößt ein tiefes und sinnliches Lachen aus.

Harper dreht sich mit hochrotem Kopf zu uns um und schlingt einen Arm um ihre Taille.

Ich trete einen Schritt nach vorn, ergreife ihre Hand und führe sie an meine Lippen, um ihr den Handrücken zu küssen. Ich halte sie fester, als sie versucht, sie aus meinem Griff zu entziehen. „Möchtest du den gern ausprobieren?" Ich mache mir nicht die Mühe zu flüstern. Vampire und Gestaltwandler haben ein hervorragendes Gehör, aber das ist mir egal. Mein Ständer ist inzwischen wie Stahl in meiner Hose.

Die Vorstellung von Harper, wie sie auf dem Vibrator sitzt und ihren Kopf zurückwirft, während sie ihren Höhepunkt herausschreit, schießt durch meine Gedanken. Am liebsten möchte ich sie sofort nackt ausziehen und auf das Ding setzen. Ich will Garrett und seine Fragen vergessen. Ich will sehen, wie sie in Verzückung gerät.

„Dazu wird es nicht kommen, Vampir. Du hättest im Club Toxic bleiben sollen. Dann hättest du vielleicht eine Chance, irgendetwas zu kriegen, bevor du dich für den Tag hinlegen musst", knurrt sie mich an.

„Das Leben ist nie langweilig in deiner Welt, Lucius", murmelt Garrett. „Lassen wir Liams Sexualleben einmal beiseite, ich wollte Ihnen ein paar Fragen stellen. Harper, richtig?"

Harper schluckt und ihr Körper beginnt zu zittern, bevor sie die Hände an ihre Seiten senkt und ihr Kinn anhebt. Das Zittern hört auf und sie stellt sich Garrett direkt gegenüber. Nicht viele Menschen schauen einem Alpha in die Augen. Sie spüren die Gefahr, die von ihm ausgeht, und unterwerfen sich seiner Macht unwillkürlich.

„Ja, ich heiße Harper. Und wer sind Sie?", fragt sie mit einer Stimme, die nur ein wenig quietscht.

„Ich bin Garrett. Alpha von Tucson", antwortet er und streckt ihr eine Hand entgegen.

Als ihre Hand seine umklammert, hätte ich Garrett fast den Arm herausgerissen. Der Mann sollte nicht berühren, was mir gehört. Nein, ich korrigiere den Gedanken sofort. Sie gehört mir nicht. Ich bin hier, um sie zu beschützen, und sie dann zurück in ihr Leben zu entlassen.

Wenn ich es mir oft genug sage, fange ich vielleicht an, es zu glauben.

„Sie können mir also auch nicht sagen, warum diese Gestaltwandler hinter mir her sind?"

Lucius zieht Selene vor seinen Körper und schlingt seine Arme um ihre Taille. Er hält sie ganz nah bei sich fest. Harper schaut in ihre Richtung und ihr Ausdruck wird weicher. Ein Lächeln ziert ihre Lippen. In diesem Moment erhellt ihr Licht den ganzen Raum. Zur Hölle, den ganzen Planeten sogar. Der Drang, sie in meine Arme zu schließen, ist fast unmöglich zu ignorieren.

„Ich hoffe, ich kann ein paar Antworten bekommen. Ich erkenne keinen der Gestaltwandler, die letzte Nacht den Club angegriffen haben. Und keiner meiner Aufklärer erkennt die Gerüche, die vor Ihrer Wohnung zurückgeblieben sind. Soweit ich weiß, könnte es sich um Abtrünnige handeln. Und wenn das der Fall ist, werden wir wahrscheinlich keine Antworten finden."

„Es gibt keinerlei Anzeichen für einen Alpha in der Nähe?", fragt Lucius, bevor ich es tun kann.

Garrett schüttelt den Kopf. „Keine, die ich bislang finden konnte."

„Wir wollen keine abtrünnigen Schurkenwölfe in unserem Territorium haben", fügt Selene hinzu. Als sie das tut, kann ich die Spitzen ihrer Reißzähne erkennen. Als Wandler-

Vampir-Hybrid ist sie einzigartig in unserer Welt. Und sehr mächtig.

„Was ist so schlimm an Abtrünnigen?", fragt Harper.

„Abtrünnige haben keinen Alpha, der sie führt oder kontrolliert. Sie können alle möglichen Probleme verursachen und außer Kontrolle geraten, wenn man sie zulange ihr Ding machen lässt. Ein einzelner Wolf ist nicht allzu gefährlich. Aber wenn sie sich zusammentun, ist die Kacke für gewöhnlich am Dampfen. Irgendjemand kommt immer auf die Idee, das Territorium eines Rudels zu übernehmen. Wenn das passiert, sterben viele Menschen und die Gefahr, enttarnt zu werden, wird zu einer sehr realen Möglichkeit", erklärt Garrett.

Ein Schauder überkommt Harpers Körper und ich kann ihre Angst nicht länger ignorieren. Der Duft macht sie für mich unwiderstehlich. Ich bewege mich verschwimmend schnell und stelle mich an ihre Seite, um einen Arm um ihre Schulter zu schlingen.

„Mach dir keine Sorgen. Ich werde dich beschützen und sicherstellen, dass dir nichts passiert", verspreche ich ihr und küsse ihren Kopf.

Als ich den Kopf wieder hebe, bemerke ich die Blicke, die mir sowohl Lucius als auch Garrett zuwerfen. Ich zeige ihnen den Mittelfinger und knurre leise. „Nur weil wir Killer sind, heißt das nicht, dass wir Barbaren sein müssen. Harper ist neu in unserer Welt. Wir können ihr ein wenig Mitgefühl entgegenbringen."

„Dem stimme ich zu", sagt Garrett. „Eine solche Einstellung höre ich normalerweise von euch Blutsaugern nicht. Wie dem auch sei, können Sie mir einen Grund nennen, warum sie es auf Sie abgesehen haben könnten, Harper?"

Sie tritt einen Schritt von mir weg und schüttelt meinen Arm ab. Ich möchte sie anknurren und wieder an meine Seite ziehen, aber ich lasse es vorerst. „Nein. Wie ich Liam bereits gesagt habe, laufe ich nicht herum und pinkle an Bäume, um mein Revier zu markieren. Mein Leben ist einfach und langweilig. Außerdem bin ich gerade erst hierhergezogen und kenne außerhalb der Arbeit nicht wirklich viele."

„Hat er Ihnen gesagt, dass wir das tun?", fragt Garrett mit bis zum Haaransatz hochgezogenen Augenbrauen.

Kopfschüttelnd verneint Harper, dass ich ihr diese Informationen gegeben habe. „Nein. Das hat er nicht gesagt. Er hat nur erwähnt, dass Wandler es nicht mögen, wenn jemand versucht, in ihr Territorium einzudringen und ich dachte, ähm, nun … ich habe den letzten Teil selbst hinzugefügt. Ich habe angenommen, dass Sie Ihr Eigentum so markieren."

Daraufhin lacht Garrett leise. „Aha. Nun, so laufen die Dinge bei meiner Art nicht. Es ist etwas komplexer als das. Und es kommt auch darauf an, was wir markieren", erklärt der Alpha mit wackelnden Augenbrauen. „Von wo sind Sie hierhergezogen?"

„Aus der Nähe von Salt Lake City", wirft Selene ein.

Nickend konzentriert sich Garrett weiter auf Harper. „Warum sind Sie hergezogen?"

Harper senkt den Kopf und ringt vor ihrer Brust mit den Händen. Das sieht nicht gut aus. Was hat sie bei ihrem Gespräch mit mir weggelassen? „Was hast du mir nicht gesagt? Wenn du es uns nicht erzählst, werde ich dich übers Knie legen, Kätzchen", verspreche ich. Alle Augen im Raum sind plötzlich auf mich gerichtet, aber ich bereue meine Worte nicht.

„Ach sieh mal, du hast schon wieder Wahnvorstellungen", erwidert sie trocken und wendet sich dann Garrett zu, während ich sie weiter anstarre. Tiefer Respekt und … noch etwas anderes graben sich in meine Seele. „Ich bin weggezogen, weil ich den Typen nicht heiraten wollte, den mir meine

Eltern aufgedrängt haben. Ich habe immer getan, was sie sagten. Ich bin an die Uni gegangen, die sie für mich ausgesucht haben, habe die ganze Zeit im Studentenwohnheim gelebt und bin nach meinem Abschluss wie erwartet nach Hause zurückgekehrt. Aber als sie versucht haben, mir Steve aufzudrängen, habe ich mir hier einen Job gesucht und bin weggezogen."

Meine Hand landet auf ihrer Schulter und ich muss mich zwingen, sanft zu sein. Die Wut, die durch meinen Körper rauscht, bringt mich dazu, ihre Eltern jagen und abschlachten zu wollen. Ich bin in einer Zeit aufgewachsen, in denen arrangierte Ehen üblich waren, aber das ist schon lange nicht mehr der Fall.

Wie können Eltern versuchen, ihre Tochter dazu zu zwingen, sich an einen Mann zu binden, den sie nicht will? Das ist etwas, was ich noch nie verstanden habe. Es führt zu einem Leben voller Unglück. Es ist der Hauptgrund, warum so viele verheiratete Frauen Sex mit anderen als ihren Ehemännern hatten.

„Warum wollten deine Eltern, dass du Steve heiratest?", fragt Selene.

„Sie sind religiös und wollten, dass ich jemanden aus derselben Kirche heirate", antwortet Harper mit einem Schulterzucken.

Garrett knurrt und räuspert sich dann. „Ich werde mir die Rudel in der Nähe von Salt Lake City genauer ansehen und herausfinden, ob irgendwelche Wandler von dort aus irgendeinem Grund hierhergekommen sind, um nach dir zu suchen."

„Aber ich wusste nie etwas von Vampiren oder Gestaltwandlern, bevor ich hierher kam", sagt Harper.

Ich packe ihre Schulter und drücke sie, während ich meine Hand einige Sekunden lang dort verweilen lasse. „Wir müssen jede Möglichkeit in Betracht ziehen. Die Chancen sind gering, dass es eine Verbindung gibt, aber im Moment ist das unsere einzige Spur."

„Liam hat recht. Ich lasse es euch wissen, wenn ich etwas finde. In der Zwischenzeit werde ich morgen einen meiner Männer Ihr Haus beobachten lassen, um zu sehen, ob jemand dort auftaucht. Die Gefahr könnte schon vorüber sein. Wenn es sich um Abtrünnige handelt, werden sie nach der heftigen Reaktion der Vampire im Club nicht länger in der Gegend bleiben. Sie werden erkennen, dass dieses Territorium nicht zur Disposition steht."

„Kann ich bald nach Hause gehen?"

Garrett schaut zu Lucius und dann wieder zu Harper. „Das kann ich jetzt noch nicht mit Sicherheit sagen. Aber sollte ich herausfinden, dass es sich um abtrünnige Wölfe handelt und sie weitergezogen sind, schweben Sie nicht mehr in Gefahr."

Mein Herz zieht sich in meiner Brust zusammen, als ich diese Worte höre. Ich bin völlig hin und her gerissen zwischen dem Wunsch, dass Harper aus meinem Leben verschwindet, bevor ich mich völlig in ihr verliere, und dem Wunsch, dass sie nirgendwo hingeht. Niemals.

Es ist eine beschissene Situation und ich weiß nur, dass es mir schwerfallen wird, Harper loszulassen, wenn die Zeit reif ist.

KAPITEL 10

Harper

ICH DARF NICHT bei der Arbeit fehlen. Niemand hat mir gesagt, dass ich im Haus bleiben muss. Nachdem sie mir mitgeteilt hatten, dass ich noch nicht wieder nach Hause gehen darf, war ich zu Bett gegangen. Aber die Arbeit ist schließlich nicht meine Wohnung, sodass ich nach einer Nacht unruhigen Schlafes aus dem Bett klettere und mich auf den Weg zur Dusche mache. Plötzlich wird mir bewusst, dass ich weder einen Wagen noch irgendeine Möglichkeit habe, von hier zu verschwinden.

Ich ziehe mein Handy heraus und benutze Google Maps, um meinen Standort zu bestimmen. Dann bestelle ich mir ein Taxi, das mich in zehn Minuten abholen soll. Ich wohne noch nicht lange genug in der Stadt, um die verschiedenen Stadtteile zu kennen. Aber als ich gestern Abend hierhergekommen bin, ist mir aufgefallen, dass wir in Richtung Berge gefahren sind.

Danach verschicke ich eine Gruppennachricht, um meine Freundinnen wissen zu lassen, dass ich sie bei der Arbeit sehen werde. Ich hätte mich schon viel früher melden sollen, aber die letzten zwei Tage waren einfach verrückt. Ich möchte einen weiteren Mädelsabend organisieren, habe jedoch keine Ahnung, wie lange ich noch im Haus des Vampirkönigs bleiben muss. Also verschiebe ich es auf später. Ich werde ihre Hilfe brauchen, um über Liam hinwegzukommen. Oder vielleicht auch nicht, wenn meine Erinnerungen gelöscht werden.

Ich lege mein Handy beiseite, greife nach meinen Klamotten und gehe ins angrenzende Bad. Marmor umgibt mich in diesem mit Abstand luxuriösesten Badezimmer, das ich in meinem ganzen Leben je gesehen habe. Die Größe des Schlafzimmers und dieses Raumes entsprechen der meiner gesamten lausigen Wohnung.

Der Nachtclub muss ein ziemlich lukratives Geschäft sein, denke ich zum hundertsten Mal seit meiner Ankunft am Vorabend. Obwohl ich weiß, dass es nicht nur der Club allein ist. Liam hat mir erzählt, dass Lucius viele Jahrhunderte alt ist. Wenn man so lange lebt, hat man zweifellos Zeit, ein Vermögen von der Größe eines kleinen Landes anzuhäufen.

Als ich die Dusche aufdrehe, flattern Schmetterlinge durch meinen Magen. Mache ich einen Fehler? Sollte ich hierbleiben, wo ich sicher bin. Ich weigere mich jedoch, mich von Angst beherrschen zu lassen, und schiebe meine Zweifel beiseite. Ich ignoriere die Sorge, die sich in meinem Bauch ausbreitet.

Ich arbeite noch nicht lange am Community College und Tage freizunehmen, während die Vampire herausfinden, ob ich tatsächlich von Gestaltwandlern gejagt werde, ist kein Risiko, dass ich eingehen will. Mein Bankkonto sieht miserabel aus. Ich habe nicht genug Geld, um die Miete für den nächsten Monat zu bezahlen. Ich brauche diesen Job, um zu überleben und hierzubleiben, wo ich meine eigenen Entscheidungen treffen und mein eigenes Leben kontrollieren kann.

Ich beeile mich, schnell zu duschen, und bereite mich mental auf den Tag vor. Die Tests sind bereits benotet, aber ich muss sie noch in den Computer eingeben, bevor ich sie an die Studenten zurückgeben kann. Gut, dass ich sie am Freitag noch im Büro benotet und dort gelassen habe. Sonst hätte ich riskieren müssen, sie von zu Hause zu holen.

Zu meiner Überraschung ist das Handtuch warm, als ich danach greife. Ich wickle den flauschigen Stoff um meinen Körper und kämpfe gegen den Drang an, mich in der Weichheit zu vergraben. Das Taxi wird bald hier sein, um mich zur Arbeit zu bringen.

In wenigen Minuten bin ich angezogen und geschminkt. Mein morgendliches Ritual ist ganz im Gegensatz zu dem einiger meiner Freundinnen sehr einfach. Eine meiner Zimmergenossinnen an der Uni brauchte eine ganze Stunde, um sich morgens fertigzumachen. Ich habe sie stets dabei beobachtet, wie sie sich Schichten von Cremes, Grundierung und andere Substanzen ins Gesicht geschmiert hat. Allein ihr Eyeliner dauerte zehn Minuten, um perfekt aufgetragen zu werden.

Feuchtigkeitscreme mit Sonnenschutz ist das Einzige, was ich auf mein Gesicht auftrage. Ein wenig Lidschatten und Wimperntusche gefolgt von Lipgloss und schon bin ich fertig. Vielleicht muss ich meine Einstellung zu Make-up überdenken. Männer scheinen Frauen zu mögen, die aufgetakelt sind.

Ich starre in den Spiegel und schaue mir mein Gesicht ganz genau an. Meine Haut ist klar und meine Wangen strahlen. Ich habe mich nie für etwas Besonderes gehalten, aber

Liam hat mich aus einem Club voller Frauen gewählt, die alle viel hübscher sind als ich. Das ist der einzige Beweis, den ich brauche, um mir selbst zu sagen, dass ich mein Aussehen nicht verändern muss.

Liam wird nicht mehr Teil deines Lebens sein, erinnere ich mich und zucke mit den Schultern. Das mag stimmen, aber wenn er sich zu mir hingezogen fühlt, dann bin ich mehr, als ich dachte. Ich verlasse den Raum mit schwungvollem Schritt und einem Lächeln im Gesicht.

Mein Leben mag eine scharfe Wendung genommen haben, aber ich habe mich noch nie besser gefühlt. Ich habe etwas erreicht, was nur dreizehn Prozent der amerikanischen Bevölkerung schafft: einen akademischen Hochschulabschluss. Ich habe einen guten Job und sorge für mich selbst, ohne Schulden zu haben. Und jetzt bin ich auch keine Jungfrau mehr.

Meiner Meinung nach ist dies das größte Ereignis der letzten Tage. Ein unwiderstehlicher Vampir hat mich in die Intimität eingeführt. Und nicht nur in die Intimität, sondern auch in Bondage und Spielzeuge und mehr Lustempfinden, als ich mir jemals hätte vorstellen können.

Es ist befreiend, diesen Teil von mir anzunehmen, der unter Liams Dominanz aufgeblüht ist. Ja, ich habe zugelassen, dass mein Herz sich für ihn öffnet und mich viel zu sehr mit diesem Kerl verbunden; aber ich weiß jetzt so viel mehr über mich selbst und ich würde es nicht rückgängig machen, um den Schmerz auszulöschen.

Das war es wert, schreit mein Verstand. Und ich kenne einen Ort, an den ich gehen kann, wenn das alles vorüber ist, um noch mehr zu erkunden. Was würde mir noch alles gefallen? Als Liam mir sagte, dass er mich übers Knie legen würde, schrie die kleine Sexbombe in mir laut *Ja bitte!,* während sich meine Muschi zusammenzog und das Verlangen mein Höschen durchnässte.

Dieser Vampir-Schuft hat mich auf fundamentaler Ebene verändert. Das wird mir plötzlich klar, als ich eine SMS sehe, die mich darüber informiert, dass mein Taxi angekommen ist. Früher wäre ich allein beim Gedanken an mein Verlangen rot geworden und hätte versucht, an alles Mögliche zu denken, um mich abzulenken.

Jetzt stelle ich mir vor, wie Liam den gläsernen Analplug an mir benutzt, während er meine Klitoris mit einem anderen vibrierenden Spielzeug verwöhnt. Die Röte, die in meine Wangen steigt, entspringt meiner völligen Erregung und lässt mich wünschen, dass Vampire tagsüber verfügbar wären.

Ich gehe Lucius' Einfahrt hinunter und sehe das Taxi vor dem massiven Tor warten. Ich muss mich nicht fragen, wie ich hinausgelange, denn ein Wachmann öffnet das Tor bereits, bevor ich dort ankomme. Ich winke und steige in das Fahrzeug.

„Pima Community College, richtig?", fragt der Fahrer.

„Ja, vielen Dank."

„Welcher Campus?"

„West, bitte." Ich beobachte, wie die Ausläufer der Hügel den Häusern weichen. Meine Gedanken weigern sich, sich von den unanständigen Dingen ablenken zu lassen, von denen ich mir wünsche, dass Liam sie mit mir machen würde. Und schlimmer noch. Mein Herz drängt mir immer wieder Bilder davon in den Kopf, wie Liam mich letzte Nacht trösten wollte.

Als ich schließlich bei der Arbeit ankomme, bin ich so aufgewühlt, dass ich fürchte zu explodieren. Und nicht so, wie ich es wollen würde. Mein Körper ist erregt und nervös, während sich mein Herz an die Hoffnung auf eine Zukunft mit Liam klammert. Mein rationaler Verstand weiß es besser und tadelt beides immer wieder. Es ist ein Kampf, von dem ich keine Ahnung habe, wie ich ihn gewinnen soll.

Mein inneres Chaos lenkt mich dermaßen ab, dass ich nicht bemerke, dass ich verfolgt werde, bis mich etwas von hinten trifft und in mein Büro stößt, bevor es mir gelingt, den Schlüssel aus der Tür zu ziehen.

Als ich vorwärts stolpere, versuche ich, mich an meinem Schreibtisch abzufangen. Aber es gelingt mir lediglich, alle meine Papiere sowie einen Behälter mit Büromaterial von der Oberfläche zu schieben. Die benoteten Klausuren fallen zusammen mit meinen Büroutensilien zu Boden, aber ich kann meinen Schwung nicht aufhalten. Eine Sekunde später knalle ich mit der Seite meines Gesichts gegen die Kante des Schreibtischs.

Mein Kopf wird zurückgeschleudert, aber ich stürze weiter vorwärts. Erst schlägt meine linke Schulter auf dem Boden auf und dann mein Kopf. Meine Sicht verschwimmt und Schmerzen durchdringen meinen Schädel. Scharfe Nadelstiche quälen mein Gehirn und ein Stöhnen entweicht meinen Lippen.

Ich rolle mich auf die Seite und blinzele mehrfach. Ich kann nicht erkennen, wer hinter mir steht. Ich sehe außer den verschwommenen Umrissen von drei Männern nichts. Drei große Männer, wie mir bewusst wird.

„Es wird verdammt noch mal Zeit, dass du von den Vampiren verschwindest", knurrt eine männliche Stimme. Er klingt wie der Typ, der mich neulich gewürgt hat, aber ich kann mir nicht sicher sein.

„Wa–warum?", schaffe ich zu krächzen. Meine *Gewissheit* dröhnt jetzt laut durch meine Gedanken, aber es ist zu spät. Ich hätte diesen Teil von mir nicht ignorieren dürfen. Er hätte mich vielleicht vorgewarnt, bevor ich auf dem Boden meines Büros gelandet bin.

„Weil du unserem Alpha gehörst und wir dich zu ihm bringen werden", knurrt der Wandler. Meine Sicht wird klar und ich sehe ihn mit vor Wut sprühenden, grünen Augen über mir stehen. Die beiden Kerle hinter ihm sind größer als er und haben Muskeln, die aus ihren engen T-Shirts herausquellen.

Ich drehe mich auf mein Hinterteil und krieche so weit von ihnen weg, wie ich nur kann. Als ich mit dem Rücken an die gegenüberliegende Wand stoße, halte ich inne und ziehe meine Knie an die Brust. Die Bewegung jagt einen scharfen Schmerz durch meinen Stirnbereich.

Ich reiße die Hand zu meiner Schläfe hoch, wo ich etwas Nasses spüre. Vorsichtig taste ich die Stelle ab und versuche, mein Zusammenzucken zu verbergen. Ein Schluchzen entweicht mir, als ich meine blutverschmierten Finger wegziehe.

„Ich kenne euren Alpha nicht", beharre ich und versuche, Zeit zu gewinnen. Vielleicht bis ein anderer Professor das Gebäude betritt und ich um Hilfe rufen kann. „Ihr müsst mich mit jemandem verwechseln."

„Wir machen keine Fehler, du Schlampe. Du kannst vor deinem Schicksal nicht davonlaufen. Es ist am besten, wenn du die Klappe hältst und einfach mit uns mitkommst, aber ich werde mich auch nicht beschweren, wenn du es nicht tust", sagt der Typ mit einem unheimlichen Lächeln.

„Tony", schnappt einer der anderen und sofort erinnere ich mich an den Namen von neulich Abend. „Das ist nicht der richtige Ort, um dich mit ihr zu streiten. Wir müssen sie in den Lieferwagen bringen und von hier verschwinden."

„Nein!", rufe ich, so laut ich kann. Es ist noch früh am Morgen, aber irgendjemand sollte doch in der Nähe sein. „Hilfe!" Ich darf nicht zulassen, dass sie mich zu ihrem Wagen bringen, sonst bin ich erledigt.

„Halt deine verdammte Fresse", platzt der letzte Typ heraus, als ich schreie.

Tony stürmt mit bösem Blick auf mich zu. Ich krieche vor ihm weg und rutsche hinter meinen Drehstuhl. Ohne zu zögern, stoße ich den Rollsessel mit aller Kraft gegen Tony.

Mein Kopf schnellt nach vorn, als mich etwas Hartes am Hinterkopf trifft. Eine Sekunde später pralle ich gegen die Seite des Stuhls, als Tony den Sessel zu mir zurück schleudert. „Auhh", schreie ich, als das harte Plastik auf Haut und Knochen trifft.

Der scharfe Schmerz lässt mich wissen, dass der Sessel dieselbe Stelle gerammt hat, die ich mir vor wenigen Augenblicken am Schreibtisch gestoßen habe. Dieses Mal spüre ich die warme Nässe an der Seite meines Gesichts hinunterlaufen. Ich brauche mein Gesicht nicht zu berühren, um zu wissen, dass ich blute.

Bevor ich meinen Kopf drehen kann, wird mein Rücken nach vorn gestoßen und ich werde auf meine Knie gedrückt. Jemand presst mein Gesicht nach vorn und auf den Betonboden.

Der Druck auf meinem Nacken droht mir den Hals zu brechen und gleichzeitig wird meine verletzte Schläfe noch weiter aufgeschlitzt. So fühlt es sich jedenfalls an. Ich kann nicht wissen, ob das, was er tut, mich tatsächlich aufschneidet, aber ich würde meine letzten hundert Dollar darauf verwetten, dass meine Haut sich unter dem Druck weiter spaltet.

„Bitte", flehe ich. „Du tust mir weh."

„Dann hättest du nicht versuchen sollen abzuhauen. Jetzt kommt dir niemand mehr zu Hilfe, Schlampe", speit Tony, der über mir thront.

„Ihr werdet mich niemals ungesehen vom Campus

schleppen können", sage ich zu ihnen. Betteln klappt nicht, also versuche ich es mit verschleierten Drohungen.

Sie alle lachen darüber und Tony packt eine faustvoll meiner Haare und zieht mich vom Boden hoch. Meine Haarwurzeln schreien auf, als sie von meiner wunden Kopfhaut gerissen werden und ich kreische erneut. Tränen fließen über mein Gesicht, aber das scheint keinen von ihnen zu interessieren.

Tony schlingt einen Arm um meine Taille und zieht mich an seine Seite, während er meine Arme festhält. „Ruf Bryan an und sag ihm, dass wir jetzt mit ihr rauskommen."

Ich fange an, mich zu winden und mit den Füßen zu strampeln, als Tony mich vom Boden hochhebt und um den Schreibtisch geht. Ich werfe meinen Kopf zurück und merke sofort, dass dies ein Fehler war. Alles dreht sich und Galle steigt aus meinem Magen in meine Kehle hinauf. Es hilft dabei nicht, dass seine stählernen Arme ebenfalls in meinen Bauch drücken und die Sache noch schlimmer machen.

Mit dem Fuß erwische ich das Bücherregal und ich verdrehe ihn so, dass ich ihn daran festhaken kann, um es ihnen schwerer zu machen, mich gefangen zu nehmen. Ich brauche nur ein paar Minuten, bis irgendjemand kommt und sie davon abhalten kann, mich mitzunehmen.

„Scheiße", flucht Tony, als es mir gelingt, ihn zum Straucheln zu bringen. Sein Griff um mich lockert sich, aber ich komme nicht weg, weil mich sofort einer der anderen Typen packt. Mit dieser Aktion habe ich Tony verärgert, denn eine Sekunde später rammt er mir seine Faust in die Seite.

Mein Atem entweicht rauschend und ich kippe von der Wucht des Schlages um. Jemand schlingt einen Arm um meinen Hals und ich ringe darum, mich zu bewegen, als sie mich aus meinem Büro zerren. Mein Mund öffnet und schließt sich wie der eines Fisches, der an Land liegt, während ich versuche, nach Luft zu schnappen.

Die Sonne strahlt hell und blendet mich, als wir das Gebäude verlassen. Ich kann zwar nicht einatmen, um richtig zu schreien, aber ich öffne trotzdem den Mund und bin bereit, alles zu geben, was ich habe, um nach Hilfe zu rufen. Irgendjemand muss doch in der Nähe sein, auch wenn es noch früh am Morgen ist.

Noch bevor ich mehr als ein Quietschen herausbekomme, drückt jemand eine schweißnasse Handfläche auf mein Gesicht und schneidet das Geräusch ab. „Das glaube ich wohl nicht, Schlampe", knurrt Tony in mein Ohr.

Meine Sicht beginnt zu verschwimmen und meine Tritte werden schwächer. Ich kann nicht zulassen, dass sie mich mitnehmen, aber ich kann nicht atmen. Die Kraft meiner Hände schwindet. Ich kralle nun nicht mehr am Arm um meinen Hals, sondern lasse meine Hände schlaff an meinen Seiten hinunterhängen.

Ich hoffe, dass sie mich über den Campus schleifen müssen. Irgendjemand wird es sicher sehen und Hilfe rufen. Ein Lieferwagen kommt auf dem Bürgersteig auf uns zu, was meine Kampfeslust erneuert. Leider ist es keine Hilfe und meine Entführer brauchen mich nicht sehr weit zu tragen, als das Fahrzeug anhält und die Türen aufliegen. Wie zum Teufel haben sie es geschafft, damit auf den Campus zu fahren, wo keine Fahrzeuge zugelassen sind?

Ich strampele und trete mit aller Kraft und versuche, mich aus dem Griff um meinen Hals zu befreien. Jemand packt meine Beine und macht es mir unmöglich, weiterzutreten. Der Griff um meinen Hals wird fester und schwarze Punkte tanzen vor meinen Augen. Meine Lider fallen zu und die Schwärze umhüllt mich.

Kurz bevor es dunkel wird, huscht ein letzter Gedanke

durch meinen Kopf. Vielleicht brechen sie mir das Genick und beenden mein Leiden sofort.

HARPER

MESSERSTICHE BOHREN sich an mindestens einem Dutzend Stellen durch mein Gehirn, als wollten sie sich durch meinen Schädel rammen. Warum zum Teufel fühle ich mich, als wäre ich überfahren worden? Ich bewege mich und etwas Scharfes sticht mir in den Rücken.

Mit einem Stöhnen reiße ich die Augen auf. Als ich mich eilig aufsetze, entweicht mir ein Keuchen. Ich erinnere mich an den Angriff in meinem Büro, als mir die Tatsache bewusst wird, dass ich mich in einer Höhle befinde. Zumindest sieht es wie eine Höhle aus, denke ich.

Eine Campinglaterne ist die einzige Lichtquelle an diesem Ort, aber ich kann den erdigen Boden und einige Felswände erkennen. Ich glaube, dass es zu meiner Linken eine Öffnung gibt, aber ich bin mir nicht sicher. Ich schätze, es könnte ein Verlies sein. Obwohl ich Handschellen an Ketten, die in die Wände eingelassen sind, und andere Foltergeräte erwarten würde, wenn dem so wäre.

„Sie kommt zu sich", ruft Tony und tritt aus den Schatten an der gegenüberliegenden Wand.

Ich greife mir an die Schläfe und atmete mehrmals tief durch. Blinzelnd versuche ich, mich umzusehen, um festzustellen, ob noch jemand anderes hier ist. *Wie lange war ich bewusstlos?*, frage ich mich.

Sollte die Nacht hereingebrochen sein, werden Liam und Lucius mir nachjagen und mich finden. Ich muss nur lange genug am Leben bleiben, um ihnen genügend Zeit zu geben, zu mir zu gelangen. Der finstere Blick auf Tonys Gesicht verrät mir, dass ich nicht mehr viel Zeit habe.

Es kostet mich fast meine ganze Kraft, mich auf meine Hände und Knie zu erheben. Ich schaffe es nicht, auf die Beine zu kommen, also lasse ich mich fallen und sitze auf meinem Hintern. Eine Bewegung in der Richtung, die ich für eine Öffnung hielt, erregt meine Aufmerksamkeit. Als der Typ in das schummrige Licht der Laterne tritt, klappt mir der Mund auf und bleibt offen hängen. Die absolut letzte Person, die ich zu sehen erwartet habe, kommt herein und hockt sich vor mich hin. Schmutziges, blondes Haar fällt ihm über die Stirn, während ich den Kerl anstarre, wegen dem ich umgezogen bin.

Mein Ex-Verlobter Steve starrt mich mit hämischer Freude im Gesicht an. Als ich Utah verließ, habe ich ihm eine Nachricht hinterlassen, dass ich nicht den Wunsch habe, ihn zu heiraten. Warum ist er jetzt hier? Warum hat er mir diese Wandler auf den Hals gehetzt? Es wird mich auf gar keinen Fall dazu bringen, wieder mit ihm zusammen sein zu wollen. Er kneift seine durchdringenden, braunen Augen zusammen, als hätte er meine Gedanken gehört.

„Was machst du denn hier?"

Steve lächelt mich an und schlingt seine Hand in mein Haar. „Ich bin natürlich wegen die hier", sagt er mit ruhiger Stimme. „Es hat lange gedauert, bis ich dich gefunden habe, Harper." Und damit ruckt er schmerzhaft an meinem Haar und reißt meinen Kopf zurück, sodass ich zu ihm aufschauen muss.

Meine Kopfhaut schmerzt noch von meinem früheren Haarverlust und das macht den Schmerz nur schlimmer. Ich öffne den Mund, um ihm zu sagen, dass ich es nicht verstehe, aber er kommt mir mit einer Ohrfeige zuvor. Meine Lippe platzt auf und ich schmecke Blut.

„Das ist dafür, dass du gegen meine Männer angekämpft hast und mit einem Vampir abgehauen bist", knurrt er und reibt seine Nase über meinen Hals.

„Deine ... deine Männer?"

„Ich bin ihr Alpha und ich habe sie geschickt, um dich zurückzuholen, Gefährtin."

Er lässt mein zerzaustes Haar los und hebt mich an den Achseln hoch, sodass wir beide stehen.

„Du bist ein Gestaltwandler", murmele ich auf wackligen Beinen. Ich strecke die Hände aus und klammere mich an seine Unterarme, damit ich nicht zu Boden gehe.

„Ja. Ich bin ein Gestaltwandler. Und du warst ein sehr böses Mädchen, Harper", informiert er mich, während er anfängt, hin und her zu laufen. „Du bist vor mir weggelaufen. Das geht nicht."

Ich schüttle den Kopf und versuche zu verstehen, was er mir da erzählt. „Ich habe nie zugestimmt, deine Gefährtin oder sonst irgendetwas zu sein. Warum solltest du diese Männer dazu bringen, mich zu entführen und mir wehzutun?"

Steve bleibt stehen und knurrt mir ins Gesicht. „Weil du mir gehörst. Du gehörst mir und niemandem sonst. Mit deiner einzigartigen Veranlagung werden unsere Kinder die stärksten Gestaltwandler sein, die die Welt je gesehen hat."

„Ich bin nicht einzigartig. Ich bin nur eine ganz normale menschliche Frau", beharre ich. Weiß er etwas, das erklären würde, was an mir anders ist?

„Oh, aber Harper du bist alles andere als ein normaler Mensch. Nach allem, was ich in Erfahrung bringen konnte, trägst du Feen-DNA in dir. Es ist möglich, dass du eine Hexe bist", antwortet Steve mit einem Schulterzucken.

Mein Oberkörper zittert und ich schwinge meine Arme

darum. Ich kann nicht sein, was er sagt. Meine *Gewissheit* besteht jedoch darauf, dass er recht hat. Ich stamme von Feen ab, aber das ändert nichts an der Tatsache, dass ich nicht mit ihm zusammen sein will. „Es tut mir leid. Ich liebe dich nicht, Steve." Das wird ihm nicht sonderlich gefallen, aber ich kann ihn nicht glauben lassen, dass ich Gefühle für ihn habe.

Schneller als ich mich umsehen kann, schleudert er seine Faust nach vorn und trifft mich seitlich am Kopf. Ich bin unvorbereitet und stürze rückwärts, sodass ich in einem Häufchen am Boden lande. Meine Sicht verschwimmt, aber ich höre, dass er auf mich zukommt. Ich versuche, meine Arme zu heben, um meinen Kopf zu schützen, komme aber nicht weit, bevor mich sein Stiefel im Magen trifft.

Der Schrei hallt von den Wänden wider und ich höre Tony lachen. „Halt die Fresse, du Idiot", schreit Steve ihn an. Eine Sekunde später spüre ich seinen heißen Atem auf meinem Gesicht. Ich blinzele mit den Augen und kann Steve durch den Schlitz eines Auges direkt neben mir sehen.

Er streicht mir das Haar aus dem Gesicht. Instinktiv zucke ich zurück, was ihn noch wütender macht, also liege ich, zu einer Kugel zusammengerollt, ohne mich zu bewegen auf dem Boden, während er mit einem Finger über den Schnitt an meiner Schläfe fährt.

„Mach dir keine Sorgen, Liebes. Du stehst kurz vor der Läufigkeit. Wir werden uns heute verpaaren und schon bald wirst du meinen Erben austragen. Bald werde ich die Herrschaft über Tucson übernehmen und alle Vampire auslöschen, bevor ich dir ein neues Zuhause gebe."

Dieser Kerl hat Wahnvorstellungen. Verpaaren? Erbe? Das kann er völlig vergessen. „Wir verpaaren uns hier?"

„Ja. Wir haben das Territorium noch nicht übernehmen können, aber das wird bald geschehen."

„Du kannst Garrett Tucson nicht entreißen", informiere

ich ihn, als ich an die Wildheit des Alphas denke. Steve verblasst im Vergleich zu ihm.

„Du zweifelst an mir", knurrt er, bevor er wieder aufsteht und mit seinem Stiefel gegen meinen Brustkorb tritt. Etwas knackt und ich kann nicht mehr atmen, aber er hört nicht auf, mich zu treten. „Ich werde dir beibringen, wer dein Master ist. Und zwar so, dass du es niemals vergessen wirst."

„Es tut mir leid", würge ich keuchend hervor.

Ich glaube nicht, dass er mich gehört hat, aber er bleibt stehen und beugt sich zu mir hinunter. Irgendwann rolle ich mich von ihm weg und bin nun in die andere Richtung gedreht. Er streicht mir sanft das Haar aus dem Gesicht, bevor er plötzlich regungslos wird.

„Ein Vampir hat von dir getrunken", brüllt er. Ich zucke zurück und versuche, von ihm wegzukriechen.

Ein Stiefel in meinem Rücken hält mich auf. Hände schlingen sich um meine Knöchel, während Steve auf mich tritt. Mein Körper zuckt, als es sich anfühlt, als würde ein tausend Kilo schweres Gewicht auf meinem Oberschenkel landen. Das Geräusch meines brechenden Oberschenkelknochens hallt durch die Höhle.

Mein Schrei schreckt Fledermäuse auf, die von der Decke und durch den Eingang hinausflattern. Die Welt wird schwarz und als ich das nächste Mal irgendetwas von meiner Umgebung wahrnehme, beschimpft mich Steve mit allen möglichen Schimpfworten.

„Verfluchte Schlampe. Wie konntest du mich nur so betrügen?"

„Das habe ich nicht", sage ich durch keuchende Atemzüge. Qualen. Das ist alles, was ich spüre. Von Kopf bis Fuß tut mir alles weh und ich kann nicht mehr richtig atmen. Ist die Nacht angebrochen? Denn wenn ja, wird Liam auf dem Weg sein.

Dann wird mir bewusst, dass er mich auf gar keinen Fall finden kann. Steve dreht durch und wird mich umbringen, wenn er sich nicht bald unter Kontrolle bringt. Ich weiß nicht einmal, ob ich überhaupt noch in Arizona bin. Sie hätten mich überall hinbringen können.

„Wenigstens weiß ich, warum du denkst, dass dieser vampirliebende Alpha stärker ist als ich. Ich werde seinen Bann aus dir herausprügeln. Und dann können wir zusammen glücklich sein", schimpft Steve, während er wieder anfängt, mich weiterzutreten. Ich bin zu schwach, um auch nur zu versuchen, mich zu einer Kugel zusammenzurollen.

Jeder Schlag fühlt sich an, als würde er meine inneren Organe zerfetzen. Wenigstens werde ich mir keine Sorgen machen müssen, dass ich ein Kind von ihm bekomme. Ich bin mir ziemlich sicher, dass er meine Eierstöcke zertrümmert hat.

Blut sickert aus der Wunde an meinem Kopf und seine Schläge schieben mich über den schmutzigen Boden. Langsam verändert sich die Qual. Das Gefühl geht von sengend zu betäubend über. Ich schluchze fast vor Erleichterung, aber ich kriege nicht genug Luft, um den Ton herauszubringen.

Meine Augen fallen zu und ich weiß, dass ich wieder ohnmächtig werden werde. Ich bezweifle, dass ich dieses Mal wieder aufwache. Liams Abbild blitzt in meinen Gedanken auf. Ich würde lächeln, wenn es in diesem Moment möglich wäre. Ich kann nicht einmal mehr ein Augenlid heben, geschweige denn meine Lippen verziehen. Ich bin so froh, dass ich ihn getroffen habe und diese Zeit mit ihm hatte.

Jetzt werde ich nicht als Jungfrau sterben.

Oder ohne die Liebe zu kennen.

Denn es ist wahr. In den letzten zwei Tagen habe ich mich in Liam verliebt. Mein böser Vampir-Schuft. Es ist ironisch, dass ich mich einem gewalttätigen Raubtier geöffnet habe und doch durch die Hände des Mannes sterben werde, den zu heiraten, meine Eltern mich zwingen wollten. Ich habe einen letzten Gedanken. Ich wünschte, ich könnte ihnen zeigen, wie sehr sie sich im Bezug auf Steve irren.

„Bitte", flüstere ich. Steve hört auf, zu tun, was er tut, aber für mich ist es zu spät. Die Dunkelheit überkommt mich und ich spüre nichts mehr.

KAPITEL 11

 *iam*

S<small>IE IST WEG</small>. Das ist der erste Gedanke, der mir durch den Kopf geht, als ich in dem modrigen Raum in Lucius' Versteck erwache. Der Geruch von muffigem Schmutz umgibt mich und ich kann nichts anderes riechen. Aber ich weiß trotzdem, dass Harper nicht mehr oben ist.

Vielleicht ist es die Angst, die mich in den letzten Stunden geplagt hat.

Irgendetwas riss mich aus dem Schlaf und ließ ein mulmiges Gefühl in meinem Magen zurück. Sogar mein Kopf pulsierte vor Schmerz. Solche Kopfschmerzen hatte ich schon seit unzähligen Jahrhunderten nicht mehr.

Ich rappele mich auf die Füße, bürste den Schmutz von meiner Hose und gehe zur Tür. Das Geräusch von Stein, der über Stein kratzt, hallt auf der anderen Seite der Tür wider und verrät mir, dass Lucius und seine Gefährtin aufgewacht sind.

„Schöpfer", sage ich zur Begrüßung, als die Stahltür geöffnet wird und ich sie neben der Gruft stehen sehe. Viele Vampire schlafen in Särgen. Es ist ein Relikt von vor Jahrhunderten, als es sicherer gewesen wäre, sollten Menschen uns entdecken und wir nicht atmen.

Mir hat das nie gefallen und ich bevorzuge das große weiche Bett, dass ich in meinem Versteck habe. Nicht dass ich den Stein oder die Kälte unter meinem Körper spüren würde. Genauso wie ich ein Haus voller Essen habe, obwohl ich es nicht wirklich brauche, ziehe ich es vor, auf einer weichen Matratze zu schlafen.

Und im Moment lenkst du dich nur ab, um nicht an Harper zu denken. Die Frau steckt tief in meiner Seele und ich weiß nicht, wie ich sie jemals aufgeben soll, wenn die Zeit gekommen ist. *Das musst du auch nicht,* flüstert mein Unterbewusstsein.

Das ist lächerlich, es sei denn, ich beschließe, ihr Leben mit ihr zu verbringen und dann in die Sonne zu treten, nachdem sie gestorben ist. Der Gedanke hat etwas. Ich kann sie nicht verwandeln und ich habe keine Ahnung, wie ich ohne sie leben soll. Sie gehört mir.

„Liam. Es ist seltsam, dich tagsüber wieder unter meinem Dach zu haben. Ich hätte nie gedacht, dass ich einem meiner Nachkommen genug vertrauen würde, um so etwas zu erlauben", sagt Lucius mit einem Kopfnicken.

„Ich war hinter einer Stahltür eingesperrt. Auf gar keinen Fall würde es mir gelingen, dort herauszukommen, selbst wenn ich tagsüber nicht noch handlungsunfähiger wäre als Sie, Schöpfer", antworte ich mit einem leisen Lachen.

„Lass uns nachsehen, wie es deiner Frau heute ergangen ist", schlägt Selene vor.

Ich folge ihnen die Treppe hinauf. Aber noch bevor wir das Schlafzimmer erreichen, in dem der Eingang zu Lucius' Versteck verborgen liegt, ist es offensichtlich, dass Harpers einzigartiger Duft nicht so stark ist, wie er sein sollte. Selenes Schritte werden schneller und mein Schöpfer schaut über seine Schulter zu mir zurück.

„Harper", ruft Selene, als sie durch das Hauptschlafzimmer stürmt. „Wir sind wach."

„Ich glaube nicht, dass sie hier ist", werfe ich ein, als Lucius und ich den Flur betreten.

Selene steht vor der offenen Tür zu dem Zimmer, in dem Harper übernachtet hat. „Vielleicht ist sie in der Küche", schlägt sie vor und wir gehen weiter, um nachzusehen, ob sie recht hat. Ich weiß aus einem Bauchgefühl heraus, dass dies nicht der Fall ist. Aber ich gebe die Hoffnung trotzdem nicht auf.

Das riesige Haus ist völlig still. Ich hatte gehofft, dass ich zum Summen des Sybian aufwachen würde, auf dem Harper bereit für mich wartet. Diese Fantasie gefällt mir viel besser als der Albtraum, der nun in meinen Gedanken aufsteigt.

Wir gehen am Wohnzimmer vorbei und der Sybian steht immer noch an der gleichen Stelle. Harpers Duft klebt auch nicht auf dem Ding. „Verdammtes Miststück", flucht Selene eine Sekunde später. Die Königin klingt eigentlich eher besorgt als sauer, was Gutes für Harper verheißt. Man will sich wirklich nicht mit Selene anlegen.

„Wo glaubst du, ist sie hingegangen?", fragt Lucius.

„Ich würde sagen, in ihre Wohnung, aber sie hat sich gestern Abend alles von dort geholt, was sie braucht", erkläre ich. „Außerdem hat es sie sehr eingeschüchtert, als der Wandler sie gewürgt hat, als ich dort auftauchte. Meine Vermutung ist, dass sie heute Morgen zur Arbeit gegangen ist. Ich habe ihr nie ausdrücklich gesagt, dass sie nicht gehen darf", fluche ich und schüttle meinen Kopf. Natürlich hat Harper das als Erlaubnis gesehen, das Haus zu verlassen. Sie macht sich Sorgen darum, ihren Job zu behalten, damit sie ihren Lebensunterhalt bestreiten kann.

„Weiß sie denn nicht, dass sie in Gefahr schwebt?", fragt Lucius, als er zurück in den Flur geht.

„Sie glaubt, dass der Angriff ein Irrtum war. Sie ist nicht mit der Kenntnis über das Übernatürliche aufgewachsen und weiß auch nicht, wie Wandler denken. Für sie ist es durchaus möglich, dass die ganze Situation ein zufälliges Versehen war", erkläre ich.

„Dann sollten wir besser zum Community College fahren", schlägt Selene vor.

„Ziehen wir uns an, Liebling. Wir treffen uns in fünf Minuten draußen", sagt Lucius zu mir, bevor er mit seiner Gefährtin zu ihrem Schlafzimmer geht.

Ich bleibe vor dem Zimmer stehen, in dem Harper geschlafen hat. Dann gehe ich hinein. Ihre Tasche liegt auf dem Stuhl und ihr Make-up und die Zahnbürste befinden sich noch immer im Bad. Wenn sie zur Arbeit gegangen ist, wie lang sind ihre Tage dann? Müsste sie nicht schon längst wieder zurück sein?

Ich greife nach den Klamotten, die ich am Vorabend in den Schrank gehängt hatte. Ein Lächeln spielt um meine Lippen, als ich mich an Harpers Reaktion darauf erinnere, meine Kleidung in ihr Zimmer zu bringen. Sie sagte zu mir, dass sie die Klamotten von einem One-Night-Stand nicht zusammen mit ihren im Schrank haben wollte.

Ich unterbrach ihre Tirade mit einem leidenschaftlichen Kuss und versprach ihr dann, dass wir eine weitere Nacht haben würden. Sie versuchte zu widersprechen und antwortete schlagfertig, dass ich an Wahnvorstellungen leiden würde. Aber ihre Wangen waren gerötet und ihr Herz raste schnell, als sie antwortete.

Ich gehe draußen auf und ab und warte darauf, dass Lucius hinauskommt. Was dauert denn da so lange? Ich ziehe mein Handy heraus, um ihn anzurufen, als er und Selene endlich in der Tür erscheinen. „Gibt es noch einen anderen Ort, an den sie gegangen sein könnte? Wenn ja, können wir uns aufteilen und dadurch mehr Gebiet abdecken."

Ich schüttele den Kopf und gehe zu meinem Wagen hinüber. „Demnach zu urteilen, was sie mir erzählt hat, hat sie nicht viele Freunde. Die Frauen, mit denen sie den Club besucht hat, sind Arbeitskolleginnen. Sie wohnt noch nicht lange genug hier, um viele Beziehungen geknüpft zu haben. Außerdem ist sie eine verantwortungsbewusste Frau. Ich habe keinen Zweifel daran, dass sie zur Arbeit gehen wollte. Nichts anderes hat für sie solch große Bedeutung."

Lucius reibt sich das Kinn und legt einen Arm um seine Gefährtin. Der Anblick lässt mich an Harper denken und daran, wie sehr ich sie vermisse. Irgendwie ist sie in meine Seele gedrungen und ich will sie nicht mehr gehen lassen. Es würde nicht perfekt sein, aber solange wir zusammen sind, ist das alles, was mir wichtig ist. Ich schwöre, dass ich sie in dieser Sekunde spüren kann. Als ich versuche, die Hand nach ihr auszustrecken, verliere ich das Gefühl. Der plötzliche Verlust hinterlässt ein klaffendes Loch in meiner Brust. Ich verliere meinen verfluchten Verstand.

„In Ordnung. Lasst uns zum Pima College fahren. Welche Kurse unterrichtet sie?"

„Sie unterrichtet Biochemie. Wir treffen uns in ihrem Büro", antworte ich, sitze in Sekundenschnelle in meinem Wagen und rase die Auffahrt hinunter.

Mein Herz trommelt in meinem Brustkorb, während mein

Kopf die verschiedenen Möglichkeiten durchspielt, was mit ihr passiert sein könnte. Ein scharfer Schmerz sticht durch meinen Schädel und lässt meine Sicht verschwimmen. „Scheiße", fluche ich, als ich meinen Kurs korrigiere.

Ich wäre fast von der Straße abgekommen. Was zum Teufel ist nur los mit mir? Mein Magen überschlägt sich und plötzlich bringt mich mein Rücken um. Stacheldraht zerfetzt mein Herz und ich kann kaum noch atmen. Gott sei Dank brauche ich eigentlich keinen Sauerstoff, um zu funktionieren.

Dringlichkeit überkommt mich und das Bedürfnis, Harper zu finden, übertrifft alles. Ich rase durch den überfüllten Parkplatz, stoppe auf einem Behindertenstellplatz und renne über den Campus. Auf halbem Weg zu ihrem Büro nehme ich ihren Geruch im Innenhof war. Er ist schwach und wenn ich nicht so besessen von ihr wäre, hätte ich ihn sogar mit meinen übernatürlichen Sinnen nicht wahrgenommen.

Könnte es von den unzähligen Malen stammen, die sie diesen Weg zuvor schon gegangen war? Ich verwerfe den Gedanken, weil mir klar ist, dass ihr Geruch an einem offenen Ort wie diesem nicht so lange verweilen würde. Ich weiß, in welchem Gebäude sich ihr Büro befindet, aber ich kenne die Zimmernummer nicht.

Die Glastür fliegt auf und schlägt gegen die Seite des Gebäudes, als ich sie mit mehr Kraft als nötig aufstoße. Ihr Geruch überflutet mich sofort und führt mich den Flur hinunter. Er ist am stärksten vor einer geschlossenen Tür, an der ihr Name auf einem Schild steht. Der Geruch von Gestaltwandlern erstickt mich fast und ich sehe rot. Ich weiß genau, was ich finden werde, noch bevor ich die Tür überhaupt öffne.

„Scheiße", brülle ich.

Der Schmerz in meiner Brust nimmt stark zu, als ich den

Türknauf in meiner Hand zerdrücke. Papiere und Büromaterialien liegen überall auf dem Boden verstreut. Einer der Stühle in ihrem Büro ist umgekippt und auf dem Boden liegen mehrere Bücher herum.

„Sie ist nicht hier", knurrt Lucius hinter mir.

„Die Wandler haben sie", fügt Selene hinzu, die über Lucius' Schulter schaut, um einen Blick in den Raum zu werfen.

„Mit wem zum Teufel haben wir es zu tun? Wo könnten sie sie hingebracht haben?", frage ich fordernd. Der Schmerz in meinem Körper verstärkt sich von Sekunde zu Sekunde und lässt meine Sorge immer tiefer werden.

„Ich rufe Garrett an, um zu sehen, ob er irgendwelche neuen Informationen hat", sagt Lucius und tritt mit seinem Handy in der Hand in den Flur hinaus. Ich höre, wie mein Schöpfer mit dem Alpha spricht, während ich selbst versuche, sie durch die Verbindung des Blutes, das ich von ihr getrunken habe, zu lokalisieren.

Vampire können eine Verbindung zu denen aufbauen, von denen sie trinken. Und unter bestimmten Umständen können diese Bindungen ziemlich stark sein. Ich spüre eine Anziehungskraft in Richtung Osten, habe jedoch keine Ahnung, ob es etwas ist, dem ich Beachtung schenken sollte.

„Hast du irgendeine Ahnung, wo wir anfangen sollten zu suchen?", frage ich Selene.

Selenes Augen funkeln, als sie den Kopf neigt und sorgfältig in der Luft schnuppert. „Ich habe keine Ahnung, aber es waren drei Wölfe hier. Kommt dir einer von ihnen bekannt vor? Ich wette, das sind die gleichen Männer, die sie vor ihrer Wohnung angegriffen haben. Was beweist, dass sie es die ganze Zeit über auf sie abgesehen hatten. Glaubst du, sie sind ihr auch in den Club gefolgt?"

„Nein, das glaube ich nicht. Keiner der Gestaltwandler im Toxic hat ihr irgendwelche Aufmerksamkeit geschenkt, als sie dort war. Sie waren versessen darauf, den Laden zu zerstören. So seltsam es klingt, würde ich fast sagen, dass die beiden Ereignisse nichts miteinander zu tun haben."

Selene fährt mit der Zunge über einen ihrer ausgefahrenen Reißzähne. „Sie haben allerdings miteinander zu tun. Ich kann dir versprechen, dass sie aus demselben Rudel stammen. Warum sie sie im Toxic in Ruhe gelassen haben, ist mir ein Rätsel. Aber ich wittere, dass diejenigen, die hier waren, demselben Alpha wie die Leichen aus dem Club folgen."

„Es freut mich, zu hören, dass sie aus demselben Rudel stammen", fügt Lucius von der offenen Tür aus hinzu. „Das bedeutet, dass sie alle zusammen sind. Garrett sucht im Moment nach ihrem möglichen Aufenthaltsort. Wir müssen bereit sein, ihn zu treffen, wenn sie die Drecksäcke aufspüren."

„Sie steckt in Schwierigkeiten. Ich kann es fühlen", maule ich. „Ich kann nicht warten. Ich muss sie finden. Sofort."

„Wir wollen sie alle finden", versichert Selene mir.

„Garrett und seine Männer haben den ganzen Tag lang die Stadt durchkämmt. Sie befinden sich nicht innerhalb der Stadtgrenzen", sagt Lucius.

„Ich habe das Gefühl, dass sie im Osten ist. Oben in den Catalinas", sage ich, während ich durch den Flur stürme und begierig darauf bin, die Jagd zu beginnen.

„Ja, aber dort draußen gibt es Tausende von Kilometern zu durchforsten. Garrett ist bereits dort und seine Männer ebenfalls. Wenn du allein losziehst, könntest du Stunden von ihr entfernt sein, wenn sie sie finden", bellt Lucius.

Ich nicke und hoffe, dass ich mich zusammenreißen kann. Ich schlage ein Loch in die Wand und stapfe hinaus. Wenn

Harper etwas zustößt, mache ich die Stadt dem Erdboden gleich. Ich wollte mich nicht in die vorlaute Frau verlieben, aber es ist trotzdem passiert. Sie gehört mir und ich werde jeden letzten Wolf töten, der dafür verantwortlich ist, dass sie mir weggenommen wurde.

 *iam*

ICH PARKE am Straßenrand und steige aus meinem Wagen, ohne den Motor abzustellen. Es ist mir scheißegal, ob jemand den Wagen stiehlt. Harper braucht mich. Ich spüre es in jeder Zelle meines Körpers.

Verschwimmend schnell rase ich über den trockenen Boden und an Goldkugelkakteen vorbei, während mein totes Herz in meiner Brust hämmert. Das Gefühl lässt mich fast direkt gegen einen Feigenkaktus rennen. Ich kann nur daran denken, zu Harper zu gelangen und ihr zu helfen.

Ich spüre sie mehr und mehr, je näher ich komme. Und je weiter ich laufe, desto wütender werde ich. Die Gestaltwandler haben sie nicht den ganzen weiten Weg hier hinausgebracht, um ihr den Hof zu machen. Sie wollen nicht belauscht werden.

Lucius ist direkt neben mir. Zu wissen, dass er und Selene mich und Harper unterstützen, ist alles, was ich brauche. Garrett und seine Wölfe sind bereits hier, aber ich würde mich besser fühlen, wenn Maximus und die anderen Türsteher uns ebenfalls den Rücken stärken würden.

Es ist nicht so, dass ich nicht verstehe, warum mein Schöpfer die Beziehung zu den Gestaltwandlern nicht belasten will. Aber es geht hier um die Frau, die ich liebe. Die einzige Frau, die ich jemals geliebt habe oder jemals lieben werde. Ihre Sicherheit bedeutet mir mehr als alles andere.

Mit der Brise steigt mir der Geruch von Blut in die Nase. Meine Schritte schwanken. Keine gute Sache, wenn ich gerade verschwimme. Leider lande ich auf einem Kaktus, aber ich spüre nichts. Es ist Harpers Blut. Außer dieser Tatsache nehme ich absolut nichts wahr.

Mit einem Brüllen springe ich wieder auf die Beine. Jemand wird dafür bezahlen, sie verletzt zu haben. Ich sehe rot und mein Blut schreit nach Rache. Als ich versuche, mich wieder in Bewegung zu setzen, stoppt mich jedoch eine Mauer.

Ich knurre und hole mit der Faust aus, um das Objekt in meinem Weg zu zerschlagen. Die Stimme meines Schöpfers ist das Einzige, was den Schleier der Mordlust, der mich in diesem Moment umhüllt, durchbrechen kann.

„Warte einen Augenblick und denke nach, Liam. Wenn du so dort hineinstürmst, verlierst du den Vorteil der Überraschung und Harper wird dafür bezahlen. Wir stehen dir bei, aber wir brauchen einen Plan. Ich vertraue nicht darauf, dass Garretts Männer das beschützen können, was dir gehört", sagt Lucius und senkt bei den letzten Worten seine Stimme.

Ja, sie gehört mir. „Ich weiß, dass es Probleme verursachen wird, aber ich werde sie nicht verlassen. Wenn Sie ein

Problem damit haben, dass ich sie behalte, werden wir von hier verschwinden. Das müssen Sie wissen, bevor wir dort hineingehen."

Wenn dies Lucius' Bereitschaft, bei der Rettung meiner Liebsten zu helfen, verändert, wird es schwierig werden. Aber nichts wird mich davon abhalten, an Harpers Seite zu gelangen. Seit mein Schöpfer Selene gefunden hat, habe ich seine mitfühlende Seite viele Male gesehen. Auch wenn sie immer nur seiner Gefährtin zugute kam. Aber als Lucius mich jetzt ansieht, spricht sein Blick Bände.

Wir sind Familie und er unterstützt mich, weil er versteht, was es bedeutet, einen anderen über alle Maßen zu lieben.

Mit einem Nicken bestätige ich seine unausgesprochene Aussage und atme die Wüstenluft tief ein. Lucius packt meine Schulter. „Du wirst immer einen Platz an meiner Seite haben. Jetzt lass uns deine Frau retten."

„Garrett und seine Männer halten sich zurück", fügt Selene hinzu, die den Blick auf den Fuß des Berges in der Ferne gerichtet hat. „Wir können darauf vertrauen, dass sie niemandem erlauben werden, das Gebiet zu verlassen, sollte jemand an uns vorbeikommen."

„Sie ist ganz in der Nähe. Ich kann sie spüren", sage ich. „Angesichts des schwachen Geruchs von ihr, nehme ich an, dass sie sich in einer Höhle befinden. Kennen Sie sie?"

Lucius lässt seinen Blick über die Gegend schweifen, bevor er auf mir landet. „Nicht genau. Ich bin mit Selene einmal hier hindurchgelaufen, aber wir haben keine der Höhlen erkundet."

„Scheiße", fluche ich. „Ich hatte gehofft, hineinzugelangen, bevor wir gesehen werden." Schulterzuckend wippe ich auf den Fußballen und will gerade losstürmen, als Garrett in Wolfsgestalt zu uns geeilt kommt. Nach einer blitzschnellen

Verwandlung steht er nackt vor uns und stemmt die Hände an seine Hüfte.

Ich möchte ihm eine reinschlagen und meinen Weg fortsetzen. Allein die Tatsache, dass er Informationen über Harper haben könnte, ist das Einzige, was mich innehalten lässt. „Was weißt du?", frage ich fordernd. Meine Geduld ist am Ende.

„Dass sie von einem unbekannten Alpha und zwei Dutzend Männern in einer Höhle etwa fünf Kilometer östlich als Geisel festgehalten und gefoltert wird."

Bestätigt zu bekommen, dass sie verletzt ist, untergräbt meine nicht vorhandene Kontrolle noch mehr. „Warum zum Teufel seid ihr nicht reingegangen, um sie zu retten?"

Garrett verschränkt die Arme vor der Brust und starrt mich an. „Weil wir sie erst vor einer Stunde entdeckt haben und ihr Geruch ganz deutlich macht, dass sie zu dir gehört. Ich werde meine Männer nicht riskieren, sollte etwas schiefgehen. Aber", informiert mich der Alpha, während er seine Hand hebt, um zu verhindern, dass die Worte, die mir auf der Zunge liegen, sich ihren Weg aus meinem Mund bahnen können, „sie haben kurz nach unserer Ankunft aufgehört, ihr wehzutun. Ich glaube, der Alpha plant etwas, weshalb ich Lucius sofort angerufen habe."

„Wir müssen sie überraschen, um einen Vorteil zu haben", entscheidet Lucius, der mit den Händen an der Hüfte dasteht. „Kannst du uns etwas über die Höhle sagen, in der sie sie festhalten?"

„Am Höhleneingang gibt es drei Wachen. Der Weg verzweigt sich im Inneren zu zwei Höhlen. Ich vermute, dass sie sie dort festhalten. Wir wissen nicht, in welcher der beiden Höhlen, aber die Geräusche sind so leise, dass sie nicht in der Nähe des Eingangs sein können."

„Wir werden mit zwei Dutzend fertig", erklärt Selene mit einem Funkeln in den Augen, das mir sagt, dass sie sich auf den bevorstehenden Kampf freut.

„Und wir werden jeden erledigen, der es an euch vorbei schafft", sagt Garrett und verwandelt sich zurück in seine Wolfsform.

„Ich werde die Wachen ausschalten und sofort nach Harper suchen", informiere ich sie.

„Wir werden direkt hinter dir sein. Überlasse uns zwei der Wachen. Dringe nicht ohne uns tiefer in die Höhlen ein", befiehlt mein Schöpfer mir.

„Das kann ich nicht versprechen", antworte ich und setze mich in Bewegung, bevor er mich aufhalten kann. Kein verfluchtes Gerede mehr. Ich muss zu Harper. Ich höre Selene und Lucius hinter mir, gefolgt von Garrett. Ich bin überrascht, dass er uns in seiner Tierform folgen kann.

Innerhalb weniger Minuten sehe ich die Öffnung der Höhle und die Wachen mit dem Rücken zur Wüste. Die Arschlöcher vertrauen darauf, dass sie einen Feind rechtzeitig kommen hören, um einen Angriff abzuwehren. Meine Faust gräbt sich in den Kopf des ersten, bevor einer von ihnen überhaupt weiß, dass wir da sind.

Lucius und Selene erledigen jeweils eine der anderen Wachen. Ich schleife den ersten Wachmann hinaus und lasse ihn vor Garretts Pfoten fallen, bevor ich in das Höhlensystem stürme. Harpers Geruch wurde von all den Schmerzen, die sie erlitten hat, verfälscht.

Meine Brust zieht sich zusammen. Ich schwöre, das tote Organ darin wird jeden Moment aufgeben. Ich verlangsame meine Bewegungen und versuche, leise zu sein, als ich weiter hinten in der Höhle einen Mann sprechen höre. Die Macht in seiner Stimme verrät mir, dass er der Alpha ist.

Ich halte inne und nehme zur Kenntnis, dass Lucius und Selene neben mir stehen. Was sagt das verdammte Arschloch? „Bringt das Kleid. Sobald sie gebadet ist, werden wir uns verpaaren und ich kann ihr meinen Erben einpflanzen."

Ich höre nichts weiter, weil mich die Wut überkommt. Ich rase in die Höhle auf der rechten Seite und schlage dem nächstbesten Mann eine Faust in die Brust. Etwas trifft mich am Hinterkopf und ich stolpere, bevor ich Harper erreichen kann.

Gebrüll füllt die kleine Höhle, als das Chaos ausbricht. Ich konzentriere mich auf die Gestaltwandler um mich herum. Es sind vier und sie hindern mich daran, Harper zu erreichen.

Aber nicht für lange. Ich werde jeden und alles ausschalten, was sich mir in den Weg stellt.

Ich gehe in die Hocke, sprinte los und ramme die Beine des Mannes, der am weitesten von Harper entfernt ist. Ich will sie nicht in noch mehr Gefahr bringen, als sie es ohnehin schon ist.

Ich schleudere den Kerl zurück, aber noch bevor ich aufstehen und einen weiteren von ihnen ausschalten kann, bohren sich Krallen in meine Seite. Ich fluche laut, als ich meine eigenen Krallen entfessele, mich umdrehe und Fleisch und Muskeln damit aufschlitze. Der Gestaltwandler heult auf, als die Hiebe ihn treffen und seine Eingeweide herausquellen.

Während ich von ihm abgelenkt war, trifft ein weiterer Wandler meinen Kopf von der Seite. Der Mann ist jung und hält einen Stock in der Hand, mit dem er mich wahrscheinlich geschlagen hat. Die Wunden an meiner Seite sind immer noch nass, wachsen jedoch bereits wieder zusammen.

Ich stürze mich auf ihn und schleudere ihn von mir weg, sprinte verschwimmend schnell zur anderen Seite und trete ihn zurück in die Richtung, aus der ich ihn geworfen habe. Er war in Harpers Richtung gelaufen. Ich werde auf gar keinen Fall zulassen, dass ihr noch mehr Schaden zugefügt wird.

„Du bist also der Vampir, der versucht, mir meine Gefährtin zu stehlen", brüllt der letzte Wandler in meiner Nähe, als er mit extra viel Schwung auf mich zustürmt. Es ist der Alpha. Das wird mir bewusst, als ich seine Worte höre. Dies ist der Typ, der versucht, Harper zu schwängern und sie zur Verpaarung mit ihm zu zwingen.

Ich muss die beiden anderen Männer aus dem Weg schaffen, also beuge ich mich hinunter und drehe dem ersten Kerl, auf den ich treffe, den Hals um. Das Knacken des Genicks hallt in dem kleinen Raum wider. Schritte donnern außerhalb, aber ich kann es mir nicht leisten, ihnen Aufmerksamkeit zu schenken.

Mit Anlauf springe ich auf den Kerl, den ich gerade getreten habe, und reiße meine Krallen quer über seine Kehle. Der Typ, dem die Eingeweide heraushängen, wird in nächster Zeit kein Problem sein. Selene dringt in den Raum ein und kämpft gegen zwei Wandler. Für den Bruchteil einer Sekunde bin ich hin- und hergerissen und vergewissere mich, ob sie sich gegen sie behaupten kann. Ich will nicht, dass der Gefährtin meines Schöpfers etwas zustößt. Ich weiß, wie verheerend das wäre.

Als ich mich wieder umdrehe, hält der Alpha Harper in seinen Armen. „Ich werde jetzt gehen. Das ist das letzte Mal, dass du meine Gefährtin zu Gesicht bekommst", informiert er mich.

Das kann er verdammt noch mal vergessen. Ich kann es mir nicht leisten, abzuwarten. Lucius ist beschäftigt und Selene ebenfalls. Gott allein weiß, ob Garrett und seine Männer in Kämpfe verwickelt sind, aber ich werde Harpers Schicksal keinem anderen überlassen.

„Ich weiß nicht, wer du bist, aber du hast dir die falsche

Frau ausgesucht. Sie gehört mir", erkläre ich. Es bewirkt genau, was ich gehofft habe, und macht den Alpha wütend.

„Ich bin ihr verdammter Verlobter. Ich bin schon seit Jahren mit ihr zusammen. Sie wird dir niemals gehören", antwortet er.

Das muss der Ex-Freund sein, vor dem sie weggelaufen ist. Ich grinse breit und schüttele den Kopf. „Es muss schön sein in deiner wahnwitzigen Welt." Mit einer Bewegung, die zu schnell ist, als dass ein Mensch ihr folgen könnte, bücke ich mich hinunter, schnappe mir den Stock vom Boden und stürzte mich auf den Alpha.

Sein Arm ist um Harpers Kehle geschlungen. Im Bruchteil einer Sekunde beurteile ich die Position ihres Körpers. Ihr Kopf ist schlaff und hängt zur rechten Seite. Blut sickert aus zahlreichen Schnitten in ihrem Gesicht. Es dreht mir den Magen um, als mir bewusst wird, dass ihr Herzschlag nicht nur langsam ist, sondern ihr Gesicht auch so geschwollen, dass sie kaum mehr zu erkennen ist.

Ich ziele genau und ramme den Stock durch seine Kehle. Ich stoße Harper dabei an. Der Alpha löst seinen Griff um sie. Ich fange sie gerade noch rechtzeitig auf, bevor sie in den Dreck fallen kann. Der Alpha bricht am Boden zusammen und ich trage Harper behutsam von der gruselige Szene fort.

Lucius hält mich auf, bevor wir die Höhle verlassen können. „Sie wird es nicht schaffen."

Ich hebe meinen Kopf von Harpers geschundenem Körper und mein Herz zerspringt in Millionen Stücke. „Nein!", schreie ich. „Sie darf nicht sterben."

Meine Worte schmecken wie Asche in meinem Mund, als ihr Herz stockt und noch langsamer wird. Zu diesem Zeitpunkt sickert kaum noch Blut aus ihren Wunden und ich weiß, dass Lucius recht hat. Ich werde meinen Grund zu leben verlieren.

Qualen schießen durch meinen Körper, während ich gegen das Unvermeidliche ankämpfe. Ich kann ohne Harper nicht überleben.

Es ist an der Zeit, in die Sonne zu treten.

KAPITEL 13

 *iam*

„Verwandeln Sie sie", fordere ich von Lucius und drehe mich zu ihm um. „Schöpfer, Sie müssen sie retten. Sie darf nicht sterben." Ich falle auf die Knie und ziehe Harper an meine Brust.

Lucius lässt sich neben mir auf ein Knie hinuntersinken. „Weißt du, was du da verlangst?"

„Ja. Ich bitte Sie darum, ihr Leben zu retten. Ich kann ohne sie nicht weitermachen. Ich brauche sie, Schöpfer", gebe ich offen zu, als mir die Tränen in die Augen schießen.

Noch nie in meinem Leben hat mich etwas so überwältigt. Es ist nicht die Angst vor meinem eigenen Tod, die mich meinen Schöpfer um Hilfe anflehen lässt, denn ich war gerade noch bereit, in die Sonne zu treten. Aber ich kann den Gedanken einfach nicht ertragen, dass Harper nicht mehr lebt und gesund ist. Diese Welt ist ein besserer Ort, wenn sie da ist.

Selene tritt an Lucius' Seite und legt ihre Hand auf seine. Sie sagt nichts, aber Lucius' Schultern entspannen sich.

Der Vampirkönig beugt sich zu ihr und küsst seine Gefährtin, bevor er sich an mich wendet. „Also gut, Liam. Ich werde sie verwandeln, aber du musst wissen, dass es bestimmte Bedingungen geben wird, bevor ich damit anfange."

Ich nicke, noch bevor er überhaupt zu Ende gesprochen hat. „Ich würde alles tun, um sie zu retten."

Lucius lacht leise, aber der Klang enthält keine Heiterkeit. „Das sagst du jetzt, aber dies wird für niemanden ein einfacher Weg sein. Harper wird solange in unserer Obhut bleiben, bis sie meine Hilfe nicht länger benötigt und zumindest einen Anschein von Kontrolle zeigt. Bis dahin wirst du sie nicht sehen können. Außerdem ist sie anders. Ich habe keine Ahnung ob und wie, aber es könnte die Sache zusätzlich verkomplizieren. Nur die Zeit wird zeigen, wie dieser Prozess für sie vonstattengehen wird."

Ich will ihm am liebsten sofort widersprechen und mitteilen, dass ich nicht von ihrer Seite weichen werde. Aber dann erinnere ich mich an die frühen Tage nach meiner eigenen Verwandlung. Ich wurde vom Blutrausch verzehrt und konnte an nichts anderes denken als daran, zu trinken. Nichts sonst war mir wichtig. Und Blut von Lucius zu bekommen, war das Einzige, was mich halbwegs bei Verstand und gesättigt hielt.

Bei diesem Gedanken streckt mein innerer Dämon sein hässliches Haupt in die Höhe und knurrt. Ich könnte niemals auch nur daran denken, dass Harper Lucius' Blut trinken würde. Wenn ich dies Täte, würde ich meinen Schöpfer auf der Stelle töten. Genau dort, wo er gerade hockt.

Ich werde zusehen müssen, wie er von ihr trinkt. Mehrere

Male! Es ist nicht leicht, einen Menschen in einen von uns zu verwandeln. Ich weiß, dass der Prozess mindestens dreimaligen Blutaustausch erfordert, was mir überhaupt nicht gefällt. Tatsächlich bringt es mich fast um den Verstand. *So ein Pech,* sage ich mir. Andernfalls wäre ich gezwungen, jetzt zu gehen, und ich bin noch nicht bereit, mich von ihr zu trennen. Ich wünschte nur, ich wäre mächtig genug, um sie selbst zu verwandeln. Aber ich habe es noch nie probiert und ich weigere mich, ein Risiko mit Harpers Leben einzugehen. Es ist nicht leicht für einen Vampir, einen neuen zu erschaffen und Menschen werden den Verwandlungsprozess nicht überstehen, wenn der Vampir nicht mächtig genug ist. So schwierig es für mich auch sein wird, ich muss Lucius erlauben, dies zu tun.

„Wie lange?", frage ich. Die Emotionen schnüren mir die Kehle zu.

„Du wirst sie vielleicht nie wiedersehen", schaltet sich Selene ein. Ich reiße den Kopf in ihre Richtung herum und kneife die Augen zusammen.

„Hast du vor, mich von ihr fernzuhalten?", belle ich.

Sie schüttelt den Kopf, hebt das Kinn und kneift ebenfalls die Augen zusammen. „Nein, aber sie will nach dieser Sache vielleicht nichts mehr mit dir zu tun haben. Sie war vorher schon sauer auf dich, nachdem du ihr eine Zukunft mit dir verwehrt hast. Eine Verwandlung verstärkt alles, wie du selbst weißt. Sie könnte dich abgrundtief hassen, wenn sie aufwacht."

Ich hätte nicht gedacht, dass mich irgendetwas noch tiefer hätte treffen können, aber diese Worte zerstören, was von meinem Herzen noch übrig war. „Das Risiko muss ich eingehen. Sie muss überleben. Ich hoffe darauf, dass ich ihr sagen kann, was für ein Arschloch ich war. Aber wenn sie nicht zuhören will, ist es das trotzdem wert. Sie ist mutig und loyal.

Sie wird sich niemals gegen euch wenden. Ihr inneres Licht strahlt so hell, dass sie der Dunkelheit dieser Veränderung niemals völlig erliegen würde."

Lucius steht auf und deutet auf die Höhle, in der sie sich zuvor befand. „Bring sie hier hinein. Wir müssen die Leichen hinausschaffen, bevor ich anfangen kann."

Ich stehe auf und weigere mich, Harper loszulassen. Lucius und Selene sind bereits dabei, Leichen aus der Höhle zu schleifen. Als ich ihren früheren Verlobten in einer Blut-lache liegen sehe, lege ich sie so weit wie möglich von all dem Chaos entfernt auf den Boden und hebe den Körper des Mannes hoch.

Ich rase durch die Tunnel in die Wüste und reiße ihm dort ein Glied nach dem anderen heraus. Garrett und seine Wölfe sind wieder in Menschengestalt und stapeln Leichen überein-ander. Keiner von ihnen versucht mich aufzuhalten, als ich meine Wut an dem Stück Abschaum auslasse, das Harpers menschliches Leben beendet hat.

Wäre dieses Stück Scheiße nicht gewesen, hätte ich ihr Leben mit ihr gelebt und wäre in die Sonne getreten, nachdem sie gestorben wäre. Stattdessen wird sie jetzt in ein Wesen verwandelt, das mich möglicherweise hassen könnte und nichts mit mir zu tun haben will.

Keuchend rausche ich zurück an Harpers Seite und wünsche mir, ich könnte die Zeit zurückdrehen, um für ihre Sicherheit zu sorgen. Als ich zurück in die Höhle komme, sehe ich, wie Lucius und Selene die letzten Leichen der Wandler hinausschaffen. Mit den Füßen trete ich Dreck umher und versuche, so viel Blut wie möglich aus Harpers Nähe zu verwischen. Ich möchte nicht, dass sie von irgend-etwas befleckt wird, das mit diesem Wandler zu tun hat.

Lucius schreitet in die Höhle zurück und fixiert mich mit seinem Blick. Er bleibt nur wenige Zentimeter vor meinem

Gesicht stehen und packt mich bei den Schultern. „Du musst mir versprechen, dass du dich beherrschen wirst. Für keinen anderen würde ich jemals auf die Idee kommen, so etwas an einem Ort wie diesem zu tun, der von Wandlern umgeben ist", flüstert er mir zu. „Du und Selene werdet meine Wächter sein und mich beschützen, während ich das hier mache."

Ich umklammere seinen Unterarm. „Ich werde Sie mit meinem Leben beschützen, Schöpfer", schwöre ich.

„Du weißt, dass ich keinen von ihnen in deine Nähe lassen würde. Ich habe sie angewiesen, die Leichen zu verbrennen, damit dein Geruch überdeckt wird", informiert Selene Lucius.

Lucius küsst Selene, bevor er an Harpers Seite tritt. Ihr Herz bleibt stehen und ich greife nach ihren Schultern. Aber Selenes Handflächen stoppen mich, bevor ich noch irgend-etwas anderes tun kann. Lucius beißt sich in sein Handgelenk und drückt Harpers Mund darauf.

Während er seinen blutenden Arm über sie hält, fallen einige Tropfen auf ihre Zunge. Als ihr Mund voll ist, massiert er ihre Kehle. Erst als ich sehe, dass sie schluckt, wird mir bewusst, dass er versucht, sie dazu zu bringen, sein Blut zu trinken.

Ich lasse erleichtert die Schultern sinken, als ich feststelle, dass ihr Herz immer noch schlägt. Nur ganz langsam, sodass es erscheint, als wäre es stehen geblieben. Ich halte Harpers kalte Hand zwischen meinen Fingern fest und reibe sie, um sie zu wärmen.

„Ich werde von ihr trinken müssen", sagt Lucius mit leiser Stimme, während er mich über ihren Körper hinweg ansieht.

Ich schlucke das Knurren hinunter, das in meiner Kehle aufsteigt, und betrachte Harpers Gesicht. Ich weiß nicht, wie ich einem anderen Vampir dabei zusehen soll, von ihr zu trinken, ohne ihn in Stücke zu reißen. Unabhängig davon, wer es ist.

„Vielleicht reicht Ihr Blut aus, um sie zu heilen, Schöpfer?", schlage ich vor. „Halten Sie das für möglich?" Vampirblut hat heilende Eigenschaften, wenn Menschen es zu sich nehmen. Ich möchte glauben, dass es für sie noch nicht zu spät ist. Aber so wundersam Vampirblut auch sein mag, es kann niemanden vom Rande des Todes zurückholen.

Selene und Lucius beobachten das sanfte Heben und Senken von Harpers Brustkorb. Es ist Selene, die schließlich antwortet: „Nein. Sie ist dem Tod zu nah. Lucius könnte ihr alles geben, was er hat, aber es würde sie nicht zurückbringen."

„Ich weiß, dass du recht hast. Ich kann es schaffen", sage ich mehr zu mir selbst als zu Selene.

Lucius hebt Harpers Hand und fletscht seine Reißzähne, während er seinen Blick fest auf mich gerichtet hält. Es kostet mich jedes Quäntchen meiner beträchtlichen Kraft, meinen Kiefer zusammenzubeißen und meinen Körper an Ort und Stelle zu halten.

Blitzschnell treffen die Reißzähne meines Schöpfers auf Harpers zartes Fleisch an der Innenseite ihres Handgelenks. Meine Beherrschung versagt und ich stürze mich durch die Luft und auf Lucius. Fast hätte ich Harper zerquetscht, als ich den Vampir angreife, der von meiner Gefährtin trinkt.

Unsere Körper kollidieren und wir rollen über den dreckigen Boden. Selene schreit und springt über Harpers Körper hinweg. Ich schlage Lucius mit voller Wucht ins Gesicht. Nach meinem zweiten Schlag fängt er meine Faust und dreht unsere Position mit Leichtigkeit um.

Erst dann wird mir bewusst, dass er mir die Schläge erlaubt hat. Sonst hätte ich ihn niemals erwischen können. Er war auf meinen Angriff vorbereitet gewesen, während ich dachte, ich hätte mich im Griff. Keuchend höre ich auf zu kämpfen, um ihn von meiner Brust zu stoßen.

„Bist du fertig?", fragt er und fletscht die Zähne. Sein Mund ist vom Blut meines Kätzchens rot gefärbt. Bei diesem Anblick schlage ich erneut um mich und versuche, ihn dafür bezahlen zu lassen, dass er meine Frau gebissen hat.

Eine Faust gegen die Seite meines Kopfes lässt mich erstarren. Es tut verdammt weh, aber ich weiß, dass Lucius lediglich meine Aufmerksamkeit erregen wollte. Die Zeit drängt und ich verzögere alles. „Entschuldigung. Ich schaffe es."

Lucius steht auf und streckt mir seine Hand entgegen. Ich ergreife sie und erlaube ihm, mir auf die Beine zu helfen. „Du kannst nicht hierbleiben, wenn du mich weiter angreifst."

„Du kannst sofort verschwinden", erklärt Selene von ihrer Position neben Harper. Ich blicke hinüber und sehe, dass sie ihr Handgelenk hält. Um die Blutung zu stoppen.

Ich schüttle den Kopf und bin fast versucht, jetzt zu verschwinden. Ich will Harper nicht noch mehr gefährden. Dank mir hat sie noch mehr Blut verloren, das sie ohnehin schon nicht hatte. Ihre normalerweise strahlende Haut ist blass und glanzlos. Tiefe Blutergüsse bedecken ihr ganzes Gesicht und sie hat mehr Schnitte, als ich zählen kann.

Die Art und Weise, wie ihre Hand schlaff in Selenes Griff hängt, bewirkt mehr als alles andere, um meine besitzergreifende Wut unter Kontrolle zu bringen. Es ist ein Anblick, der mir noch jahrhundertelang Albträume bereiten wird.

„Es ist schon gut, Liebling", versichert Lucius seiner Gefährtin. „Ich wusste, dass er mich angreifen wird. Er kann nicht anders. Ich könnte auch nicht danebenstehen und zusehen, wie jemand in dein Fleisch beißt."

Selene nickt und erlaubt Lucius, Harpers Arm aus ihrem Griff zu nehmen. „Ich kann nicht länger warten, um ihr mehr von meinem Blut zu geben. Ich muss jetzt weitermachen." Es ist eine Warnung für mich, aber meine schwachen Beine geben nach und ich hocke mich wieder an Harpers Seite.

Ich senke meine Stirn zu ihrer hinunter und versuche, ihren Duft unter dem Morast von Tod und Herzschmerz zu finden. Mit einem Zischen beißt mein Schöpfer in seinen eigenen Arm und tröpfelt mehr Blut in Harpers Mund.

Ich sitze da und halte ihre Hand fest, als würde mein Leben davon abhängen. Denn das tut es tatsächlich. Ich möchte gern glauben, dass sie mich hier spürt, und meine eigene Kraft in ihren schwachen Körper drängen. Während ich in ihr Gesicht starre, um ein Anzeichen dafür zu finden, dass ihre Verletzungen heilen, schlägt Lucius zu.

Mein Körper zuckt, aber ich halte mich zurück, bevor ich mich auch nur einen Zentimeter bewegen kann. Auf gar keinen Fall werde ich Harper noch mehr Schaden zufügen. Aber ich muss mir keine Sorgen machen, denn im selben Moment landen Selenes Hände auf meinen Schultern. Auch sie geht mit ihrem Gefährten kein Risiko ein.

Selene ist stark. Wahrscheinlich sogar stärker als Lucius, nehme ich an, als ich spüre, wie sie mein Schlüsselbein zerquetscht. Quälender Schmerz rast durch meine Nervenenden, aber es ist nicht einmal annähernd so grausig wie der Schmerz in meiner Seele.

Ich könnte Harper verlieren, selbst wenn sie es schafft, die Verwandlung zu überstehen.

„Dir ist schon klar, dass sie das vielleicht nicht überlebt, oder?" Die Frage erschreckt mich. Daran hatte ich vorher nicht gedacht, aber als Lucius sie jetzt stellt, wird mir klar, dass ich es hätte tun sollen. Nicht jeder Vampir kann einen Menschen verwandeln und nicht jeder Mensch überlebt den Prozess.

„Ja. Ich werde in die Sonne treten, wenn sie nicht über-lebt", antworte ich.

„Lass uns dafür sorgen, dass das nicht passiert", sagt Lucius, als er von Harper aufblickt. Schlägt ihr Herz schneller? Ich konzentriere mich für ein paar lange Sekunden auf ihre Brust. Noch hat sich nichts verbessert, aber es geht ihr auch nicht schlechter. Ich klammere mich an diese Tatsache, so gut ich kann. Denn sie allein lässt mich in meiner völlig trostlosen Welt einen Funken Hoffnung spüren. Sie reicht nicht aus, um die Wolke des drohenden Untergangs zu vertreiben, aber sie gibt mir etwas Strahlendes, auf das ich mich konzentrieren kann.

Ich muss einfach glauben, dass das Schicksal sie aus einem bestimmten Grund zu mir gebracht hat. Es kann nicht sein, dass es sie mir, nur wenige Tage nachdem sie sich in jede Zelle meines Körpers und meiner Seele gegraben hat, wieder wegnehmen will. So grausam ist das Schicksal nicht.

Ich habe es nicht besser verdient, aber Harper ganz sicher. Sie ist besser als jeder andere in diesem Raum. Zum Teufel, sie ist besser als jeder auf dem ganzen Planeten. Sie verdient ein Leben voller Freude und Glück, das sie selbst wählen kann. Selbst wenn ich kein Teil davon bin. Es würde mich völlig zerreißen, aber ich will mehr als alles andere, dass sie glücklich ist.

Das ist ganz sicher nichts, von dem ich gedacht hätte, es jemals zu fühlen. Ich bin ein egoistisches Arschloch und habe stets das, was ich will und brauche, über alles andere gestellt. Ich habe Blut gesaugt, wann immer ich wollte, und Frauen verführt, um es zu bekommen.

Es gab eine Zeit, in der ich wahllos getötet habe. Ich habe den Adel bestohlen, um meine eigene Zukunft zu sichern. Ich habe gelogen. Je mehr ich darüber nachdenke, desto klarer wird mir, dass ich Harper nicht verdiene. Aber ich werde alles tun, was nötig ist, um dies zu ändern.

Sie ist das Licht in meiner Dunkelheit. Sie ist mein Ein und Alles.

Schritte im Tunnel lassen mich und Selene auf die Füße springen. Augenblicklich sind wir beide in Angriffsposition und reißen die Fäuste hoch.

Garrett betritt den Raum und richtet eine umgefallene Campinglaterne. Ich habe sie bis zu diesem Moment gar nicht bemerkt. Ihre neue Position beleuchtet Harpers misshandelten und geschlagenen Körper.

Jeder ihrer Schnitte glänzt im schummrigen Licht. Es gibt mehr tiefe Einschnitte auf ihrer Haut als Kleidung. Jeder Bluterguss hebt sich deutlich von ihrer blassen Haut ab. Tränen brennen erneut in meinen Augen.

„Ich wollte fragen, was hier so lange dauert, aber jetzt sehe ich es. Braucht ihr Hilfe mit ihr?", fragt der Alpha.

Lucius erhebt sich. „Nein. Wir haben alles im Griff."

Garretts Blick schweift von Harper zu meinem Schöpfer und dann zu mir. Seine verzogenen Lippen verraten seine Missbilligung. Der Mann bläht seine Brust auf, was mir signalisiert, dass er versuchen wird, ihre Verwandlung zu verhindern.

Lucius knurrt und ich bemerke, dass er größer zu sein scheint als zuvor. Angesichts der Kraft, die spürbar in Wellen von seinem Körper ausstrahlt, könnte dies eine Illusion sein. Irgendetwas hat sich in ihm verändert. Seine Energie wirft mich fast um. Ist es seine Verbindung zu Selene?

Als ich sie ansehe, verwerfe ich den Gedanken. Sie starrt ihn ebenfalls mit Verwirrung an, die ihr ins Gesicht geschrieben steht. Sie begegnet meinem Blick, versteckt ihre Reaktion jedoch sofort, bevor sie sich bewegt, um an die Seite ihres Gefährten zu treten.

„Will sie das?", bellt Garrett.

„Sie will nicht durch die Hand dieses Arschlochs sterben", schnauze ich. „Sie war in alledem unschuldig. Ich weiß, dass sie leben will und bereit ist, den Preis dafür zu zahlen."

Es ist Ermahnung genug für den Alpha. Harper erlangt die Unsterblichkeit nicht, ohne einen Preis zu zahlen. Sie gibt ihr sterbliches Leben auf. Sie wird niemals Kinder bekommen und nie wieder einen Sonnenaufgang sehen.

Vielleicht ist es zu viel. Vielleicht wird sie nicht bereit sein, so zu leben, und ihrer Existenz möglicherweise ein Ende setzen. Aber das wird ihre Entscheidung sein. Es würde mich völlig zerreißen, sollte sie sich entscheiden, sich das Leben zu nehmen. Aber ich würde es respektieren.

Nickend wendet sich Garrett zum Gehen ab, hält jedoch noch einmal inne. „Das Feuer hier draußen lodert noch immer. Wir werden in der Gegend bleiben, um dafür zu sorgen, dass es nicht außer Kontrolle gerät, aber ich werde meine Männer weiter entfernt positionieren."

„Vielen Dank", sagt Lucius zu dem Alpha, der die Höhle verlässt. „Was ist sie?", fragt er mich.

Kopfschüttelnd denke ich daran, wie ich von ihr getrunken habe. „Ich weiß es nicht. Ich habe noch nie etwas wie ihr Blut geschmeckt und sie selbst hat keine Ahnung. Als ich erwähnte, dass sie anders ist – etwas Besonderes –, hat sie es abgestritten. Sie meinte, sie wäre ein normaler, langweiliger Mensch."

„Nein, sie ist allerdings anders", sagt Lucius und beobachtet Harper.

„Jede Wette, das ist der Grund warum sich der Alpha mit ihr verpaaren wollte", wirft Selene ein. „Er wollte, dass seine Kinder stark genug sind, um ihre Stellung zu behaupten. Sie könnte sogar stärker werden als ich." Die Gestaltwandler-Vampir-Hybridin lächelt fast.

Ich werde nie verstehen, warum sie das so glücklich macht. Sie sollte Angst davor haben, dass eine andere ihr die Macht nehmen könnte. Vielleicht ist es einsam für meine Königin. Ich habe nie darüber nachgedacht, das anders zu sein, sie zu einer Ausgestoßenen macht. Sie hat Lucius, aber Frauen sind anders als Männer.

Wir brauchen nicht viel. Bevor ich mich in Harper verliebte, habe ich allein gelebt und es auch so gewollt. Ich ging zur Arbeit, fickte und trank und wiederholte das Gleiche Nacht für Nacht. Ich hatte keine wirklich engen Freunde, mit denen ich etwas unternehmen wollte, und war damit mehr als zufrieden.

Jetzt kann ich mir nicht einmal vorstellen, auch nur eine Sekunde lang ohne die Liebe meines Lebens zu sein. Harper ist meine andere Hälfte und jede Faser meines Wesens rebelliert gegen die Vorstellung, ohne sie nach Hause zu gehen, wenn wir diese Höhle verlassen.

Frauen hingegen sind sanftere Geschöpfe. Nicht dass ich Selene als sanft bezeichnen würde. Ganz im Gegenteil. Als ich sie das erste Mal traf, fragte ich mich, warum mein Schöpfer eine Mörderin in sein Haus holen würde. Selene war zu einer lebendigen Waffe trainiert worden, aber das ist nicht alles, was sie ausmacht.

Vielleicht werden sie und Harper Freundinnen werden. Ich kann mir gut vorstellen, wie sie gemeinsam austeilen und einstecken werden. Niemand wird dann noch eine Bedrohung für unser Nest darstellen, wenn diese beiden in der Nähe sind. Aber damit das passieren kann, muss Harper überleben.

„Lass es uns zu Ende bringen", sage ich, als Harpers Herz noch langsamer wird. Die Dringlichkeit geht mit mir durch. Es geht ihr immer noch nicht besser und ich habe das mulmige Gefühl im Bauch, dass sie es nicht schaffen wird.

Das Schicksal ist ein verdammtes Arschloch.

Nickend kniet Lucius erneut neben Harper nieder und beißt in sein Handgelenk. Ich halte Harper den Mund auf und beobachte, wie ein paar Tropfen auf ihre graue Zunge treffen. Noch bevor wir damit gerechnet haben, krallt sich Harper plötzlich an Lucius Handgelenk fest und beginnt, sein Blut zu trinken.

Das ist ein gutes Zeichen, aber wir sind immer noch nicht über den Berg. Ihr Körper könnte das Vampirblut abstoßen und sie könnte trotzdem sterben. Ich streichle ihr Haar und murmele ihr aufmunternde Worte ins Ohr.

Ich schwöre, dass Elektrizität durch ihren Körper fließt und meine Hand versengt. Erschrocken hebe ich den Kopf und bemerke, dass ihre Farbe schon viel besser aussieht. Sie sieht zwar immer noch wie eine Leiche aus – mit so vielen Blutergüssen, dass ich ihre atemberaubenden Gesichtszüge kaum erkennen kann. Aber jetzt wirken ihre unzähligen Schnitte frisch und nicht mehr so ausgetrocknet. Sie ist auch nicht mehr so grau.

Selene tritt an Lucius' Seite und drückt ihre Hand auf Harpers Stirn. „Nein. Noch nicht", sagt Lucius zu ihr.

Es scheint, als verginge eine Ewigkeit, in der ich meinen besitzergreifenden Dämon bekämpfe, während Harper um ihr Leben ringt. Sie trinkt weiter Lucius' Blut, bevor Selene ihm hilft, ihren Mund von seinem Arm zu lösen.

Ich traue mich nicht, die Frage zu stellen, die mir durch den Kopf schwirrt. Ich wiege Harper eng an meiner Brust und halte sie fest. Ihr Geruch hat sich verändert. Er ist jetzt reichhaltiger und irgendwie erdiger. Aber ihre einzigartige Essenz ist immer noch da.

Ihr Haar ist völlig zerzaust, aber ich streiche trotzdem vorsichtig mit der Hand darüber. Ihr Zustand hat sich nicht verbessert und ihr Kopf ruht schlaff an meiner Brust, sodass es schwer zu sagen ist, ob sie diesen Prozess überleben wird.

„Wir müssen jetzt gehen", informiert Lucius mich. Er und Selene stehen in der Nähe des Ausgangs. Mir wird bewusst, dass sie uns gern Zeit geben wollen. Leider haben wir keine.

„Kann ich sie zu Ihrem Haus fahren?"

Mein Schöpfer nickt. „Ich komme mit dir und Selene wird uns folgen."

Ich halte Harper in meinen Armen und küsse ihre Stirn. „Ich liebe dich, Kätzchen. Bitte komm zu mir zurück."

Lucius und Selene haben die Hölle bereits verlassen und ich beeile mich, um sie einzuholen. Das Lagerfeuer wütet und der Geruch von verkohltem Fleisch überwältigt mich, sobald wir nach draußen treten. Meine Wut kehrt zurück und erinnert mich daran, warum ich mitten in der Wüste stehe und Harper leblos im Arm halte. Warum ich verzweifelt hoffe, dass sie diese Verwandlung überleben wird, anstatt mich nach einer besonders intensiven Session im Spielzimmer um sie zu kümmern.

Instinktiv drücke ich sie an mich, weil ich sie nah bei mir spüren muss, während ich mir vorstelle, den Alpha noch einmal in Fetzen zu reißen. Sein Tod war viel zu einfach. Er sollte auch jetzt noch unter tausend Schnitten leiden.

Ich wittere die Wandler in ein paar Hundert Metern Entfernung und muss mich dringend von ihrem animalischen Gestank entfernen. Ihre Nähe stellt meine Kontrolle auf eine Zerreißprobe. Wenn ich meine Wut nicht an dem verantwort-lichen Gestaltwandler auslassen kann, ist meine dunkle Seite bereit, jeden verfügbaren Ersatz zu akzeptieren.

Ich drücke sie fest an mich und bewege mich so schnell durch die Wüste, dass ich verschwimme. Selene und Lucius sind mir dieses Mal nicht direkt auf den Fersen. Ich weiß, dass der Prozess meinem Schöpfer viel abverlangt hat. Ich bin keine Hilfe für ihn, während ich Harper trage.

Tatsächlich bin ich eher eine Gefahr für seine Übereinkunft mit Garrett. Allerdings sehe ich Lucius nicht in Gefahr, solange wir noch mit dem Rudel verbündet sind. Als ich bei meinem Wagen anhalte, neige ich meinen Kopf zu Harper.

Ihr Herz schlägt jetzt gleichmäßiger. „Ich hoffe, du kannst mir diese Entscheidung verzeihen, Kätzchen. Ich konnte dich nicht sterben lassen."

Selene und Lucius erreichen den Wagen einen Augenblick später und verabschieden sich voneinander. Ich setze Harper auf den Rücksitz, aber bevor ich auf der Fahrerseite einsteigen kann, hält Selene die Tür fest.

„Ich habe deinen inneren Kampf gesehen, als du losgelaufen bist. Es ist einer von vielen Beweisen für deine Loyalität zu Lucius. Nach allem, was ich gehört habe, ist es mehr, als ich erwartet hätte. Du hast bewiesen, dass nicht alle Nachkommen verräterische Arschlöcher sind. Dafür verspreche ich, alles zu tun, was ich kann, um Harper durch diesen Prozess zu helfen", sagt meine Königin zu mir.

„Bitte lass sie wissen, dass ich den Gedanken sie zu verlieren nicht ertragen konnte. Und ich werde auf sie warten, bis sie bereit ist, mich zu sehen."

Selene nickt, gibt Lucius noch einen weiteren Kuss und hilft ihm in den Wagen. Als ich am Steuer sitze, atme ich tief durch und bete zu jedem Gott, der gewillt ist mir zuzuhören, dass ich eine Chance bekomme, Harpers Herz zu gewinnen.

Ich kann mir einfach nicht vorstellen, sie nie wieder in den Armen zu halten. Ich muss mich hundertmal still ermahnen, dass ich jede Entscheidung, die sie treffen wird, respektieren werde. Schon jetzt will ich sie nur für mich verstecken, damit ich die Chance bekomme, ihr meine Liebe zu beweisen.

Der Knoten in meinem Magen will sich einfach nicht lösen und mir erlauben, einen tiefen Atemzug zu nehmen. Möglicherweise wird sie den Drang zu töten nicht lange genug überwinden können, um die Kontrolle zu finden, die sie brauchen wird, um zu funktionieren. Meine Harper ist eine sanfte Seele voll von Mitgefühl und Lebensfreude. Es würde sie zerstören, wenn sie jemanden tötet.

Ich schüttelte den Kopf und unterbinde jeden weiteren Zweifel, der sich einschleichen will. In Anbetracht der Situation habe ich die einzig mögliche Entscheidung getroffen. Mich zu quälen, wird nichts nützen. Ich bin jedoch kein geduldiger Vampir. Plötzlich kann ich es nicht mehr erwarten, bis der Schlaf mich überkommt.

KAPITEL 14

H arper

ICH ERWACHE mit einem alles verzehrenden Durst, der mein Inneres zerfrisst. Und ich fühle mich ausgedörrt. Meine Adern schreien danach, gefüllt zu werden. *Wo zum Teufel bin ich?*, frage ich mich, als ein schmutziger, muffiger Geruch in meine Nasenlöcher dringt.

Ich setze mich auf, reibe mir den Rücken und bürste den Schmutz von meiner Kleidung. Ein kurzer Blick verrät mir, dass ich mich in einem Raum mit schmutzigem Boden und einer Metalltür befinde. Was zum Teufel? Wie bin ich hierhergekommen? Ich erinnere mich nur daran, dass ich zur Arbeit gegangen bin … und dann von Gestaltwandlern entführt wurde.

„Steve", keuche ich. Ich bin auf den Beinen und gehe zur Tür, bevor mir überhaupt bewusst wird, dass ich mich bewege. Als ich versuche, den Knauf zu drehen, stelle ich fest, dass ich eingeschlossen bin.

Ich durchquere den kleinen Raum und frage mich, wie ich in dieser Dunkelheit überhaupt etwas sehen kann. Es gibt hier kein Licht und unter der Tür strahlt auch keines hindurch. Dennoch kann ich den schwachen Umriss meiner Hand erkennen, wenn ich sie vor meinem Gesicht hochhebe.

Ein lautes kratzendes Geräusch hallt durch die geschlossene Tür, sodass ich meine Hände in die Höhe reiße, um mir die Ohren zuzuhalten. Stürzt das Gebäude oder der Berg oder was auch immer auf mich herab? Bei den Betonwänden und dem schmutzigen Boden habe ich keine Ahnung, ob ich mich unter einem Haus oder immer noch in einer Höhle befinde.

Gleich nachdem das Kratzen aufhört, knarrt die Tür fast genauso laut wie das andere Geräusch. Ich hebe den Kopf und blinzele in das helle Licht, das in meinen Augen brennt.

„Schön, dich wach zu sehen. Wie fühlst du dich?" Die männliche Stimme kommt mir bekannt vor, aber ich brauche ein paar Sekunden, um zu erkennen, wer es ist.

„Lucius!", schreie ich und stürze auf ihn zu. „Sie haben mich gerettet. Wir müssen von hier verschwinden. Steve und seine Wandler könnten jeden Augenblick zurückkommen."

Ich will ihn in Richtung Treppe ziehen, die ich in der Ferne sehe, aber ich komme nicht sehr weit. Mein Durst überwältigt mich. Ich stürze stattdessen auf ihn zu und versuche, ihm an die Kehle zu gehen. Er riecht köstlich. Es fühlt sich so an, als stünde mein Verstand unter einem Zauber, und ich kann nur noch daran denken, meine Zähne in seinem Fleisch zu versenken und sein Blut zu verschlingen. Ich bin mir kaum bewusst, was ich da tue.

Ein Arm schlingt sich um meine Taille, bevor ich Lucius auch nur berühre. Als ich gegen einen steinernen Sarkophag knalle, stürze ich mit einem Stöhnen zu Boden. Ich hebe den Kopf und sehe Selene in der Hocke vor mir. Sie hat die Zähne gefletscht und knurrt mich tief an.

Als mir die letzten paar Sekunden bewusst werden, rolle ich mich zu einer Kugel zusammen. „Was hat er mit mir gemacht? Wie kann ich überhaupt noch leben? Hat er mich in ein Monster verwandelt?" Ich erinnere mich daran, dem Tode nah gewesen zu sein. Die Qualen von Steves Tritten rauschen zu mir zurück.

Das Geräusch und der Schmerz einer gebrochenen Rippe lassen mich wie Espenlaub zittern. Ich hebe meine Hand an meine Schläfe, aber dort ist keine Wunde mehr. Tatsächlich tut an meinem Körper überhaupt nichts mehr weh … abgesehen von dem Durst, der mich fast umbringt.

„Du bist in Sicherheit, Harper. Liam hat dich in dieser Höhle gefunden", informiert Lucius mich.

Liam.

Seinen Namen zu hören bringt mich zum Lächeln. Ich wusste, dass er nach mir suchen würde. Ich hatte nur nicht gedacht, dass er es rechtzeitig schaffen könnte, um mein Leben zu retten.

„Wo ist er? Wie lange habe ich geschlafen?" Mein Blick wandert zur offenen Tür des Raumes, in dem ich vor wenigen Augenblicken eingesperrt war. Wenn ich dem Tode nah war, warum haben sie mich dann auf einen schmutzigen Fußboden gelegt, wo ich mir eine Infektion holen könnte? Mein Verstand weigert sich, über die offensichtliche Antwort nachzudenken.

Lucius kommt näher und sein Duft lässt mein Gehirn wieder zu Brei werden. Ich kann mich nur noch darauf konzentrieren, wie durstig ich bin. Das Verlangen drängt sich in den Vordergrund und ich denke nur noch daran, mir zu nehmen, was ich brauche.

Und schon bin ich wieder in Bewegung, bevor ich mir das Verlangen bewusst machen kann. Ich lande auf dem Rücken. Lucius drückt mich mit einem Knie auf meiner Brust hinunter und schlingt eine seiner großen Hände um meine Kehle. Ich strampele herum und schnappe nach seinem Arm, während ich versuche, ihn zu beißen.

Ich hebe die Beine und stoße ihn von mir. Dann rase ich auf ihn zu, bevor er eine Chance hat, selbst wieder auf die Füße zu springen. Ich klammere mich an seinen Arm, aber etwas tritt mich in die Seite, bevor ich auch nur einen Tropfen der göttlichen Flüssigkeit erhaschen kann.

Knurrend kratze ich mit meinen Krallen quer über Selenes Gesicht. Blut tropft über ihre Wange und lässt mir das Wasser im Mund zusammenlaufen. Ich schnappe in ihre Richtung. Nur wenige Zentimeter von meinem Ziel entfernt, werde ich von hinten gepackt und quer durch den Raum getragen.

Der Duft hinter mir ist weitaus attraktiver und lässt mir das Wasser im Mund zusammenlaufen. Ich strample und versuche, mich zu drehen, um mein Ziel zu erreichen. Mit den Fingern kratze ich Blut aus dem dicken Arm, der mich umklammert. Ich hebe sie an meinen Mund und lecke sie ab.

Ich trete, schreie und zappele. Mein Kopf ist angewinkelt und ich kann ein Ohr in meinem Seitenblick erkennen. Ich reiße den Arm zurück und schlinge ihn um Lucius' Hals. Hinter mir höre ich eine Bewegung und mein Bein schießt heraus, ohne dass ich mich umdrehte. Ein Grunzen ertönt, bevor ein Körper gegen eine Wand schlägt.

Ich bin von seinem Duft so benebelt, dass ich seine Absichten erst erkenne, als ich bereits durch die Luft fliege und auf dem schmutzigen Boden lande. Die Metalltür knallt zu und ich höre, wie das Schloss von außen einrastet.

„Lasst mich raus!", fordere ich und hämmere gegen die Tür. Nach ein paar Sekunden beschließe ich, nach einem anderen Ausweg zu suchen. Es ist offensichtlich, dass sie mich nicht gehen lassen werden. Ich schleiche mich durch den Raum und gleite mit den Händen über die Wände, um nach Schwachstellen oder einem geheimen Tunnel zu suchen.

Draußen höre ich Lucius und Selene darüber sprechen, Liam anzurufen. Bei dem Namen krampft sich mein Herz zusammen und ich werde ein paar Sekunden von meinem Wunsch abgelenkt, Liam zu finden. Aber der Durst in meiner Kehle und der köstliche Geruch um mich herum lenken mich wieder auf meine eigentliche Mission.

Unter mir gibt es nur Dreck und ich beschließe, mir meinen Weg hinaus zu graben. Ich falle auf die Knie, wühle im Dreck und schiebe ihn in Haufen von der Wand weg. Meine Finger werden wund und beginnen innerhalb von Sekunden zu bluten, aber das hält mich nicht auf.

Ich stecke bereits knietief in einem Loch, als sich die Tür erneut knarrend öffnet. Ich gehe in die Hocke und springe auf den Mann zu, der mir den Ausgang versperrt. Ich kollidiere mit einem harten Körper und spüre, wie sich Arme um meine Mitte schlingen.

Er riecht göttlich und vertraut. Es lässt mein Herz schmerzen, während der Durst in meinen Eingeweiden brennt. Mein Mund geht direkt an seine Kehle und ich beiße zu. Sein Blut landet auf meiner Zunge. Es übersteigt alles, was ich mir vorstellen kann und ich beginne zu schlucken. Es stillt zwar nicht den tiefsten Durst, aber es füllt meine Adern.

Ein Arm schlingt sich um meinen Hals und eine Hand presst meinen Kiefer auseinander. Ich kann nicht atmen und mich nicht bewegen, aber ich sehe Liams Gesicht, das mich mit Sorge und … Liebe anstarrt? Die Emotion lässt mich innehalten und ich löse mich von seinem Körper.

„Geht es dir gut, Kätzchen?", fragt Liam.

Diese Frage macht mich wütend. „Nein. Es geht mir verdammt noch mal nicht gut, Arschloch", schreie ich. Hinter mir verstärkt Lucius seinen Griff.

„Es tut mir leid", flüstert Liam. „Ich konnte dich nicht sterben lassen, Liebes."

„Ihn zu rufen war vielleicht nicht die beste Idee", knurrt Selene direkt neben mir. Sie hält meinen Kiefer fest und ich versuche, ihr die Finger abzubeißen.

„Harper. Hör auf. Wir müssen reden", versucht Liam es erneut.

Ich versuche, ihn anzuschreien, bin aber nicht in der Lage, meinen Mund zu bewegen, um die Worte herauszubekommen. Ich trete und strampele weiter und schleudere mein Gewicht herum. Flüche ertönen und Minuten später fliege ich wieder durch die Luft.

Die Tür knallt zu und ich hämmere mehrere Minuten lang gegen das Metall, bis die Müdigkeit mich überkommt. Ich lasse mich auf den Boden fallen und beschließe, mich auszuruhen. Ich werde meine Fluchtversuche verschieben und es erneut versuchen, wenn ich wieder aufwache.

DAS KNARREN der Tür lässt mich blitzschnell in eine geduckte Position springen. Ich beobachte, wie Lucius und Selene den Raum betreten. Erleichtert stehe ich auf und versuche, an meiner trockenen Kehle vorbeizuschlucken. Der Durst ist jetzt sogar noch schlimmer.

„Bist du bereit, mit uns zu reden?", fragt Selene.

Mit einem Nicken bewege ich mich auf die Tür zu, aber Lucius' Duft lenkt mich ab, als ich mich ihnen nähere. Plötzlich liege ich flach auf dem Rücken und Lucius ragt über mir. Ich glaube, das ist eine Position, in der wir schon einmal waren, als seine Hand an meiner Kehle landet.

Eine Sekunde später kniet Selene neben uns und hält

meinen Kopf fest. „Lucius wird dir jetzt etwas zu trinken geben. Ganz ruhig, es wird helfen."

Ich registriere kaum, was sie sagt, denn ich kämpfe gegen sie beide an, um zu bekommen, was ich brauche. Meine Adern fühlen sich wie ausgetrocknete Schläuche an, die durch meinen Körper verlaufen.

„Halte sie fest, Liebling", befiehlt Lucius seiner Gefährtin und hebt seinen Arm zu seinem Mund.

Ich verdrehe die Augen, als ein köstlicher Duft in die Luft steigt. Er lässt mir das Wasser im Mund zusammenlaufen und versetzt mich in völligen Blutrausch. Ich muss haben, was auch immer das ist. Sofort strampele ich wieder, aber ich komme nicht sehr weit, da Selene mich immer noch festhält.

Lucius drückt mit erhöhter Kraft gegen meine Kehle und hält seinen Arm über meinen Kopf. Blut tropft von seinem Handgelenk und spritzt an meine Mundwinkel. Die beste Zartbitterschokolade, die ich je gekostet habe, kitzelt meine Geschmacksknospen und ich öffne die Lippen auf der Suche nach mehr.

Selene nimmt meinen Kopf zwischen ihre Hände und mault mich an. „Hör auf, dich zu bewegen, und er wird dir zu trinken geben. So ist es besser", lobt sie, als ich meine Bewegungen einstelle. „Lass es von dort tropfen."

Mir ist nicht bewusst, mit wem sie spricht, bis ich sehe, wie Lucius seinen Arm mit dem heruntertropfenden Blut von meinem Gesicht weg hebt. Ich öffne die Lippen und stöhne, als das Blut meinen Mund füllt. Ich schlucke so viel wie möglich und lecke mir über die Lippen, als es aufhört.

Der Durst nagt noch immer an mir, aber ich kann mich nun auch auf andere Dinge als mein Bedürfnis nach mehr konzentrieren. Plötzlich wird mir bewusst, was geschehen ist, und ich kann nicht länger leugnen, was ich ignorieren will.

Für mich selbst wäre es in Ordnung, in meiner Ignoranz zu leben, aber das wäre gefährlich für Unschuldige.

Ich drehe meinen Kopf zur Seite und versuche, mein Gesicht zu verstecken. Ich will mich den Emotionen hingeben, die mich zerreißen. Selene scheint zu wissen, dass ich nicht länger kopflos bin und lockert ihren Griff. Als Lucius mich loslässt, drehe ich mich zur Seite und von ihnen weg.

Die Tränen kommen und ich lasse sie fließen. Ich bin jetzt ein Ungeheuer. Mein Durst ist so stark, dass ich weiß, dass ich ohne nachzudenken getötet hätte. Mein Herz schmerzt und ich mache mir Sorgen, dass Liam sich nicht mehr zu mir hingezogen fühlen könnte. Ich bin nicht mehr die unschuldige, fürsorgliche Person, die er kennengelernt hat.

„Ihr dürft mich nicht rauslassen", platze ich heraus. Ich will wirklich nicht, dass man mich frei herumlaufen lässt. Selbst jetzt versucht mein Durst immer noch, mir die Fähigkeit zu denken zu nehmen. Wenn ich jemanden töte, werde ich mir das nie verzeihen.

„Wie ich sehe, ist dir klar geworden, was passiert ist. Hast du Fragen?", fragt Lucius.

„Nur ungefähr eine Million oder so. Gut, dass wir die Ewigkeit haben", antworte ich.

Selene schnaubt und steht auf. „Du wirst schon zurechtkommen."

„Dessen bin ich mir überhaupt nicht sicher. Ich bin jetzt ein Monster", gebe ich zu und spreche meine Gedanken aus.

„Nicht alle Vampire sind Monster", sagt Lucius mit fester Stimme. Die Veränderung seiner Stimmlage ist so subtil, dass ich bezweifle, dass ich sie früher bemerkt hätte. Aber jetzt höre ich alles. Ich spüre mit jeder Faser meines Seins, dass er über meine Darstellung verärgert ist.

„Keiner von euch ist ein Monster, aber ich schon. Vielleicht hat es damit zu tun, dass ich anders bin", sage ich und verstumme dann, weil ich mir nicht sicher bin, ob ich ihnen erzählen soll, was Steve gesagt hat. Der Gedanke an Steve lässt mich knurren und brummen. In diesem Moment spüre ich die scharfen Spitzen meiner Reißzähne an meinem Zahnfleisch.

„Was macht dich anders? Ich nehme an, die Wandler haben dir etwas erzählt", sagt Lucius.

„Sie haben mir eine Menge erzählt. Ich weiß nicht, was ich glauben soll, aber Sie müssen mir garantieren, dass Steve mich hier nicht finden kann. Ich kann den Gedanken einfach nicht ertragen, dass Sie verletzt werden könnten, weil ich Sie in Gefahr gebracht habe."

„Steve?", fragt Selene. „Ist das der Alpha, der dich entführt hat?"

Ich drehe mich um und setze mich aufrecht hin, wobei ich meine Arme erneut um meine Knie schlinge. Ich nicke mit dem Kopf. „Steve ist mein Ex-Freund. Der, von dem meine Eltern wollten, dass ich ihn heirate. Er hat gesagt, ich sei zu einem Teil Fee oder vielleicht sogar eine Hexe. Aber das kann ich ihm auf gar keinen Fall glauben. Er ist ein Lügner und ein Idiot."

„Er ist gar nichts mehr. Liam hat ihn in Stücke gerissen und Garrett hat seinen Körper verbrannt. Aber er könnte recht damit haben, dass du von Feen abstammst. Ich werde mich umhören und sehen, ob es einen Weg gibt, das mit Sicherheit zu bestimmen. Irgendetwas macht dich auf jeden Fall stärker als den durchschnittlichen, neugeborenen Vampir."

„Also wie funktioniert das? Kann ich wieder zur Arbeit gehen?"

Lucius deutet auf die Treppe. „Lasst uns das Gespräch nach oben verlegen. Dort haben wir es alle viel bequemer. Es gibt eine Menge zu erklären."

„Gute Idee. Ich brauche dringend eine Dusche", sagt

Selene, bevor sie zum Ausgang geht und ich mit Lucius hinter ihr folge. Ich schwöre, dass Liam hier war, aber sein Geruch ist nicht frisch, also muss er gegangen sein. Der Gedanke verletzt mich mehr, als ich es erwartet hätte. Er hat mich vor Steve gerettet und muss mich verwandelt haben. Das bedeutet doch, dass ich ihm wichtig bin, nicht wahr?

„Sind meine Sachen noch in dem Zimmer?", frage ich, als ich die zerrissenen, blutigen Kleidungsstücke in Augenschein nehme, die an meinem Körper hängen.

Selene drückt auf einen versteckten Knopf und die Decke öffnet sich zu einem Schlafzimmer. Frische Luft weht zu uns herab und ich nehme verschiedene Gerüche wahr.

„Deine Kleidung ist immer noch dort, wo du sie gelassen hast", informiert Lucius mich, bevor er sich abwendet und auf den riesigen begehbaren Kleiderschrank zusteuert, der sich in diesem, wie ich feststelle, Hauptschlafzimmer befindet.

Ich bleibe an der Tür stehen und drehe mich zu Selene um. „Kannst du mit mir kommen? Ich traue mir nicht über den Weg und ich weiß, dass andere in der Nähe sind. Ich spüre, wie mir jede Sekunde ein wenig Kontrolle entgleitet."

Selene nickt und kommt auf mich zu. „Du bist nicht nur stark, sondern passt dich auch schnell an."

„Wo ist Liam?", frage ich, als wir den Flur entlanggehen. „Er hat mich verwandelt, nicht wahr?"

„Lucius hat ihn nach Hause geschickt. Er hat dich nicht verwandelt. Das war Lucius. Deshalb sehnst du dich nach seinem Blut."

Tränen schießen mir in die Augen und meine Brust zieht sich zusammen. Warum das so wehtut, weiß ich nicht, aber es macht mich fertig. „Oh."

„Er konnte es nicht. Nicht viele Vampire können andere verwandeln und er hat sich geweigert, ein Risiko mit deinem Überleben einzugehen. Also hat er Lucius angefleht, es für ihn zu tun. Er sagte, du müsstest in dieser Welt am Leben sein, sonst würde sie zu einem vollkommen trostlosen Ort werden. Es war ganz furchtbar romantisch", erzählt Selene mir.

Ein Lächeln huscht über mein Gesicht und der Schmerz in meiner Brust verblasst. „Warum ist er dann nicht hier?"

„Neu erschaffene Vampire sind gefährlich, bis sie ihren Blutrausch unter Kontrolle haben. Wir dachten zuvor, er könnte dich beruhigen, aber er hat dich eher noch wütender gemacht", berichtet Selene und betritt vor mir den Raum. Sie setzt sich auf einen Sessel in der Ecke.

„Es wird nicht lange dauern", sage ich zu ihr. Im Bad schaue ich in den Spiegel und schreie. Selene kommt hereingestürmt und sieht sich um.

„Was ist denn los?"

„Ich … ich kann mich nicht sehen", platze ich heraus und zeige auf den Spiegel.

„Vampire haben kein Spiegelbild. Das ist normal", antwortet sie und kommt zu mir hinüber. „Du musst eine Menge verkraften. Du hast Zeit, dich an alles zu gewöhnen. Deine größte Aufgabe besteht im Moment darin, zu akzeptieren, dass dein menschliches Leben vorbei ist. Der Rest kommt mit der Zeit. Du wirst deinen Durst in den Griff bekommen und danach wird das Leben einfacher sein."

Nickend bedanke ich mich bei ihr und steige unter die Dusche, ohne zu warten, bis das Wasser warm geworden ist. Das kalte Wasser erwärmt sich innerhalb von Sekunden. Es ist ganz anders als in meiner Wohnung, wo es fast zehn Minuten dauert, bis ich heißes Wasser habe.

Ich erschaudere, als ich sehe, wie das Wasser in bräunlichroten Flüssen von mir strömt. Ich schrubbe mich mit Shampoo und Seife ab, bis das Wasser klar ist und steige dann aus der Dusche. Ich trockne mich ab, wickele das weiche Handtuch um meinen Körper und mache mich auf den Weg, um mich anzuziehen.

Selene steht in dem Moment auf, als ich zum Kleiderschrank gehe. „Ich gehe jetzt auch duschen. Lucius wird dich in der Küche treffen."

Ich ziehe mir ein T-Shirt an und strecke meinen Kopf heraus. „Vielen Dank. Es tut mir leid wegen vorhin", sage ich und zeige auf ihr Gesicht.

„Mach dir keine Sorgen. Ich werde mich revanchieren", verspricht sie, bevor sie zur Tür hinausgeht.

Ich atme tief durch und mache mich bereit, zu lernen, wie ich den Rest meines Lebens meistern kann. Ich bin verängstigt und aufgeregt, aber vor allem dankbar, überhaupt am Leben zu sein. Ich wollte nicht sterben. Es gibt noch so viel, was ich tun und entdecken will. Und ich muss Liam sagen, was ich fühle.

KAPITEL 15

*H*arper

ICH WIPPE auf den Fußballen und gestikuliere mit geöffneten Händen in Richtung Selene. „Komm fang mich doch."

Selene lacht und stürzt sich auf mich. Wir prallen in der Mitte des Raumes aufeinander, den Lucius für uns zu einer Trainingsfläche umgebaut hat. Meine Faust trifft ihr Gesicht, während sie ihre Fäuste dreimal in meinen Rücken rammt, bevor ich mein Bein hebe und sie von mir wegtrete.

Ich renne von ihr weg, bleibe jedoch stehen, bevor sie mich erreicht. Ich springe in die Luft und lande hinter ihr, lege beide Handflächen auf ihren Rücken und stoße sie nach vorn. Sie fliegt vorwärts, geht jedoch in einen Radschlag über und ihr Fuß landet mitten auf meiner Brust.

Ein Grunzen entweicht meinen Lippen und ich lande auf meinem Hintern. Ich reiße meine Beine hoch und stoße mich von den Händen ab, die ich über meinen Kopf hebe. Mit einem Salto lande ich in einer fließenden Bewegung auf den Füßen, die ich in mehr Actionfilmen gesehen habe, als ich mich erinnern kann. Jetzt kann ich sie selbst vollführen. Es macht mir ernsthaft Angst, aber gleichzeitig liebe ich es.

Lucius betritt in einem maßgeschneiderten Anzug den Raum. Selene schnurrt und schleicht sich sofort an die Seite ihres Gefährten. Ich drehe mich weg, damit ich ihre Zuneigung nicht mitansehen muss. Sie sind das beste Paar, aber ich kann es kaum ertragen, sie zusammen zu sehen.

Liam hat mich nicht mehr besucht und die letzten Wochen seit meiner Verwandlung waren für mich wie eine Achterbahnfahrt. Ich habe meinen Job gekündigt und meine Wohnung aufgegeben. Lucius hat mir versprochen, dass ich im Club arbeiten kann, um Geld zu verdienen. Aber ich passe dort jetzt, da ich ein Vampir bin, auch nicht besser hinein, als ich es als Mensch getan habe.

Heute Nacht ist die erste Nacht, in der ich nicht sofort nach dem Aufwachen Lucius' Blut getrunken habe. Ich werde stärker, aber ich traue mir selbst noch nicht über den Weg.

„Hast du Durst, Harper?", fragt Lucius mich.

Ich drehe mich um, lächle ihn an und schüttelte den Kopf. „Ich glaube, ich kann es länger schaffen. Ich habe Durst, aber nicht so schlimm, dass es jeden anderen Gedanken verdrängt."

„Gut. Liam ist auf dem Weg hierher und würde dich gern sehen", informiert mich mein Schöpfer.

Meine Kinnlade klappt hinunter und ich reiße die Augen weit auf. „Was? Er kommt hierher? Jetzt?"

„Allerdings. Ich habe ihm gesagt, dass es das Beste ist, wenn du vorerst hierbleibst, um mit ihm zu reden."

„Hat er gesagt, worüber er reden will?" Seit ich als Vampir wiedererwacht bin, habe ich mich eine Million Mal gefragt, ob er es bereut, Lucius gebeten zu haben, mich zu verwandeln. Es ist das Einzige, was für mich einen Sinn ergibt.

„Ich habe ihn nicht gefragt. Selene und ich werden für eine Weile in den Club gehen. Wir kommen später wieder", sagt er so ruhig zu mir, als würden wir über das Wetter sprechen.

„Nein! Sie können mich nicht allein lassen. Was ist, wenn ich die Kontrolle verliere und Amok laufe?"

Selene legt ihre Hand auf meine Schulter. „Du wirst auf gar keinen Fall jemanden angreifen. Und du musst die Dinge mit Liam klären. Es wird deinem Stresspegel helfen."

Die Vampirkönigin und ich haben uns in den letzten Wochen angefreundet. Sie hat mir geholfen zu trainieren. Zunächst ging es nur darum, mich müde zu machen, damit ich nicht die Energie habe, mich aus dem Haus zu kämpfen. Aber jetzt beginnen wir jeden Abend so.

Ich schenke ihr ein Grinsen und gehe zur Tür. „Ich werde duschen gehen."

Ich rase zu meinem Zimmer, so schnell, dass ich verschwimme. Ich verschwimme jetzt überall hin. Ich liebe es, mich so schnell zu bewegen. Der Wind, der dabei über meinen Körper strömt, und die Art, wie die Energie um mich herum knistert und mir meine Umgebung bewusst macht, sind unglaublich. Zu Beginn bin ich dauernd gegen Dinge gestoßen. Jetzt ist es sogar selten geworden, dass ich auch nur gegen einen Tisch laufe.

Im Bad angekommen dusche ich mich und schlinge ein Handtuch um meinen Körper. Als ich mein Schlafzimmer betrete, wird mein Mund plötzlich trocken. Liam lehnt an der Wand und hat die Arme vor der Brust verschränkt.

„Hallo Kätzchen." Ich schließe die Augen, als seine Stimme über meinen Körper gleitet und mich erschaudern lässt.

„Was machst du hier?" Ich öffne die Augen und beobachte, wie er sich von der Wand abstößt. Sein Gang ist der gleiche, aber gleichzeitig auch ganz anders.

„Ich bin hier, um einzufordern, was mir gehört", informiert er mich.

Seine Worte lassen jeglichen Widerstand gegen seine Anwesenheit dahinschmelzen. Aber ich kann ihm noch nicht nachgeben. „Wie kommst du darauf, dass ich dir gehöre?"

„Du gehörst schon seit dem Moment mir, als ich dich das erste Mal sah. Für dein Überleben zu sorgen, stellte sicher, dass ich dich niemals verlieren werde."

„Du kennst mich nicht mehr. Ich bin jetzt anders." Und ich bezweifle, dass er die Frau haben will, zu der ich geworden bin. Ich bin nicht mehr unsicher und gewillt, mich dem Willen eines anderen zu beugen.

„Du gehörst mir, Kätzchen. Ich werde es dir beweisen. Lass das Handtuch fallen", befiehlt er.

Ein Grinsen huscht über mein Gesicht und verschwindet, als ich die Hand von dem Frotteehandtuch löse und es zu Boden fällt. Wie ein Panther schleicht Liam auf mich zu, während er sich die Lippen leckt. Er lässt seinen Blick an meinem Körper auf und ab schweifen und ich reagiere sofort.

Mein Blut wird heiß und mein Inneres zieht sich zusammen und kribbelt. Feuchtigkeit schwemmt zwischen meine Beine. Ich rieche meine eigene Erregung, die den Raum erfüllt, und weiß, dass er recht hat. Mit der Hand streichelt er über meine Wangen, als er ganz nah an meinen Körper herantritt.

„Ich habe dich vermisst, Kätzchen. Es hat mich um den Verstand gebracht, dich nicht sehen zu können", gibt er zu und zerstört damit noch mehr meiner Gegenwehr.

„Was willst du von mir?"

Liam tritt nun ganz nah an mich heran, sodass sich unsere

Körper berühren. „Ich will dich für immer." Er presst seine Lippen auf meine und stoppt meine Widerrede.

Als sein Mund sich auf meinem bewegt, verwehen alle meine Gedanken im Wind. Ich kann nur noch daran denken, wie sehr ich will, dass er mich in Besitz nimmt. Unsere Zungen gleiten aneinander. Der Kuss ist so wild, dass unsere Zähne aneinanderstoßen. Meine Hände sind überall.

Bevor ich mein Ziel erreiche, packt er meine Handgelenke mit einer seiner großen Handflächen. „Ich habe keine Handschellen dabei, also wirst du sie über deinem Kopf halten müssen."

Ich krümme den Rücken, als er die Kontrolle übernimmt. Ich liebe seine Dominanz. Das ist es, was mir gefehlt hat. Ich verschränke meine Finger ineinander und drücke sie an die Wand, zu der er mich geführt hat. Er tritt zurück und nimmt die Szene vor sich in Augenschein.

Die Gier in seinen Augen lässt meine letzten Überreste des Zweifels zu Asche verfallen. Er streckt die Hand aus, zwickt meine Brustwarzen und beugt sich dann vor, um den Schmerz wegzuküssen. „Ich liebe dich, Harper. Ich möchte, dass du das weißt."

„Ich liebe dich auch. Jetzt nimm mich", sage ich zu ihm.

Er zieht eine Augenbraue hoch, während er mich beobachtet. „Nimm mich, was?"

Meine Wangen werden heiß und ich presse die Beine zusammen. „Nehmen Sie mich, Sir."

„Oh ja, Kätzchen das werde ich. Ich werde dir ein wenig Erlösung verschaffen, bevor ich dich zu uns nach Hause bringe", sagt er mit strahlenden Augen und einem Hauch von Reißzähnen.

Er sinkt auf die Knie und gleitet mit den Händen von meiner Brust zu meinen Beinen. Mit der Schulter stößt er gegen ein Knie und ich spreize die Beine. Sein Stöhnen lässt mich schwach werden und ich falle fast um.

„Bleib, wo du bist, Liebes. Wenn du umfällst, endet das hier, bis ich dich an meine Bank geschnallt habe."

Ich lasse den Kopf mit einem dumpfen Schlag gegen die Wand sinken. Als ich an meinem Körper hinunterblicke, beobachte ich, wie er mich mit seinen Daumen aufspreizt. Mit der Zunge leckt er von meiner Öffnung bis zu meiner Klitoris und lässt mich zusammenzucken.

Es ist schon eine Weile her und ich hatte noch nicht sehr viel Erfahrung. Während Liam damit beginnt, meine Klitoris zu lecken und zu saugen, dreht und kneift er meine Brustwarzen mit den Fingern. Ich bewege die Hüfte und reibe meine Weiblichkeit an seinem Gesicht, während er mich verwöhnt.

Als er einen Finger in mich schiebt, spüre ich, wie sich meine Muskeln anspannen, bis er mich zum Orgasmus treibt. Ich schreie seinen Namen und schlage mit den Händen gegen die Wand. Ich habe keine Ahnung, wann ich meine Hände bewegt habe, aber ich bin zu sehr in Ekstase versunken, um mich darum zu kümmern.

Liam zieht meinen Höhepunkt noch ein paar Sekunden in die Länge, bevor er aufsteht und seine Arme um meine Schultern schlingt. Er erobert mich mit seinen Lippen und wir küssen uns für einige heiße Sekunden. Als er sich von mir löst, bin ich atemlos und glühe vor Verlangen.

„Sag mir, dass du mit mir nach Hause kommst, Kätzchen. Du bist mein Ein und Alles und ich kann keine weitere Sekunde ohne dich leben. Du bist das Licht in meiner Dunkelheit", gesteht Liam mir.

Ich springe und vertraue darauf, dass er mich auffängt. „Ja", ich küsse ihn. „Ja. Vielen Dank, dass du mich gerettet hast."

„Ich konnte dich doch nicht sterben lassen, Liebes."

„Nicht in der Höhle. Du hast mich schon lange davor gerettet. Im Club … in der ersten Nacht, aber es ist mehr als das. Ich lief bis dahin halb tot durchs Leben. Du hast mir gezeigt, was es heißt zu leben."

„Ich habe zu Hause eine Überraschung für dich", sagt er zu mir, nachdem er mich abgesetzt hat.

„Eine Überraschung?", frage ich, während ich mich anziehe.

„Ich glaube, sie wird dir gefallen. Du schienst recht interessiert daran, als du damals das erste Mal hier zu Lucius nach Hause kamst."

Sofort fällt mir der Stuhl mit den beiden Dildos wieder ein. Meine Erregung steigert sich ins Unermessliche und mein Verlangen durchtränkt mein Höschen. Ich vergesse alles um mich herum und stürme mit meinen Schuhen in der Hand aus dem begehbaren Kleiderschrank. „Ich bin so weit."

„Ich liebe dich, Kätzchen", beteuert Liam, als wir die Villa verlassen.

Mein Leben hat eine Wendung genommen, aber es stellt sich heraus, dass dieser Weg viel besser ist, als ich es jemals hätte erahnen können. Ich weiß nicht, was die Zukunft bringt, aber Liam wird an meiner Seite sein. Und das ist alles, was ich brauche.

WOLLEN SIE MEHR?

MITTERNACHT DOMS

Alphas Blut

Ihr Vampir Master

Ihr Vampir Prinz

Ihr Vampir Held

Ihr Vampir Schuft

Ihr Vampir Rebell

Ihre Vampir Leidenschaft

Ihre Vampir Versuchung

Ihre Vampir Besessenheit

Ihr Vampir Fürst

LESEN SIE DIE BAD BOY ALPHA SERIE, DIE DEN
MITTERNACHT DOMS VORAUSGEHT

Bad Boy Alphas

Alphas Versuchung

Alphas Gefahr

Alphas Preis

Alphas Herausforderung

Alphas Besessenheit
Alphas Verlangen
Alphas Krieg
Alphas Aufgabe
Alphas Fluch
Alphas Geheimnis
Alphas Beute
(Alphas Blut)
Alphas Sonne

HOLEN SIE SICH IHR KOSTENLOSES BUCH!

Tragen Sie sich in meine E-Mail Liste ein, um als erstes von Neuerscheinungen, kostenlosen Büchern, Sonderpreisen und anderen Zugaben zu erfahren.

https://geni.us/jungfrauunddervampir

ÜBER DEN AUTOR

Bestseller-Autorin und Award-Gewinnerin Brenda Trim ist Co-Autorin von über dreißig Büchern der „Dark Warrior Alliance" und „Hollow Rock Shifters" Bestseller-Reihen. Sie ist außerdem der kreative Kopf hinter der „Bramble's Edge Academy"-Reihe sowie vielen anderen Buchtiteln. Sehen Sie sich außerdem auch ihre anderen Werke an.

www.ingramcontent.com/pod-product-compliance
Lightning Source LLC
Chambersburg PA
CBHW020624110726
47899CB00002B/638